祁连
回响

QILIAN
HUIXIANG

甘肃生态文学作品集

甘肃省生态环境厅
甘肃省文学艺术界联合会 编

读者出版社

图书在版编目（CIP）数据

祁连回响 ：甘肃生态文学作品集 / 甘肃省生态环境厅，甘肃省文学艺术界联合会编. -- 兰州 ：读者出版社，2025. 6. -- ISBN 978-7-5527-0894-3

Ⅰ. I217.1

中国国家版本馆CIP数据核字第202580ES45 号

祁连回响 ： 甘肃生态文学作品集

甘肃省生态环境厅
甘肃省文学艺术界联合会　编

责任编辑　陈苗苗
助理编辑　张孟妍
装帧设计　马吉庆

出版发行　读者出版社
地　　址　兰州市城关区读者大道568号（730030）
邮　　箱　readerpress@163.com
电　　话　0931-2131529（编辑部）　0931-2131507（发行部）

印　　刷　甘肃浩天印刷有限公司
规　　格　开本 710 毫米×1092 毫米　1/16
　　　　　印张 23　插页 6　字数 328 千
版　　次　2025 年 6 月第 1 版
　　　　　2025 年 6 月第 1 次印刷
书　　号　ISBN 978-7-5527-0894-3
定　　价　98.00元

巍巍祁连山（摄影：郎文瑞）

祁连山深秋（摄影：周文静）

祁连风情（摄影：脱兴福）

祁连山上好牧场（摄影：白斌）

祁连山的精灵（摄影：朱天玲）

牧马祁连山（摄影：安维民）

醉美祁连山（摄影：邓建国）

祁连山下是家园（摄影：郑耀德）

序 一

祁连山，这座横亘西北的巍峨脊梁，以亘古的沉默与奔涌的生机，在苍穹之下书写着自然的史诗。她是河西走廊的守护者，是雪水潺潺的源头，更是无数生灵繁衍生息的家园。冰川如银冠，草甸似碧毯，祁连山以雄浑与柔美交织的轮廓，在天地间勾勒出壮阔的生态画卷。她见证过丝路驼铃的悠远，也承载着现代文明的叩问，在时光的长河中，始终以坚韧的姿态诠释着生命与自然的共生之道。

今天，我们以文学的笔触叩响祁连山的回音壁，倾听她跨越时空的低语与呼唤。"祁连回响"生态文学创作计划中，汇聚了本土作家的深情凝视与哲思，他们用文字编织成一首关于敬畏与守护的长诗。这部《祁连回响：甘肃生态文学作品集》，既是祁连山生态故事的记录者，也是人与自然和谐共生的倡导者。

祁连山，作为中国西部生态安全屏障的核心，其意义远超地理的界定。她的每一道冰川、每一片草甸、每一条溪流，都是维系河西走廊乃至北方干旱地区生态命脉的关键。这里孕育了黑河、石羊河、疏勒河三大内陆水系，是河西走廊的生命之源。从远古的游牧部落到今日的牧人与耕者，祁连山始终是生存的依托、文明的摇篮。

甘肃，作为祁连山的主体承载区，肩负着守护"高原水塔"的重任。祁连山国家级自然保护区、冰川与水源涵养区、高山生物多样性宝库……这些不仅是地理标识，更是生态使命的象征。祁连山的冰川退缩、草场退化，曾是生态警报的悲鸣；而今日的祁连山，正在退牧还草、生态修复、涵养水源的步履中重现葱茏。然而，生态保护绝非一役之功，它需要代际的接力、科技的助力，更需要在每个人心中种下一粒绿色的种子。

生态文学，是自然与心灵的对话，是警示与希望的共鸣。在《祁连回响：甘肃生态文学作品集》中，作家以赤子之心描绘雪豹掠过岩壁的矫捷，记录高山草甸上悄然绽放的点地梅，讲述牧人转场时与母亲山的古老约定。这些文字既是祁连山的史诗，也是对人类命运的叩问——当我们以文学的名义凝视祁连山，实则是凝视人类自身的生存之境。唯有心怀敬畏，方能在发展与保护的天平上找到可持续的平衡。

《祁连回响：甘肃生态文学作品集》不仅是一部文学作品集，更是一首献给自然的交响诗。我们期待这些文字如祁连山的风，拂去蒙在生态认知上的尘埃；如融化的雪水，浸润干涸的心灵荒原。愿每一位读者在书中触摸到山的灵魂，感受到水的脉搏。

最后，谨向所有参与《祁连回响：甘肃生态文学作品集》创作的作家致以敬意，感谢你们用笔尖丈量山的高度、传递生态的温度；也向每一位读者致谢，愿你们的阅读之旅成为守护祁连山的又一缕微光。让我们以文学为舟，以行动为桨，共同以文学之力，守护祁连山的亘古苍翠，让她的回响永续绵长，激荡山河，驶向人与自然和谐共生的未来。

祁连山静默如初，而她的回响，终将激荡在每一个热爱生命的人的心间。

甘肃省生态环境厅党组书记　苏君

序 二

巍峨祁连、苍茫陇脉，祁连山是国家西部生态安全屏障的核心支撑和黄河上游水源涵养的战略要地。她的每道冰舌都是悬垂于干旱地带的液态时钟，每寸苔原是维系荒漠绿洲的基因库房。从月氏人的马蹄印痕到当代生态管护员的巡山轨迹，祁连山始终是文明的摇篮与警示碑。当黑河、石羊河、疏勒河三大水系在卫星云图上蜿蜒成蓝色动脉，当野生动物的足印在红外相机中凝成生态晴雨表，祁连山早已超越地理实体，升华为衡量人类文明的生态标尺。

党的十八大以来，在习近平生态文明思想指引下，祁连山在生态治理的史诗中书写着当代传奇。过度放牧的创口正在退牧还草的春风中结痂，冰川监测的数值悄然向好，水源涵养的根系重新丰盈。生态实践的沃土孕育着文学创作的新机。祁连山保护工程既凝结着科学治理的智慧，更沉淀着人文价值的哲思。以文字描摹生态之美，以文学重塑生态认知。让文学以"在场"姿态与时代相遇，已然成为甘肃文学工作者的时代使命，亦是锻造文学精品的源头活水。

为积极贯彻生态环境部和中国作家协会《关于促进新时代生态文学繁荣发展的指导意见》，并结合甘肃实际和中心大局，由甘肃省生态环境厅、甘肃省文学艺术界联合会统筹，甘肃省生态环境宣教中心、甘肃省作家协会实施的"新时代"甘肃生态文学创作计划，于2023年6月5日"世界环境日"正式启动，今年已是该计划实施的第二年。一年来，甘肃省作协积极组织全省骨干作家立足祁连山生态修复实践，深入祁连山（甘肃段）进行实地调研，以跨学科视野探寻自然规律与人文精神的深层对话，推动生态治理经验向文学表达转化，以文学的经纬编织祁连山的叙事图谱，我们将以《祁连回响：甘肃生态文学作品集》为名结集出版一批优秀的文学作品，让文字成为描摹祁连山川的最强音。

这部作品集凝结着作家的生态觉悟与人文叩问，他们以笔为犁，深耕于山峦褶皱间的记忆沃土；他们妙笔生花，为祁连山系上一条文学的哈达。这部作品集既是地质年轮的诗意解码，亦是人与自然契约的重新缔结，当书写成为另一种生态修复，每个字符都在重塑着对永恒的认知。本书的出版是甘肃生态文学创作的又一重要成果，我们希望更多作家投身于甘肃生态文学创作之中，让文字化作守护山河的永恒回声，共同见证甘肃生态文学的新征程。

是为序！

甘肃省文联党组书记、主席　王登渤

目 录
Contents

卷一

散文

SANWEN

祁连山阙

马步升

　　兵法上说：围城必阙。意思是说，一座城市无论如何被严密包围，事实上都是存在突围的缺口的，看你能不能发现缺口所在。城市如此，山脉更是如此，我们见过的所有的山，都在明明白白地告诉我们：山必有阙，小山小阙，大山大阙。

　　是啊，一座山本身就是一个具有极大自足性和自我完满性的生命体，而其拥有生命的主要象征，便是一个个大大小小的山阙。无法想象，我们的面前会出现一座完全没有山阙的山脉，那将是多么的令人无望和无趣，正是因为有山阙，这座山才是一座活着的山，也正是大大小小的山阙，往往成为众生欢唱的天堂。山阙是水的通道，风的通道，花粉的通道，飞禽走兽的通道，草木种子的通道，众生的通道，希望和自由的通道，所有形而下的通道，或者，也是某种形而上的通道。

此前的三十多年间，我无数次来过祁连山，甚至可以夸口说，我够得上祁连山的老朋友。但这次不一样，我是祁连山的不速之客，祁连山是我注定了的永远得不到其真传的老师。

正是七月天，在这一个月里，我踏访了祁连山的众多山阙，大者如大通河、黑河、布哈河、哈尔盖河、天棚河，等等河流谷地，去过的小型河流谷地不胜枚举，可以这么说吧，凡是车辆能够通行的河谷，都要进去看看，凡是车辆不能进去的谷地，遇到了就是缘分，总要看一看，试着走一走，能走多远走多远，走不下去了，返回来罢了。

找着黑河源头的那天，早上从祁连县城出发时，便不是一个适合出行的理想天气。雨滴时而稠密，时而稀疏，太阳时而从云层露出脸来，朝大地飞一个眉眼儿，便迅疾隐去，如同古书中描写的那种绝世佳人或风尘女子，"相见争如不见，有情何似无情"。

其实，如果甘愿放弃对大自然一厢情愿的畅想，这样的天气最适合无目标浪游。虽是盛夏，在祁连山地，却是明明白白的秋高气爽，下雨时，山坡牧场的牧民都穿上了羽绒服，红绿黑蓝，如月夜之星，散落于黑云之下，白雾之中，青草之上。雨停后，太阳一定会出来，牧民们又立即脱下羽绒服，换上各色民族服装，蓝天那个蓝哟，白云那个白哟，青草地上雾气蒸腾，在青草与白雾之间，牛羊吃草撒欢儿，宛如步虚蹈空。

太阳在晴空也就悬挂那么一会儿工夫，或者仅仅是露个脸，向大地人间表示太阳还活着，还没有忘记身为太阳的职守，神龙一闪，隐了首尾。太阳隐去是因为云来了，太阳露出脸面那会儿，云就在周边等着，像是已经完成四面包围的队伍，在等待指挥官的命令，随时可以收缩包围圈。或是一群热情的观众，太阳是在场唯一的演员，那些云头，白的云头，黑的云头，在演员演出时，已经在纷纷扰扰，只要演员谢幕，便会在第一时间蜂拥上前，将自己心仪的人淹没在滚烫的热情之中。总是有一颗颜色最深的云头抢在最前面，就像那些热情过头而流于霸蛮粗鲁的粉丝，张开黑色的大氅，将意中人揽入怀中，消受那独自拥有的快意，无论意中人愿不愿意，更不去理会别的粉丝的沮丧。都是在场者，没有谁甘愿成为旁观者，所有的云头似乎也反应过来了，一哄而上，太阳像是一个沉没于深潭的溺水者，霎时水波不兴，好似什么都不曾发生过。

在盛夏的高海拔山区，头顶悬着太阳，必是火烧火燎的盛夏，太阳一旦被云遮住，必然要降雨或降雪。一山有四季，十里不同天，一天换四季，冬夏春秋如同谁在不断按着遥控器的电视屏幕。而且，只要空中飘过炕大的一片云，便获得了兴云作雨的资质，就有可能给地上撒下足球场大小的一摊水，此时，仅仅一箭之地以外的草地上阳光如火，拓印了太阳阴影的那块草地，或者冰雹晶莹，耀眼远近；或者水花四溅，花瓣纷飞。即便是兴起大雨滂沱的满天乌云，都不会给山川草地造成黑云压城的末日感。相反，天空只是比晴好时低了一些，云雾盘旋在山坡，云头与山头觌面低语，好似在商量，到底下不下雨，到底下多少雨合适。

在人烟稀少之地，人更仰仗天，人更信赖天，人有事儿，大事小事，必须要与天商量，得到天的首肯，人的一切行为才是合规的。天在俯视着人，人也在仰望着天，互相对视，互相照应，也互相监督，人违背天的规定，当然为天所不容，天如果不察世事人情，一味刚愎自用，一意孤行，时日一长，也会失去人的信赖和敬仰，那么，天的尊贵便会荡然无存，变成一个虚无空洞的存在了。也因此，在大高原，在祁连山地，任何天象的出现，都无异于天与人灵众生的一场合谋。

在祁连山南坡，有一块草地名叫阿柔。多么温暖曼妙的名字！这是一个藏族部落的名字，从久远的历史中一路走来，走进今天的现实中。这里的地势显然已经很高了，往北看，必须将身体调整为仰视的姿势，一座祁连雪峰似乎就搁在头顶，满山坡的牛羊在用犄角支撑着雪峰。这是牧人的夏季牧场，那会儿，天降大雨，我驻足观景之地，大雨如注，茂密的牧草已经容纳不下雨水，水流从草丛中一团团冒出来，在开辟或寻找通道。而牧群所在的山坡，与我脚下的距离近在眼前，却是大雪如潮。不是日常所见的那种雪花飞扬，在空中翩翩起舞，然后不情愿地跌落尘埃，而是一个个雪团使劲砸在草地上。套用大唐诗人张打油的诗句："天地一笼统，到处黑窟窿，黑牛身上白，白羊身上肿。黑牛是高山黑牦牛，白羊是高山白绵羊。"牧人早已习惯了山地气候的突如其来，牧群对山地气候的说变就变也已习惯了无动于衷，大雪搅动天地翻覆，而众生安之若素。

多年前，我从另一条通道，由北往南翻越祁连山，也是盛夏季节，也是艳阳高照时分。突然，空中飞来一片乌云，接着，大雪如潮，而我只穿了一件单衣。那次过后，我又从这个漫长而狭窄的山阙，多次穿越祁连山。时间都在盛夏，而每一次都遭遇大雪。同样的，每次我都是单衣。这是隋炀帝当年去河西走廊巡视，召集万国博览会所走的山阙，也是在盛夏。史书记载，风雪突至，军士冻死者十之六七，后宫佳丽冻死者十之三四。就在几十年前，解放战争已到了扫尾阶段，一支解放军部队从这里北上河西走廊，突遇暴风雪，冻死将士一百五十八人。那都是能征惯战，打遍华夏九州的勇士啊，区别只在于，他们通过这里时，已是九月底。

伫立风雨中，回环四顾，目接虚空，神游过往，我那时候年轻，风里雨里，无所畏惧，只知道到处追寻绝世美景。一个恍惚，多少年的光阴如同一场场无来由无去路的发呆。今天我依然单衣。我对天气冷暖向来不怎么敏感，常常令我张皇失措的只是人世冷暖。

转身朝南看去，祁连山坡继续下垂，到了谷底时，又突兀隆起，我知道那个突兀隆起的所在，便是我接下来行程的必经之地。弥天的白雾，遍地的水花，天地虽然如此混沌暧昧，能见度却是出奇的高。距离这么远，这么远，黑牦牛每前行一步激溅起的水花依然如在眼底，打在黑牦牛身上的水花，好似源自它们蹄下的青青牧草。羊儿来到世上，唯一要紧的事情就是吃草，阴晴风雨，冰雪寒霜，生命不息，吃草不止。风雨中，它们正在忘乎所以地吃草，青草得到雨水的灌溉，猛可可活跃起来，张扬起来，不用羊儿追寻，青草主动伸过鲜枝嫩叶，以便尽快完成自身的生命轮回。

天有天道，地有地德，人灵万物，各有性情，生活在哪一方天地间，天地生灵之间，各自墨守成规，也是谋求各自安好的不二法门。我知道，我所在的正南方就是大高原的灵魂青海湖。这里是看不见青海湖的，前面那片高地就是远眺青海湖的障碍。不过，青海湖就在天上，就在脚下，就在一片片草地中，天上的雨水，地上的水珠，都会听从一种神秘的召唤，在某处汇聚成流，以河流的名义和气概，一路欢歌，兵分三路，分别奔向需要水的三个方向。向北，汇聚为黑河，冲破祁连山，让广袤的河西走廊中部成为一片膏腴之地。那个宽阔深邃的山阙名叫梨园口，红西路军最后失败之地。我第一次拜谒那个山阙时，也是盛夏，同伴也是第一次来，远望一面绝壁，在阳光下，红砂岩质地的绝壁红血淋漓，如一把带血的铡刀向天直立，而绝壁之下是一片熊熊燃烧的火海。他说这简直是刀山火海啊。到了跟前，问当地人，说这个地方俗名就叫刀山火海。立即，令我们心头震颤不已。向东，无数涓流形成大通河，然后汇入湟水，再涌入黄河，成为黄河在上游地区的重要水源。那个山阙名叫三河口，许多个冬春交替季节，我都曾赶往那里，观看途中在此打尖驻跸的白天鹅。向南，无数涓流集合而成的众多河流，则居高临下，分头割破祁连山地，从一个个山阙直扑青海湖。

青海湖真的算得上一个海，在古代算得上，当下更是大海汪洋，静卧大高原，滋养着一方天地生灵。看吧，在刺目的阳光照射下，水汽蒸腾，冉冉升空，在南风的欢送下，爬上祁连山坡，凝结为雨雪，雨雪又汇流成河，如此周而复始，无限循环，一方典范意义上的小气候，就这样营造而成。

祁连山地就是一座巨大的水量充盈的水塔，一片广袤天地，因此而众生喧阗。该离开这里了，我不是安身立命于此处的牧人，我也不是牧民守护的牛羊，我只是一个因瘟疫阻隔于旷天野地的浪游者。

距我现在伫立之地的不远处，有一个岔路口，那条路是不久前才开通的，以前是一条草原便道。还是草原便道那会儿，我就搭乘一辆拉煤大卡车走过一趟，那已经是三十多年前的事情了。那时候青春热血，盲目乐观，第一次来大高原，就敢于一头扎进对周围环境一无所知的天地茫茫的祁连山地中。前几天，我给同行的伙伴说起过这件让我后怕又自鸣得意许多年的奇葩经历，他路过这里时，特意下车，拍了一段视频给我炫耀，说他找到了我青春迷失之地，我说地名是对的，可是，那时候没有房子呀，荒沟里只有一个私人小煤矿，旁边只有一顶卖饼干和格瓦斯汽水的帐篷。还没有说完，我就知道我说错话了，这几十年神州大地哪里不是沧海桑田呢，原来古朴的城市，幻变为让人摸不着边际的城市森林，原来的小城镇，扩展得比那时候的省城还庞大，而原来只有几间平房一面红旗，只是表示该地行政级别的地方，现在都有了堵车的烦恼了。

果不其然，当我看到这个深深刻印在我生命履历中的路标时，我真的怀疑我的记忆是否发生了错乱。当年的一切了无痕迹，当年绝无的各色建筑挂满山坡。此时，下了一上午的冷雨，善解人意般停了，我在这个比我那时见过的所有的西北地区县城都要大出许多的镇子上，一圈儿一圈儿，走了好几圈儿，我没有发现任何我曾见过的遗迹，甚至没有闻到一丝当年曾让我陷入绝望的气味。依稀仿佛，恍兮惚兮，庄周梦蝶，蝶在梦中。镇子不远处有一个小小的山阙，那应该就是当年的小煤窑和帐篷所在地，而阙口那里曾经有两间快要倒塌的平房，我在其中的一间房屋里苦等奇迹的光临。那是我的诺亚方舟，一位给煤矿工人做饭的来自河北省的年轻女性收留了我，房间里没有床铺被褥，只有一块破烂的木板，一早一晚，房间阴冷如冬天，而这样的待遇已经超过传说中的总统套房了。如果流落在野地，或沦为野兽一餐，或冻毙于野草闲花丛中，流落在这样的野外，什么样儿饱满的青春，都会化为孤魂野鬼的标本。每天早晨起来，当踏着门外草地上的冰雪迎接朝阳时，我真正感觉到了恐惧，我当即便相信了史书记载的隋炀帝一行的遭遇，并无什么夸张。修习历史的人总会被一种内心的杯弓蛇影所困扰折磨，当我读到这一段历史记载时，越发怀疑，我们的古人对待隋炀帝缺少最起码的友善，他已经将一把举世无双的好牌打得稀烂了，将自身的绝世之才演绎成了一部卷帙浩繁的笑话集，后人还用得着以这种意外变故继续埋汰他么。我正是为了验证前辈史官的诚信与否而踏上这一条不虞之途的。还好，我没有变成实证史学的一份代价，也没有让自己成为现实版的笑话，只是每当想起这段经历，便会无端地发出一声两声回荡着青春盲动的苦笑。我很想找人问问当年这里是否有一座小煤矿，在街上转了几圈，一切都是新的，新街道，新马路，新房子，新人。这才过去多长时间啊，经历过这段历史的人还可以兴致勃勃回到历史现场，而历史现场却已经找不到历史遗迹了。那时候，我二十岁出头，青春才刚开始，但我将青春丢失在了祁连山阙，从此后，我虽然持续浪游山野三十多年，但我面对无知不再无畏，面对无限不再盲动。

我在这个找不见当年任何遗迹的镇子上吃了一顿饭，还不到吃午饭的时候，但我决定在这里解决午饭问题。究竟是什么心理在主导，说不清楚，也许只是为了多停留一会儿找一个合理借口。由煤矿兴起的小镇，所有的设施，包括街道马路，以及天空，本色是什么，已经不重要，最为醒目的，并无所不在的是煤炭的颜色。在一家小饭馆要了一碗炒面片，当年困居此地时，多么渴望有一碗热乎乎的炒面片啊。这是一家藏族人开办的饭馆，他不是本地人，也就再没有什么可问。炒面片的厨艺还凑合，高海拔地区的饭菜，不会有多么可口，这点我早知道。饭馆还算干净，饭桌上有煤色，但没有煤灰，安置在饭馆正中间的炉火正旺，我有意坐在靠近火炉的饭桌边，在气温只有几度，而且是阴雨天的野外，身着半袖流连了大半天，并没有觉得有多冷，当炉火在身边激情燃烧时，反倒有了周身寒彻之感，仿佛自己本来是一块冰，自己对此并无明确认知，炉火的烈焰提醒了自己。一杯热茶下肚，亦如热茶浇灌在冻冰上，体内有一种白雾喧腾的热闹感。服务生是一位藏族姑娘，她的表情一直是笑笑的那种，友好的，和善的，甚至讨好的。吃完炒面片，藏族姑娘又端上一碗热面汤，这是西北地区传统的典型的吃法，俗称是灌缝儿，雅称是原汤化原食。我将面汤倒入我刚才用过的碗里，小姑娘抿嘴笑了，轻轻地，亲亲地那种。只有西北老土著才这样吃饭，一只碗吃到底，说法是：换碗换婆娘。意思是吃饭中途换碗，预示着夫妻不到头。曾经与诗人第广龙一起吃面，我就是这种吃法，他在《马步升吃面》一诗中说，吃面原来是有法律规定的。

吃饭的当儿，雨彻底停了，吃完饭，雨又起了。满街的饭馆，就餐者廖廖，用脚后跟都想得到，这都是做拉煤车司机和过路客生意的，可是，往常车水马龙的公路上，时下好半天也遇不到一车一人。我又在旁边的商店里买了两盒烟，我不抽这种烟，我抽的烟，箱子里还有一些。这是我挥霍过青春热血的地方，如今青春虽不再，热血却难凉，我为这个地方能做的也只有这些了。

这是一条通往青海湖的近路，我要去观摩湟鱼洄游。湟鱼是大高原特有的精灵，每年在固定的季节里，都会从青海湖出发，溯河流而上，产卵之后，再返回原籍。那是一种绝世壮观的场景，生命之枷锁，生命之自由，一并体现于这种小小的精灵身上，当此之时，正是湟鱼洄游的高潮期。此前，曾就近观摩过这种生命的循环之旅，那是自以为懂得了生命的真谛，实则断断不然的年纪。少年不识愁滋味，爱上层楼，爱上层楼，为赋新词强说愁，倒是赋得新词一堆，但仅是一个个新词的排列组合而已。生命远不是我们看到的那些，也远不是自己亲身经历的那些，湟鱼需要一代代洄游，方可实现种群的生生不息。湟鱼如此，别的生命不都如此吗？群体的、个体的生命都是在无间断洄游中，巩固记忆，积累经验，历史不正是人类频频洄游自身过往运行轨迹的产物么。近看成岭侧成峰，远近高低各不同。不识庐山真面目，只缘身在此山中。置身于生命的洪流中，我们只不过是随波逐流的漂浮物，被洪水呛死淹死，或是幸而被托举上岸，谁敢说自己对自己的命运有十足的把握？真诚地感谢命运之神的眷顾吧，行于洪流之岸的人们，这是多么阔绰的幸运啊。

就在这次出门远行的前一个晚上，我忽然回顾自己以前的人生，我在日记中坦诚承认，如果说一个人从呱呱坠地到长大成人，需要一百种理由的话，那么，有九十九种理由，都会万分冷峻地告诉我：这个世界并不需要你！可是，正是剩下的那一个理由却让我活到了现在，在有些人的眼里，我似乎还活得不错。这个唯一的理由到底是什么，我用兵棋推演的规则，琢磨再三再四，每次推演的结论都大相径庭，而剩下的那个唯一可能的理由，事实上也是不能自圆其说的。

让我们坦率地承认命运之神的存在吧，哪怕她是有限的存在，哪怕她真的是一种经不住诘难的虚无。或者，你去问问湟鱼吧，待在广阔安全的青海湖中繁衍后代不好吗，非要冒着被飞鸟掠食的风险，躲过种种劫难，洄游到河流的浅滩上，去完成自身生命的传承？对于这些，科学家已经给出了相当有说服力的答案，可是，湟鱼同意吗？在没有见到湟鱼签字认可的法律文书前，任何结论都有可能只是一种兵棋推演。

现在，让我们在弥天雨雾中，顺着这条盘山道，在遍地金露梅的加持中，去问问湟鱼吧。

是的，当进入天棚河的河谷地带时，大地上最为耀眼的色彩是金露梅，而最为著名的那个祁连山阙的得名，就与金露梅有关。祁连山中段和东段，最具历史意味的自然通道名叫扁都口，隋炀帝时代名叫大斗拔谷。大地上隆起一道阻断交通的高山，必然会让高山裂开一道缝隙，这道缝隙注定是要经受历史车轮反复碾压的通道。无端端地，巉岩狰狞的大山，平白裂开一道缝隙，直杠杠几十公里，沟通了河西走廊和大高原的联系。据藏语专家说，扁，为边麻简称，都，路口之意，合起来就是：生长边麻的路口。边麻，就是金露梅，藏语边麻梅朵。在祁连山南坡，名字中带"边"的地方很多，而那些地方，一般都盛开着金露梅。我曾多次穿过扁都口，第一次是不期而遇，后面多次都是专程造访，每一次大约在盛夏季节，而每一次都突遇暴风雪。对此，我无怨无悔，乃至在心底深处，还期盼着与暴风雪狭路相逢。前几天，又来扁都口，而这次是大晴天，刚参观完俄堡古城墙和博物馆，天气变了。这次是天降大雨，不是雪。当地陪同的人万分欣喜地说：贵客把雨带来了哈！今年这里缺雨，从春天缺雨到盛夏。犹如一团乱麻，终于找到了线头，我被困祁连山的一个月里，几乎无日不雨。

现在，我依然走在雨中。天棚河的河谷完全是谁在巨大的山体上划了一道伤口，道路的一边紧贴着望不到顶的石崖，一边是垂直的河岸，只听得飞流击石声，却看不见水影子。在一段稍许宽阔的峡谷里，牧民们将帐篷搭在河边，牛羊悬挂在陡峭的山坡上吃草。看见有两个藏族小伙身穿羽绒服，在帐篷边闲庭信步，两个小孩在旁边玩耍，帐篷里冒出袅袅炊烟，飘来牛粪燃烧的气味。我跨过湿漉漉的草地来到帐篷边，帐篷里一老一少两个藏族妇女在忙碌。一个小伙子正在州里的职校上学，另一个小伙子也很年轻，旁边玩耍的是他的两个小孩。

我和那个正在上学的小伙子很快聊得投机，我说了几个当下藏族作家的名字，他居然都知道，还读过他们的若干作品。这令我万分惊喜。我穿着半截袖与兄弟俩和两个小孩在帐篷前合影留念，我把照片发在朋友圈后，朋友们纷纷留言说，这两个藏族小伙子真是帅，真是精神，真是洋气。

不错，大家都没有说错，我们只是江湖邂逅，没有任何刻意选择，更不是摆拍。而在几十年前第一次来这里时见到的情形，一个叫作恍若隔世的成语从心底呼啸而来。

出了峡谷，来到开阔地，一眼望去，极目处，全是金露梅那黄灿灿的花朵。雨雾缭绕中，河滩地带，山坡上，金黄的光晕与乳白的雨雾混合在一起，伸展到无尽的远方。

这是牧民的冬季牧场，牧草趁着雨水的滋润，正在欢快生长，牧群是冬季牧场的贵客，牧草在时刻准备着盛情款待。走近一大片金露梅平地，忽然发现，平地并非平地，而是乱石磊磊，遍地人工开掘的坑洼，如同大地上狰狞的伤口，金露梅只是一个爱美的人，用自己的身体和美丽的容貌，在遮掩着曾经有过的暴戾和罪恶。是的，这是淘金客所为。几十年前，搭乘拉煤大卡车路过这里时，几十公里的地界上，人山人海，摩肩接踵，破烂的帐篷一顶连着一顶，仿佛百里连营。据说极盛时拥有十万之众，他们来自全国各地，他们在这里淘金，他们让河床遍体鳞伤。如今，举目远望，空旷的草地上空无一人，而低头看，受伤的草地还在默默疗伤。草地在以金露梅遮掩丑陋的伤口，金露梅在以自身的非凡坚韧和美丽，抚慰着身受重伤的草地。每走出一段，哪里金露梅最为集中，最为耀眼，我便去看看，无一例外，凡是金露梅丰饶之处，那里必是遭受过重创的草地。

好在，这一切，都是尘封往事了，正如我那随风而逝的青春岁月，正如现时现地举目可见的绝美山川。

这条通道的尽头是刚察，而刚察就在青海湖边。这里是青海湖周边最大河流布哈河的入湖口，这也是湟鱼洄游的最佳观测点，而我在那一刻，却再无观摩湟鱼洄游的兴致。让自然的复归自然，让自然岁月静好，这也许才是人的真正意义上的岁月静好。

雨过天晴，正是夕阳西下时分，回头瞭望自己这些天走过的路，只见一座雪峰赫然耸立，夕阳下，一边是白雪红晕，一边是红雪白雾，看起来如在头顶，其实在几百里以外。这是无数祁连雪峰的其中一座，众多河流扎根于雪峰，而那座最高的雪峰之下，就是那一孔名动古今的祁连山阙。

八步沙的两种树

李学辉

一

　　榆树、沙枣树，与槐树、柳树、白杨树，本是北方普通的树种。榆树、沙枣树，耐旱、耐寒，根系发达，抗风力大，又被称为防风固沙的"功臣树""劳模树"。

　　榆树，又名春榆、白榆。可于川地、沙岗栽植。树皮、叶、根皆可入药。每至四月，榆钱缀于枝头，可生食，味极鲜。亦可做榆钱拨拉，味亦鲜美。若与大肉炒之，味又别于其他。榆钱附于肉上，入口即化，只是把握火候难，焯水讲究，一般人难以得法，看似简单，实则讲究。

　　榆树不择地势，生长快，木性坚韧，硬度与强度适中，纹理清晰，刨面光滑，是做家具、农具的上选材料。所以在乡间，有"榆木赛松，弦面花美"的说法。

沙枣，别名红豆，盖因果实红亮通透之故。又名桂香柳，因其花开与江南桂花相似，还称七里香。每当花开之时，香随风走，十里皆香，亦为西北夏季蜜源之一。折枝插于瓶中，一室香气弥散，浓而不烈，犹如丝绸拂面，滑而不腻。叶为银白色，如鳞片附枝，为羊所食之爱物。

沙枣树木质坚硬，亦为做家具、农具的好东西。选沙枣木做几、凳，纹理清晰，刨面光滑，极受人们之喜爱。

水养人，树养性，榆树、沙枣树不择地势，实用价值高，虽无君子之称，在自然界，可当卫士之任。

二

在古浪县八步沙林场，榆树、沙枣树和梭梭、花棒、柠条、红柳、沙拐枣一道，编织成7.5万亩的"缓冲带"，成为防风固沙的坚强屏障。

每次到古浪县八步沙林场，我都要去看看眼窝子沙的那些榆树和沙枣树。

眼窝子沙是石家槽中的一片沙漠，因沙窝的形状类似鸡眼睛而得名，位于八步沙林场场部东南方向4.5公里处，是八步沙"六老汉"治沙造林的起点。

八步沙林场场长郭万刚，每每讲到这些榆树和沙枣树，言语中都饱含深情。从1981年起，第一代八步沙人种下了这些树，它们和八步沙"六老汉"一起见证了"一棵树、一把草，压住沙子防风掏"的治沙历程。

在川地，榆树、沙枣树，把根系扎在地中。在八步沙，榆树、沙枣树的根深入沙中，根部一米以上的部分也被埋于沙中。围罩它们的沙，撼不动它们，便乖乖就范，停止了流动。在榆树、沙枣树的生命密码中，它们不靠记忆，靠本能护佑着一方，让人们解读着八步沙"六老汉""困难面前不低头，敢把沙漠变绿洲"的精神内涵。

三

到了八步沙，人的视线得一直朝下。不是每株树都想生在沙漠中，在八步沙，人和树，是一个共同体。树因人，在沙漠中扎根；人因树，坚定着治沙的信心。

我曾坐在榆树和沙枣树下，抚摸榆树和沙枣树的叶子，叶面滞尘能力强，它们生了又落，落了又生，树身一直在往上长，它们附身于树底，在一年又一年中，陪伴着树。树集体拉长着记忆，把四十多年连在一起，就成了一道绿色长城。

"树活了，我的心就活了。"郭万刚说。

他顺手将一颗沙枣埋在了沙中，也许，过不了几年，又一棵沙枣树会拔沙而起。

在沙漠里捋榆钱吃，和在川地上捋榆钱吃，滋味是不一样的。对此，郭万刚有着深刻的体验。

现在，伴着榆树和沙枣树的，还有成千上万的梭梭、柠条和马刺盖的花。榆树和沙枣树藏着的，不仅有日月星辰，还有治理后的沙漠情怀。

喜鹊们在枝上飞来荡去，麻雀们穿行于树间，它们也把八步沙当作了家园。当黄羊的身影出现在八步沙时，高兴的不仅是榆树和沙枣树，还有为八步沙生态系统形成而颇感欣慰的人们。

其实，读懂了八步沙成活的树，也就读懂了那些还在持续种树的第三代八步沙人。

山丹的性格

马宇龙

没去山丹的时候，觉得山丹就像它的名字，淳朴、美丽，浑身散发着山丹丹的气息，令人神往，让人迷恋。去了山丹，才知道山丹真的不容易。

癸卯年夏天，山丹遇到了前所未有的干旱。进入八月，干旱已经白热化，十万亩庄稼焦渴，十余座水库干涸。八月中旬，干旱已经危及市民，县里不得已发出了节约用水的倡议，号召居民从"节省每一滴生活用水"开始，做好心理准备打持久战，所有洗车房、洗浴中心暂停营业。在农村，还做出了"还没有收获的庄稼减少灌溉"的艰难选择。老人们说，这是七十年未遇的旱灾。

干旱来临之前的七月底，我正好去了山丹。一走进山丹地界，满目荒凉，滩涂上冒头的草连地皮都遮不住，且这里一簇，那里一堆，头顶是瓦蓝瓦蓝的天，偶尔飘过一朵洁白的云朵，也被风远远地吹走，丝毫没有停下来歇脚的意思。本就体热的我，哪里受得了这般酷暑，第一个晚上，入住酒店，半夜无眠，鼻血流出来，染红了枕头和床单。就是这样的天气，山丹的诗人们照旧啃羊腿、喝烧酒，高喉咙大嗓门地彻夜闹腾，也许他们已经习惯了这样的生活，他们的生命已经与这样的自然天道彼此包容了。

由此我想到了一个人，一个外国人，叫路易·艾黎。20 世纪 40 年代，路易·艾黎不远万里，从新西兰来到中国西北，将他在陕西的学校迁到山丹，一待就是十年。20 世纪 80 年代，他在北京去世后，连骨灰都撒在了山丹大地。我来山丹，受邀讲座的地方就是山丹培黎职业学院，原甘肃省山丹培黎学校，也是习近平总书记专程来视察过的地方。我站在这个静悄悄的院子里，愣了一会儿神。我在想，人们都在怀念这个外国人以他乡为故乡、十年扎根山丹、发展教育、教化乡民的高尚情操，那么撇开这些宏大的叙事和概括的文字，我想知道，他是如何一天天度过这十年的。时代发展到今天，山丹已经今非昔比，无论物质、生态还是生存条件，都与那时不可同日而语。在那种艰苦的生存环境中，除了个体自身的强大外，我相信，一定是山丹这方神秘的地域，在吸引着他，让他不得不去热爱，不得不心甘情愿地把这里当作自己的故乡。

尽管燥热，汗珠滴沥，我还是忍耐着想深入山丹的角角落落去探究足以吸引外国友人的缘由，探究山丹之魔力。山丹最有名、也最有历史的地方，一个是山丹军马场，一个是焉支山。下午去爬焉支山，也是为了避暑。我问陪同的山丹诗人，我最早以为是"胭脂山"呢，诗人说，也对，它又叫燕支山、胭脂山。我原以为的"胭脂山"之名并非空穴来风，那句有名的匈奴哀唱他们被霍去病战败、丢了疆土的民歌"亡我祁连山，使我六畜不蕃息；失我燕支山，使我嫁妇无颜色……"就是明证。没了胭脂山，就没了胭脂，他们国家的妇女就没了颜色。那是因为山中生长着一种花草，女子们取其汁液制作胭脂，故名胭脂山。匈奴女子化妆的原料产地因败逃而落入了汉家之手。匈奴王走在退逃的路上，远眺松翠雪白的焉支山，痛哭流涕，捶胸顿足，杜鹃啼血般唱出了心中的哀痛。匈奴之痛，当然不仅仅是女人们不美丽了，还因为焉支山历来就是水草丰美、宜畜牧的天然草场，是他们在一个漫长历史时期的繁衍生息地。焉支山被汉军夺取后，他们只能无奈逃亡，另觅家园。山丹的诗人说，焉支山是音译，匈奴语称藩王之妻叫"阏氏"，"焉支"或"胭脂"是其汉译的谐音，叫哪一个都不算错。一个名字就已经包含了厚重的历史和连绵不断的故事。

让匈奴哀痛的地方，却在后世一千年里，发生了一件世界性的大事。那是隋炀帝钦定这里，率领文武大臣精心组织的一场举世瞩目的大会。这是一个集商品贸易、文化交流、外事洽谈为一体的盛会，被誉为世界最早的万国博览会。长达一周的时间里，隋炀帝在此宴请西域二十七个国家的王臣，他踌躇满志，赚得盆满钵满。除了高昌、伊吾两国献地千里，还发布设西海、河源、鄯善、且末四郡之令，第一次将青海全境纳入中原王朝版图，再次将新疆东部纳入中原管辖。有了王土，不能不考虑率土之滨的王臣，隋炀帝龙颜欢悦之际，宣布免除陇右地区赋税徭役一年，免去他经过地方的赋税徭役两年。随后，他又在文武大臣和诸国王臣的簇拥下，登上焉支山峰顶，效法秦皇汉武封禅，君临天下，举行祭祀大典，祭祀天地神灵。

走向焉支山，面对山脚下一片开阔的草原，我想，这里应该就是隋炀帝召见并宴请西域王臣的地方。登上焉支山，我一路在找寻隋炀帝的遗迹和史载的行宫，可惜我什么也没有看到。密密的林间，恍惚有音乐演奏的声音传来。有此音乐，又怎么少得了西域的胡腾舞。据说，在盛会的觥筹交错、欢声笑语中，心满意足的隋炀帝为诸国王臣举办了专场歌舞演出，演奏了清商乐、龟兹乐、西凉乐等，还演出了从西域传入的杂技节目。此番西巡开拓疆土、贸易往来、畅通丝路之举，充分展示了隋朝国力的强大。焉支山因此有了"国博故里""世博圣地"的盛誉。

自从汉朝灭亡，进入魏晋南北朝时期，隋炀帝西巡是中原大国又一次在西北地区展示出威猛雄风。如今的焉支山，以它奇特的地形、植被和大大小小的石林奇峰，收藏着当年的钟鼎之声。远远望去，苍松翠柏郁郁葱葱，满坡绿草中一簇簇胭脂花在微风中摇曳。当年万国博览会的胜迹已经荡然无存，一代枭雄曾经拥有的威仪与辉煌早已遁入尘埃，唯有山顶寺庙的悠远钟声环绕着缥缈的云雾，依稀唤起后人的缕缕遐思。

时光走过了千年，山丹人依然在这片土地上拼搏、歌吟，我终于知道为什么山丹多出诗人了，我也终于知道路易·艾黎为什么死心塌地地爱上山丹了。历史赋予了山丹不一样的特质，在久负盛名的军马场，我看到万马奔腾的震撼景象，这就是山丹的精神，就像流传千年的山丹美食炒拨拉，看似简陋、粗鄙，却蕴藏着丰厚的内涵和生命不息的浓烈火焰。这是诗的渊薮，也是爱的渊源。我离开山丹不久，一日紧似一日的旱情不断传来，老军乡、陈户镇、马营镇、霍城镇的所有旱田都颗粒无收。马场高铁以北、紧靠高铁以南，燕麦田严重干旱，有的几乎绝产。那边的朋友圈里传来的尽是唇干舌燥的消息，一张图片上，只长了一拃高的燕麦低头耷脑让人心疼。一些写诗的朋友开始用文字记录祈雨、寻雨的过程，探问河床干涸的原因。文字在这个艰难的时刻再次发挥了鼓舞士气、凝聚人心的作用。

读山丹的诗歌，诗中的山丹悲怆而苍凉，一行行，一句句，记录着祖辈们经历过的战乱和父辈们经历过的饥荒，坚韧的质地是诗的风格，也是山丹人的性格，塑造着山丹人世世代代的基因。对于干旱，山丹人已经有着丰富的应对经验，他们从容不迫地挖水井、建水库、修水渠，把日子一如既往过得如同地垄沟，横平竖直，一丝不苟。这场大旱终于在全民联手、上下齐心下被彻底战胜。张掖市最新一轮人口普查显示，全市六个县区中，人口流失最少的是山丹县，十年间只减少了一万人。命运给了十五万山丹人恶劣的自然环境，却赋予了他们热爱家乡、一心图变的坚韧。这是山丹的性格，也是山丹诗人笔力千钧之所在。

河西走笔（散文诗组章）

牧风

河西：风电之梦

远望那茫茫戈壁，古丝绸之路千里黄金通道，成片的银白色风电装置如大鸟在晨曦中扇动着翅膀，鼓翼之声似在沉吟河西走廊风电之梦骄人的诗行。那是汉唐使者西域探秘千年的奢望，是敦煌飞天神女婀娜舞袖的长歌，是萨迦班智达与阔端凉州会谈的祥和延伸，更是边塞诗人粗犷而豪迈的大漠吟唱。这极度抒情、极度震撼、极度雄浑的河西六郡风电能源的大手笔！

瞧，那直插苍穹的巨型长臂，犹如一列列擎天立柱，在硕大的帷幕下熠熠生辉。这是河西走廊的腹地，嘉峪关城楼隐约浮现，飓风骤起，旷古戈壁上这一排排闪着生命亮色的风电之阵，是在用汉赋和唐诗的形式诠释着一个又一个创业者的奇迹。

祁连山的雪水消融不了厮守河西的神鸟的银翅。

大漠孤烟弥漫，血色残阳消退不了"向天再借五百年"的豪情。

千里河西走廊，绵延不绝的祁连山，自古传唱着生动鲜活的民谣和经历着频频战火的洗礼。

我侧耳倾听，遥远处那一群群银色的大鸟正鼓翼齐鸣，箭镞一样滑过整个河西。

一路向西

火车离开金城，喧嚣和浮躁在时光的流逝中迅速消退。一路向西，苍烟覆盖的祁连山脉，在飞驰的列车外宛如苍龙起伏，瞬间撼动一个游子的魂魄。

今夜我躲藏在《八声甘州》的某个褶皱里，或是萨迦班智达与阔端的凉州会谈？一切记忆都是那么的短暂而苍白，以至于我穿越乌鞘岭时想拼命地呼吸，而鸠摩罗什寺和远处的马踏飞燕在传递着千年掩藏的故事。

一阵急切的脚步声掠过，和着车身与铁轨的撕咬，把我骤醒的梦抛给了遥远处陌生的夜色酿成的酒泉。我想，隐身在晨曦中的嘉峪关箭镞般射过我小小的胸膛，那翘首盼望的敦煌离我就不远了吧？

又见敦煌

千里沙洲里镶嵌的一只眼睛，见证着反弹琵琶和阳关三叠，以及三危山下遮住尘世的佛光。乐僔探寻的踪影呢，西夏元昊舞动的长刀呢，大将霍去病的铁骑呢，飞将军李广的神箭呢，左宗棠远征时栽下的左公柳呢，还有被道士王圆箓出卖的藏经洞呢，一个个都走进《河西走廊》的经典故事里了？在丝绸的故道上，我听见大汉驰骋的铁骑声和商队的驼铃声，还有敦煌千年变局掀开的狼烟萧萧！

在莫高窟深藏的文化遗产里，我发现了常书鸿、樊锦诗们匆忙而忧虑的身影，那些大漠风暴锤炼的灵魂，都深深地镌刻进历史的典籍，散发着浓浓的精气神。

我的敦煌，是一场魂牵梦绕的预约。

一段河西的抒情

远望那千里荒漠，古丝绸之路的神话在延续。

成片的胡杨如沙海中的驼队，在晨曦中绵延千里。

阳关的身体里，有汉唐的弦乐和神秘的传说在汩汩流淌。

边塞骄人的诗行，把汉唐使者西域探秘的奢望豪迈地吟诵。

是飞天神女舞动的长歌，还是萨迦班智达与阔端凉州会谈的延续？

是边塞诗人粗犷而豪迈的大漠吟唱，还是元昊挥舞的党项长刀，以及楼兰古国湮没的背影。

这些河西走廊内心的呐喊，在硕大的夜幕下回响。

这是河西走廊的腹地，飑风骤起，旷古沙洲一截截残垣断壁，在沉吟中亮出生命的原色。

是汉赋和唐诗诠释着祁连和敦煌的奇迹，还是大漠孤烟的沧桑和岁月的轮回？

血色残阳掩映汉唐雄风，铸就了河西走廊坚韧的风骨，静寂安详的佛陀，反弹琵琶的飞天，一切信仰的目光，都陪伴着河西走廊带给民众的福祉。

车辚辚，风萧萧，狂沙吹动，终掩不去远古历史和一册山河的辉煌。

大唐深处，王维正在挥泪送故人，那阳关的雪在鸟群的鼓翼中孤寂地飞翔。

那声音浑厚而清脆，海潮般漫过阳关的心脏。

车过乌鞘岭

三月的飞雪漫过河西的心脏地带，谁的话语打开了我尘封的记忆之闸？

车队在三月的河西呼啸而过，空旷而孤寂。一种想呐喊的欲望急剧上升，在达柴沟，车队鸣响的汽笛划破远处的宁静气息。

乌鞘岭正迅疾地撞入我的眼眸，令我躲闪不及。祁连山的雪水已经融化，思绪在倏忽间感觉清新和舒畅，而脚步踩踏着乌鞘岭往昔陈旧的伤口。

欧亚大陆桥的咽喉之地，如一团冰凉的空气阻挡行人的脚步。

在长城口，在天祝以西的高地上，遥远的乌鞘岭如一道天然屏障横亘眼前，我感觉唐突之中呼吸急促，思绪窒息，心灵为之震颤。

一列火车远远地朝驻足的方向呼啸而来，回声中传递着阴冷和不可逾越的阻隔，我的河西兄弟，此时正在学校门前除积雪，与孩子们齐声朗诵着毛润之的《沁园春·雪》。

夜走酒泉

夜走酒泉，想象是品尝一杯美酒或一捧清泉。

夜让人变得沉重，无情地中断美妙的话语，车窗外寒气阵阵，遥远处灯火阑珊的小城可是酒泉？

在暗夜里行进，在急躁和困惑中夹杂着些许暖意，我们宛如一块吸足汗水的海绵，被寒风掠进了夜的深渊，随处感受着大戈壁苍茫中裸露的清凉。

远处灯火璀璨，群楼林立，我们在城市的边沿游动，如同鱼儿穿梭在人流中。远离故乡，那"葡萄美酒夜光杯"的精妙诗句，在今夜的思绪里蜂拥而来，远处车流如甲壳虫般蠕动，今夜醉酒的地方可是酒泉？

嘉峪关

朦胧中浮现空旷的城楼。

长城自东向西，把秦、明两朝千里绵延的梦想，凝聚成帝国强大的屏障。

飞雪依旧，绵延千里的河西大地蕴藏着千年传奇。整个车队如蚯蚓般迟缓地行进，把凝聚了一个冬天的梦想搁置在嘉峪关城。

拭目远眺，群楼林立。环顾城垣，风雨浸泡的古城，裸露着旧时光的印痕。

遥想丝绸古道当年的繁华，眼前浮现河西走廊古老的文明和昔日的辉煌。

岁月沧桑，历史更迭，一切往事在时光的巨辙上迅疾流逝，而伫立河西千年的古城褪去原始的光泽，在新世纪焕发出浓烈的时代气息。

七彩丹霞

穿越千里戈壁，向河西走廊的腹地贴近，坐落在祁连山北麓，披着七彩霓裳的丹霞山，敞开柔软而坚硬的身子，把妩媚之眼抛向来自雪域的赤子。

是手握巨椽之笔的旷古大师，瞬间将眼前的狂烈涂抹成万世不枯的生命赫赫之功，这绝世的大美丹霞呵，前世的相约在倏忽间形成今世的山盟海誓。

这里是金张掖最迷人，也是最傲气的圣地，数以千计的悬崖山峦，层层叠叠，一种空前绝后的故事和传说在跨越 200 万年时空的对话里倾情演绎，面对如此震撼的旷世画卷，难道你被尘埃蒙蔽的双眼打不开惊异的光芒吗？

仁立在丹霞山巅，俯瞰七彩祥云覆盖的苍茫山系，犹如赤色苍龙，在河西的心脏狂飙般横空出世，身躯划过祁连朦胧山河，把隐藏在肃南辽阔的花海，献给河西古道，献给丹霞地貌群围拢的三百多平方公里七彩烟云飞渡。

我的身影在七彩云海台、七彩仙缘台、七彩锦绣台、七彩虹霞台、七彩敖河台、万象土林谷来回穿梭，惊奇、震撼、兴奋，这些鲜活而生动的词语不停地闯入我的脑际，让我在仰望和沉思中忘却自己。友人们尾随而至，在丹霞色彩斑斓的观景台上，手挽着手，积蓄力量，我们背靠满山谷赤焰飞动，状似火凤凰的烈鸟图景，留下这一生最想涅槃重生的美妙瞬间。

大佛寺

在张掖市甘州区一个幽静的地方，我寻觅到距今已九百多年的大佛寺。两边古柳耸立，苍翠古拙，一阵清凉的佛乐响起，我们在友人的指引下，一步踏进佛国，虽然还没有看到让人虔敬的佛像，但走在禅院中，顿感已在佛的脚下悄悄地行走。

眼前雕梁画栋，古柏参天，众多佛殿香客云集，钟声幽远，那虔诚的眼神表明，他们已经步入空灵境界，唯独我是一个凡夫俗子，茫然地跟随别人的脚印踯躅而行。

在大佛殿，众生被眼前侧身的木雕佛陀涅槃像所震撼，佛尊微闭双目，34.5米的佛身在莲座上安详入眠，他在玄黄之域静坐冥想些什么呢？听着讲解员快速而传神的讲述，我的灵魂霎时飞离，似置身另一个空蒙世界。

穿过金塔殿，绕过藏经阁和土塔，忽觉大殿楹联萦绕于心："一觉睡西天，谁知梦里乾坤大；只身眠净土，只道其中日月长。"在这河西走廊神秘的地域，世界八大奇迹之外的奇迹，顷刻间就让我渺小的灵魂遇见了。

山丹行吟

牛马散北海，割鲜若虎餐。

虽居燕只山，不道朔雪寒。

妇女马上笑，颜如赪玉盘。

翻飞射鸟兽，花月醉雕鞍。

摘自李白诗《幽州胡马客歌》

河西走廊是西域的门户，更是古丝绸之路的通道。

祁连回响，出使西域十三年的张骞，打开河西与外界的联系，河西走廊迅疾地跃上历史的舞台。

在河西中段线上，我迎头碰见坐守张掖东大门的山丹，作为甘凉的咽喉、走廊的蜂腰，古丝绸之路通往西域的必经之地，山丹一直是东西方探究者最关注的内容。

随车穿行，过了青海的门源，广袤的草地，以及奔跑在花草间的一群群混血马，如同一束束顷刻滑出的闪电，吸引住我的眼球和脚步。

这块丰饶而辽阔的神秘之域，暗藏着亚洲最大的军马场，承载着那些跨越时空的永恒记忆。公元前 121 年，西汉名将霍去病赢得河西之战，直取祁连，河西腹地的旷世奇宝随之出现。霍去病创建的最大皇家马场，在岁月峥嵘中深藏河西近千年。想那兵败失去疆域的匈奴人凄然哀叹："失我祁连山，使我六畜不蕃息；失我焉支山，使我妇女无颜色。"（两汉佚名《匈奴歌》）回溯历史，沧桑烟云浸润的咽喉之地，在河西的历史上扮演了十分重要的角色。

海拔 4000 多米的祁连山冷龙岭傲然屹立，那冷峻的目光和伟岸的身躯曾阻隔过甘肃与青海的促膝长谈。

喂养过汗血宝马的地方，是霍去病一世的挂念，那三百二十多万亩草场，历经千年风雪，在时代生态文明的礼赞中依然是草场丰美，森林密布，水流淙淙，百花繁盛，风光无限。

揭开冷龙岭北麓的大马营草原和迷人的焉支山的故事，那些引人入胜的绝世秘境，一直是探寻者魂牵梦绕的地方。公元前 112 年，汉武帝出巡雍州，面对黄河奔涌的狂涛，当时的他一定向往黄河以西的偌大疆土和九百公里的长廊，梦里经常牵挂的那片辽阔大地，那可是一块生长大批汉王朝铁骑的风水宝地。

当我的目光扫视《前汉书》《后汉书》，以及整齐摆放在住所的《张掖市志》《山丹县志》和《河西走廊》专题片解说词时，我忽然对友人说，刘彻未能亲至黄河以西，走进古丝绸之路文化宝库的河西四郡，是他的终生遗憾。

石羊眼里的生态

唐荣尧

　　石羊不是一只或一群石雕的羊，而是一条从祁连山起步、一路踉跄的足迹里孕育出绿洲和村镇，最终倒毙于沙漠中的内流河，那条河里的每一滴水，就是一只向远方奔走的羊。就像一个人的生命过程，这条以"石羊"命名的河流，喝醉酒般摇摇晃晃地走下山岗，被兵追赶般慌慌张张地穿过峡谷，焊工般认认真真地在南北走向的"河西走廊"上切开一道水路，保姆般细心浇灌出一片片绿洲，死士般义无反顾地向遥远的沙漠死地奔赴。这无数的"石羊"，汇聚成一条浩荡之河，养育着两岸的动植物和庄稼地，也接纳水库、水电站、水文站、桥梁、水渠等科技介入的产物，送走一代又一代人的生命，把自己写成了一首沧桑的生态诗。

一

从市区一路循着 Y284 乡村道路而来，简直就是快速翻阅一本生态读本：城市、乡村、庄稼、荒岗、峡谷，眼前总是一片典型的大西北景象。到毛藏乡境内才看到茂密的原始森林和丛生的灌木，将一片碧绿严严实实地披在大地上，将鹰在空中的长鸣和水在山间的流动送到耳边。只有到这里，看到的才是祁连山努力保持的样子吧。得感谢前些年就开始实施的退牧还林还草工程，让这片宁静之地努力恢复着它童年时的样子：野草疯长，山花遍野，群兽共生。

Y284 乡村道路的终点，是天祝县毛藏乡政府。绕到乡政府大院背后，就能看到毛藏河瘦如枯枝，朝远处延伸而去。按照"河源唯远"的原则，流程最长的毛藏河，应该是从祁连山流出的"河西走廊"第三大内流河——石羊河的正源。行走在 Y284 乡村道路上，就是一条溯源之路。

站在毛藏乡政府大门前，朝西望去，白色的冰川如一头沉睡的大象，卧在大约 10 公里处的冷龙岭北侧，冰川之下，当地人称为"卡洼掌"的地方，就是毛藏河的源头。冰川更像是一张巨大的白色禁令横在半空，让多少人望而生畏，致使人迹难以抵达毛藏河、石羊河之源，使古人对卡洼掌的认知始终处于一种空白，并未留下多少记录。让人觉得那里反而是一处难以卜算之地。从卡洼掌起步的毛藏河，弯弯曲曲的流程中，收留了雪豹、野狼、牦牛、狐狸等动物斑驳而稀少的足迹，两岸的山坡上，顽强地生长着冬虫夏草、柴胡、秦艽、藏红花等珍贵药材，牧民在夏天可以采到鹿角菜、石葱花和柳花菜等野菜。人类较少的干预，成全了毛藏河源区的安静与清澈，较好地保留了这一片山林的生态。

那条细水来到毛藏滩时，眼前的视野一下子开阔了，像一条细刀，小心地在周围的群山中切开一条歪歪斜斜的缝，缓缓走过远处山岗上茂密松柏的注视，缓缓告别零星分布在两岸的房屋、牦牛群。牧民告诉我，外地人几乎没有在冬季来这里的，眼前除了白就是白，有啥好看的？如果是夏天来，这里美得会让你的眼睛不够用。我没告诉他：夏日时分，我也曾走过这群山间，领略过犹如化石般保存着祁连山最古老画面的美景。这次选择冬日来，是想看看毛藏河的另一种真实：细弱、瘦长、隐身、宁静。

我抬起头来，以70度左右的夹角，朝半空巡望。西面，海拔4874米的卡洼掌西麓，位于青海省门源回族自治县境内的原始林区早就以"仙米国家森林公园"的身份，迎接来自各地的游客。北边，海拔4192米的响水顶北侧，早就开发出了冰沟河景区；南边，4146米的磨脐山南麓，随着天梯山石窟的开放和遍地的农家乐，那里也成了外地人前来"河西走廊"的打卡之地。

卡洼掌、磨脐山和响水顶，犹如从天空掉下的三块巨大的白色围布，将毛藏河流经的这片高山洼地围起来。三座大山，好像一直浸在一团浓厚的水汽中，不断沁出一缕缕细如拉面的水，顺山而下便汇成了毛藏河，朝开阔、低势的东边行走。三座高山，以其险峻挡住了外围的热闹和喧嚣，一次次地挡住了侵略者的脚步，让这里千百年来免遭战火，也一次次地阻挡住了砍伐者、盗猎者的脚步，保住了原始的生态，让毛藏河犹如摇篮中的婴儿，安静地走过自己的童年，让这里成了祁连山生态保持的样本。

毛藏河在生态上是幸运的，这种幸运是比较出来的。我去过和毛藏河隔着一条磨脐山，但最终和毛藏河汇聚的双龙河。1976年，甘肃省地质勘查六队在天祝县和青海门源县交界处的青峰岭，发现了一块特殊的高品位岩金矿石。几年后，天祝县掀起采金热，仅在双龙沟就有400多个采金口，采金人员最多时超过了 4 万人，从事和采金有关的服务人员超过 1 万人，也就是说，一条小小的山沟里，采金、管理、收购、服务等人员超过 5 万人，采金热不仅让这里成了全国最大的私人采金区，也给双龙河带来致命的生态之殇，浑浊的河水就像排污般冲向它的主流石羊河；采金工得吃喝，烧水做饭用的燃料就是去山坡上砍伐的树木，导致林木数量锐减，那一堆堆不与电争抢热量的火，给穷人带来了光与热，却让这里的山、河、沟变得更穷了。

河床被各种机械翻了个底朝天，大量植被遭到铲除，沟底的灌木丛几乎全被铲除，犹如剃头般给这条山沟留下来一片片疤痕，大型机械的反复挖掘，导致双龙沟的河流改道，流水变浊，挖出的沙坑、水坑，有的直径接近 10 米。

金子的光芒吸引了无数采金者，以牺牲生态为代价，以汗水淘洗金沙，积攒着微薄的、养家糊口的细碎梦想。直到 2004 年，随着金矿被国土资源部叫停关闭，天祝县政府封住了沟口，这股给当地生态带来灭顶之灾的采金潮才算告终。

这种黄色的金灾同样发生在肃北蒙古族自治县和青海省海西州之间的祁连山中，除了采金的"黄灾"外，祁连山丰富的煤矿资源同样引发不当开采带来的"黑灾"。

耳边不由响起 100 多年前，恩格斯的那句警告："不要过分陶醉于人类对自然界的胜利"，"人类每一次对自然界的胜利都必然要受到大自然的报复。"当年，失去理智的采金、采煤，给生态带来的影响最终还是由当地人承受，一场科学指导下的生态修复战，在这里打响。20 年过去了，重新走在长达 14 公里的双龙河边，栽种的沙棘林密密麻麻，在半空中竖起了一道 1 米多高的绿色长墙，这里的生态已基本恢复到遭破坏前的样子。

二

身裹着卡洼掌万年积雪赋予的清冽与纯净，带着源区各条清澈细流汇聚的力量，毛藏河离开毛藏滩后，就以西南—东北走向，冲出海拔 2358 米的大尖山后，算是离开天祝藏族自治县进入武威市凉州区，它也有了一个新的名字："杂木河"在藏语中，杂木是"鱼儿汇聚"的意思。这古老而美丽的名字里，隐藏着一个多么美好的画面：河水里装着云、天和鱼儿的笑容，河边是信奉"不吃鱼"生态法则的藏族牧民，这条河带给鱼的是营养与安全，是自由生长、终老一生的家。

杂木河并不知道，北边隔着一条山，还有一条河基本保持着和它一样的流向，那就是冰沟河！从高德地图上能清晰看到，冰沟河和杂木河的流向，勾勒出一只倾斜着的宝瓶形象，两条河的源头直线距离不到 10 公里，却被雪山阻隔，两条河的源头处在宝瓶底部，然后各自向外凸出地朝东延伸，冰沟河和杂木河基本保持平行状态、共同勾勒出瓶颈形状时，遇到了人类科技的第一个干预物：南营水库，冰沟河从此开始有了"杨家坝河"的名称。什么能证明一条河的生态是否良好？答案是多元的，既有林木数量的变化，也有植被破坏的程度，既有刻画动物生存背景的岩画，也有先民生活的印迹，从祁连山走出的冰沟河与杂木河，就是两份关于当地生态变化的证词。如果说杂木河从自然环境上见证了流域内的生态变化，那么冰沟河则从科学和人文两个角度见证了这里的生态变化。1924 年，地质学家袁复礼来到冰沟河南岸的臭牛沟考察，不仅在这里发现了丰富的海相化石，还首次确定了我国具有早石炭世中晚期地层序列，并采集到袁氏珊瑚等许多新化石种属，证明这里在距今 3.5 亿年前，是一片大海。

2019 年，考古工作者在冰沟河流域发掘了吐谷浑喜王慕容智墓，这是目前唯一保存完整的吐谷浑王族墓葬。墓主人慕容智是大唐第一位和亲公主弘化公主（唐太宗李世民之女）和其和亲对象、吐谷浑王慕容诺曷钵的第三子。试想，慕容智选择自己的墓地，一定得安全、偏远、避免被盗、风水要好。即便是千年后的今天，这里的生态也保护得非常完好。顺冰沟河往下继续行走 15 公里左右，在河岸边的青咀湾和喇嘛湾一带，20 世纪 20 至 80 年代相继发现了金城县主墓、慕容曦光墓、弘化公主墓、慕容忠墓、武氏墓、李深墓等 9 座唐早、中期吐谷浑王族成员墓葬，无不印证着这里曾经是吐谷浑人心里的天堂。

游牧部族的先民们，喜欢把他们的所见、所思雕刻在石头上，这些被称为"岩画"的原始艺术，也是生态的见证。石羊河流出祁连山后，在山下的冲积扇地带上，分布着莲花山、头沟岩画群，上面的老虎、牛、羊、马、狼等动物和骑马者形象，刻画出了这一带的生态链条。

水库是人工干预河流的一项工程，不仅收纳、控制河水，而且对周围生态也有影响。冰沟河离开南营水库后，在地图上开始被标注为杨家河，逐渐告别祁连山，也告别牧业区，走向缓和的冲积扇地带、农耕区，浇灌出两岸的农田。相比牧业，农业对河流的用水量更大，夏天用水高峰期和冬天枯水期，杨家河就成了一条干河。穿过市区的杨家河是武威的"龙须沟"，过去污水横流、垃圾堆积、臭气熏天。从 2011 年起，经过改造和人工注水，干河有了个切合当地的名称：天马湖。全长 7.14 公里的湖道左右两岸堤防坚固，河东侧设有宽 10 米的泄洪槽；兰新铁路桥以下地段建有 5 座泵站、10 道橡胶坝和 24 座跌水堰，形成了长达 6 公里的景观水面；天马桥、蝴蝶桥和天一桥，像是水面上拱起的彩虹。尤其是在夜晚，我在入住的酒店里，隔着玻璃窗就能看到夜晚的天马湖，在桥上彩灯的映照下，有如海市蜃楼、城区十七巷的美食与独具一格的"三驾马车"的香味，仿佛彻夜飘在天马湖上。

三

高德地图上显示，杨家坝河流出天马湖不久，和杂木河相遇后，两条河集体约定般地更名，它们开始共同拥有一个名字：石羊河。千万别望文生义地想象这里矗立着一块石头雕刻的羊的塑像或纪念碑。石羊，是形态介于绵羊与山羊之间的一种羊，肤色和当地的岩石色相近，善于在山石间攀爬腾挪，大多会在饮水时下山到河边。古人将这条河以"石羊"命名，证明古时石羊河畔的石羊数量一定不少。从"石羊"命名点开始，这条河告别凉州区进入民勤县境内。

一条河流到一个地方有了新的名字，意味着它有了新的使命。在高海拔的天祝县境内，石羊河的几条支流经过的是牧区，滋育着牧草、林木和游牧文化；进入凉州区后，几条支流的主要任务是为绿洲农业、城镇居民提供用水，无论是修筑"河西汉塞"的中原役夫，还是西去求法的玄奘和尚；无论是策马路过的唐代边塞诗人，还是从青藏高原远路而来和阔端商谈的八思巴，他们来到这里，看到的是一条浩浩荡荡的大河，看到的是它滋育的"河西四郡"中的首郡之城和周围的绿洲、村镇。

这条曾养育出河西走廊第一城武威的大河，迎来一个个在此创造灿烂文化的游牧部族，有曾用武力赶走大月氏后雄踞祁连山的匈奴，有将石羊河上游作为皇家墓园的吐谷浑，有盘踞在石羊河畔抵御党项羌人西进祁连山的六谷部，有将武威视为"陪都"的党项人，有以石羊河为根据地屡屡进扰祁连山东麓明军的蒙古瓦剌残余势力，他们创造出了灿烂的沙井文化、五凉文化。石羊河，不仅是一条从雪山走出，沿途滋养万物，将最后一滴水贡献给沙漠的生态之河、神性之河，更是一条书写着民族融合、文明对话的文化之河、精神之河。

工业时代，快速发展的经济对有些河流的生态而言，可能意味着灾难。20 多年前，我因工作关系常来武威采访，石羊河是绕不过去的一道门槛，目睹了一条河生态恶化的全过程。由于缺乏环保立法的环境及污水净化技术有限，石羊河成了城市生活污水、工业废水、医院废水的直接排入地，随着化肥、农药的施用量增加及农业生产废弃物的排放，当地酿酒、纺织、造纸等企业的污水排放更为严重。数据不会说话，但能说明问题：1993 年，石羊河入民勤县境时符合国家地面水三类标准，到 2004 年时，水质为劣 V 类。

河流接受着日月星辰的注视，也接受着人类的各种干预，同时也接受着科技带来的变化。顺着石羊河而行，我在河北岸的蔡旗乡政府不远处，看到了设在这里的水文站，它就像一双警惕的眼睛，日夜观察着河流的水文变化。水文站东侧，是一座吊桥，吊桥东侧是一座水泥拱桥。无论哪种形制的桥，悬在河面上的桥身，就是这条河水量变化的另一种测量仪。进入民勤县境内后，石羊河的腰身确实变得肥硕了，这可不是因为上游来水增多，而是利用"景电二期"工程，通过 30 座泵站，把黄河水提升到 713 米后流淌进石羊河，每年往石羊河灌入的水近 1 亿立方米。有了这股水，石羊河才告别羸弱，接着往茫茫腾格里沙漠西缘进发，将自己千万年来的足迹保持完整。

科技是一柄双刃剑，既能在助力生产中对河流产生污染，也能将先进的技术用于河流的治污中。

行走河边，确实没了 20 年前的那股怪味，大量的垃圾早被清除，石羊河两岸的沟渠得以清水流淌，庄稼地里才有了喂养人和家禽的作物。石羊河呀，就这样走过了生态的轮回，这轮回不是命定的，而是沿河人民依靠科技与智慧创造的。

弱水高台，祁连一脉

唐伟

一、守望

高台，太低调了。

丝路长风，河西大漠。一条穿越戈壁沙漠、纵贯河西走廊的历史长河，悄悄隐姓改名，好像故意不让外人知道似的。

对这条河来说，历史长河不是故作比喻，也不是浮夸的修饰，而是一个绵延千载的地理学事实。

厘清这一事实，不只是追问这条河的前世今生，亦是对华夏远古人文地标的溯源，一如辨识河床不同年代的层积纹理，可能并不那么容易。

不妨先从河边的那一个个残存的墩台、烽燧说起。

万里长城，起于墩台。墩台是冷兵器时代战争防御的起点和支点，烽燧是传递军事信号的延伸：夜里燃火谓之"烽"，白天放烟谓之"燧"。匈奴大军压境，或边境小股势力流窜，号角声响，狼烟四起，无一不是墩台和烽燧率先发力。

高台境内，散落在这条河流沿岸不同区域的三十余个墩台、五十余处烽燧，以及六十余公里长的壕堑，是边塞行旅途中不期然撞入眼帘的道道惊喜，亦是路边街景拐角处隐藏的风景，无时不在提醒人们，高台作为"河西锁钥、五郡咽喉"战略要冲的重要性。

历史，需要代言吗？大漠风沙粗砺，山河对视无言。汉代的苦水墩、大山墩、伐胡燧、明代或更早时候的兔儿墩、凤凰墩、月牙墩、双树墩等，它们在荒凉中沉默，在孤寂中隐忍，历经数百年风雨而形销骨立。沿河两岸这些大大小小的墩台烽燧，最高的有五六十米，挺立在河流两岸，或巍然雄踞山巅，而有的则早已被风化侵蚀，斑驳倾颓，已近似于小小的土堆。

历史最好的代言人，从来都是沉默不语的。

有人，未必就有历史。但有人的地方，一定离不开水。"有水而后置关，有关而后建楼，有楼而后筑长城，长城筑而后关可守也。"长城的起点，依水而筑，也是便于人的起居生活——嘉峪关境内的"天下第一墩"，傍讨赖河而起，亦复如此。烽燧连点成线，墩台连接延伸为城墙，整个河西走廊，蜿蜒的汉长城总长近 1500 公里。

河流伴护墩台，烽燧庇佑水源，以河流为天然的防御屏障，本身也可拒敌于河岸之外。在以干旱著称的河西地区，河流是名副其实的生命线，是不可或缺的战略资源，也是征战的目标。

这条河，哪怕水流再小、再浅，都注定难以平静。

　　元狩二年（公元前 121 年），年仅十九岁的霍去病，受命挥师西征，领骑兵一万挺进河西，讨伐匈奴，几番较量，冠军侯大获全胜，大汉王朝终于将河西正式纳入华夏版图。但试想——如若没有这条河，没有这条河灌溉的绿洲田地，没有这条河喂养的牛马羊群……何谈"烽燧熄于郊圻，禾麦盈于塞下"？征讨匈奴或收复河西，恐怕一切都无从谈起。

　　胡天汉塞，征蓬归雁，河边低矮细密的红柳丛，红了又绿，绿了又红，沙枣花的甜香，溢出河流的天际。驻守边关的战士，换了一茬又一茬。遥想当年，那些在此驻防、持戟守备、远眺军情的无名兵士，不知他们来自遥远的何方，又会是霍去病的哪一支部队？炎炎夏日，烈焰酷暑，将士们除了站岗放哨，会不会想着在换防间隙，到清凉的河里去畅快一下呢？

　　"醉卧沙场君莫笑，古来征战几人回。"漫漫黄沙，越过山丘，越过游子思乡的目光，不知杨柳羌笛何处是征战的尽头？那些回得去和回不去的士卒，赫赫有名以及籍籍无名的将领，都在天地无穷时中归于寂静。但依河而居的百姓，屯田垦地，牧马草滩，世代相传，是断不会忘记保护过他们，保护过他们家园和土地的英雄的。

　　霍去病功勋可嘉，高台人是真的讲究。在这条河流经的高台县罗城镇，有一处名为正义峡的地方，为纪念功勋卓著的骠骑大将军霍去病，当地百姓建有气势恢宏的霍王庙，历经数百年依然香火旺盛。感恩英雄，敬重英雄，何尝不是另一种形式的饮水思源？

　　"回乐峰前沙似雪，受降城外月如霜。"高台沿河两岸的烽燧、墩台以及壕堑，现如今都是有据可考、登记在册的国家重点文物保护单位。可惜的是，盛极一时的霍王庙，在"文革"期间被损毁，跟残存的烽燧墩台一样，终也成了历史烟尘中的遗迹。

无数个春秋和冬夏，无数个日出和日落，就像这条河流的河沙一样，沉落河底，隐入了尘烟。沿河散落的一处处遗迹，像是最后的倾诉，倾诉着山河守望的传奇故事；也像是一种历史的浓缩，浓缩了家国族裔的命运更迭。

二、接引

这条河，古称弱水，现名黑河。

晚近以来，让这条河名扬天下的，是一个从未到过此地的文人，他叫曹雪芹。

"弱水三千，我只取一瓢饮"——知道《红楼梦》的人很多，但听过这句话的人，可能比翻阅过《红楼梦》的读者还多——只是很多人可能不清楚，这句"含情量"极高的名言，就出自曹雪芹的《红楼梦》。

曹雪芹没来过大西北，更没见过弱水，何以借宝玉之口语出惊人呢？

原来，"弱水三千，我只取一瓢饮"起初并不是专一的爱情宣言，而是源自佛经，讲的是关于人生取舍的智慧。精通文史的曹雪芹信手拈来，将其套用在男女感情上，倒也十分贴切自然。

弱水三千，怎么就跟佛教扯上了关系？话，得从头说起。

"弱水既西，泾属渭汭。"中国最早的地理学著作《尚书·禹贡》提供了问题的最初线索。《禹贡》明确指出了弱水"既西"的大概方位和流向：处河西走廊，同时又滚滚西流。作为河西走廊最大的内陆河，今天的弱水——黑河也依然如此。

佛教西来，从陆路传入中土，河西走廊的高台，是必经之地。蜿蜒曲折的弱水，缓缓西流，不舍昼夜，像是冥冥之中的出征接引——接引西来的佛学，也接引西域的大德高僧。

比如，中译佛经的第一大翻译家鸠摩罗什。

作为三大佛经翻译家之一，鸠摩罗什的名气，可能没有唐僧玄奘的大，但就译经的数量和影响而言，前者或在后者之上——"世界""慈悲""觉悟""爱河"等今天汉语中常用的词汇，实际上就源于鸠摩罗什的佛经翻译，《金刚经》《摩诃般若波罗蜜经》《妙法莲华经》等的中译，均出自鸠摩罗什之手。那"弱水三千"是否也是鸠摩罗什的"发明"呢？

前秦建元十八年（382 年），鸠摩罗什从西域龟兹来到河西凉州。迢迢千里，漫漫长路上，鸠摩罗什是否驻足弱水河边，吹着弱水的河风远眺来时家的方向？夕阳西下，他又是否卸下行囊和疲惫，聆听弱水潺潺的流水声？

唐太宗李世民曾作《赞姚秦三藏罗什法师诗》一诗赞颂鸠摩罗什："秦朝朗现圣人星，远表吾师德至灵。十万流沙来振锡，三千弟子共翻经。"

皇帝的赞誉，不是没有道理。

时年四十岁的鸠摩罗什，在河西译经弘法，"文含金玉知无朽，舌似兰荪尚有馨"，如何让当地信众迅速了解佛法的精义？入乡随俗，就地取材，恐怕是最好的办法。彼时，河西的百姓尚不懂什么"一花一世界，一叶一菩提"，也不了解什么叫"极乐净土"，但他们知道，没有水，就没有花和世界；没有弱水，就没有他们的家园。

教化众生，就近取譬，智慧的中译佛经第一大翻译家，断不会忘记他当初沿着弱水初涉中土的第一印象。再说，又哪还有比"弱水"更好能让信众明白何为"世界"的指代呢？不止于此，只取一瓢饮的"一瓢饮"也是大有来历："一瓢饮"源出儒家经典《论语》中孔子对其弟子颜回的评价片段。

佛教本土化——儒释融合，汇于弱水，影响流传千载而亘古如新。

事实上，远在鸠摩罗什之前，先秦的典籍中就有弱水流淌的身影。《尚书·禹贡》有云："导弱水至于合黎，余波入于流沙。禹别九州，随山浚川，任土作贡。"《禹贡》划天下为九州，自华夏九州起，就有了弱水。孙星衍在《尚书今古文注疏》中，进一步指出了弱水的具体方位：弱水出张掖。

在另一部上古奇书《山海经》中，"昆仑之北有水，其力不能胜芥，故名弱水……弱水出焉，而西流注于洛"。可见，弱水西流，几近于常识。后来，东汉的《说文》在《禹贡》《山海经》的基础上，进一步确认了弱水的地望：自张掖山丹西，至酒泉合黎，余波入于流沙。

不禁要问，弱水既弱，又何须人力疏导呢？导弱水至于合黎的那个人，又是谁呢？《禹贡》的篇名毫不含糊，直接给出了答案——大禹治水，随山浚川，所治其一就有弱水！

在高台境内，大禹治水的遗迹，相传就留存于天城石峡，在今阎家峡上方、月牙墩下的悬崖绝壁上，据说仍能见到人工开凿的痕迹。为纪念大禹的历史功绩，高台百姓在天城北面的前山建有禹王庙，后山修有大禹祠。

直至二十一世纪的今天，高台县还举办过"大禹治水祭奠"活动，此为后话。

大禹治弱水，划分华夏九州；鸠摩罗什化用弱水，指称大千世界。循此一脉，后世文人不断接力——弱水，不仅成为西部边疆想象的寄托表征，更成了华夏人文地理的符号地标，并逐渐衍生为国人精神的美好寓意。

率先登场的，是"使至塞上"的王维。公元 737 年春，王维受唐玄宗之命，以监察御史的身份奉使凉州，"单车欲问边，属国过居延"，沿弱水出塞宣慰，任河西节度使判官。"居延"一词为匈奴语，《水经注》解其意为"弱水流沙"。居延的范围，即从今天的高台县罗城镇往西，至酒泉市金塔县，再北延到内蒙古额济纳旗一带。

很多人并不知道，原来"大漠孤烟直，长河落日圆"的长河，就是河西走廊最大的内陆河——黑河，就是"弱水三千"的弱水！

摩诘居士写到了长河，却有意无意间隐匿了弱水的名字，杜甫承续诗佛"劝君更尽一杯酒"的遗风，弥补了这一遗憾。在《送人从军》一诗中，杜甫将"弱水"和"阳关"并置：弱水应无地，阳关已近天。今君渡沙碛，累月断人烟。在诗圣的笔下，弱水和阳关同是想象中最为遥远的天地。

王维出塞宣慰，杜甫送人从军，实则都与那场持续了百余年的争战有关。大唐帝国与吐蕃争夺河西及西域控制权的战争，某种意义上说，争河西就是为争夺弱水的控制权。百战烽火，洗礼成就了大唐，千里边塞与千首边塞诗词相互映照，从一个侧面映射出盛世王朝的气象。但没有余波入于流沙的弱水润泽，千里边塞和大唐中兴又从何说起？

弱水向西，接引回了佛教和高僧，这条河似乎自此也就有了某种佛性。

诗佛的千古名句，没有让弱水名满天下，诗圣的努力，似乎也收效甚微。数百年之后，最终是深受佛教文化影响的吴承恩和曹雪芹，他们以占据半壁江山的两部古典名著，合力将弱水托举出历史水面。

"八百流沙界，三千弱水深，鹅毛飘不起，芦花定底沉。"西游的唐僧师徒，经渡弱水，取经大业即将功成，怎料驮师徒四人过河的老鼋一气之下，将人和经卷一起掀翻到河里——原来唐僧师徒忘记了老鼋之前所托之事。无奈，唐僧师徒只好在弱水河边找一高高的石台晾晒打湿的经卷——这既是他们遭遇九九八十一难的最后一难，也成就了"高台"县名的传说由来。

三、探脉

弱水改名黑河，源于何时，至今仍是一个谜。

或是嫌弱水的名字听上去太小太弱，不符合西北人大气豪爽的性情？如若如此，将一条由雪水汇聚的清流改叫黑河，又该作何解释？

不去深究了。

但此前说是高台给弱水改成黑河的现名，大概率是个小小的误会：全长810公里的弱水黑河，高台段占十分之一左右的长度——高台段的这"四两"，未必拨得动弱水全长的"千斤"。

四两拨不动千斤，改名为黑河也不知从何说起，但远古的弱水，既然需要大禹率人疏导，想必当时绝非弱小细流。追根溯源，这纵贯河西近千公里长的全国第二大内陆河，源头之水究竟从何而来，又要流向何处呢？

深山藏大河，弱水出祁连。成全弱水三千，成就千年丝路古道的，是"形踞乎天柱，势压乎边关"的巍巍祁连！

生生不息的弱水，汇集祁连八一冰川雪山融水，先接萨拉河，后纳八宝河，自祁连东麓奔腾而下，经森林草甸，越大漠戈壁，跨青海、甘肃、内蒙古三省区，流域总面积14.29万平方公里。古时，匈奴语呼"天"为"祁连"，故祁连山也称为"天山"。黑河流域14.29万平方公里的每一寸土地，都离不开"上天"的庇佑。

"月明饮马长城窟，雪深射虎祁连山。"论名气和影响，祁连山与弱水相比不遑多让。弱水高台，祁连一脉——这一脉，当数那巍峨雄壮绵延千里的山脉。

祁连山脉纵贯大西北，东起甘肃的黄河谷地，与秦岭、六盘山相连，西至当金山口与阿尔金山脉相接，是河西走廊、黄土高原和青藏高原的分界线，更是国家西部重要的绿色生态屏障。祁连山林区林地面积46.38万公顷，林蓄积资源1251.85万立方米，天然草场3972万亩。原始森林的苍松翠柏、云杉白桦，是雪豹、藏原羚的自在家园；"马碎溪边月，鞭归草上牛"，连绵起伏的高山草甸，是优质的天然牧场，亦是七八月间青甘大环线上赏心悦目的绝美风景。

马上望祁连，连峰高插天。祁连山脉的诸多山峰，海拔多在 4000~5000 米之间，很多山峰常年积雪，形成经久不化的冰川。据统计，祁连山共有冰川 3066 条，储水量 1320 亿立方米，地表水年流量 58.2 亿立方米。

其中，形成于约 2 亿年前的七一冰川，是中国人发现的第一条冰川，含水量相当于两个十三陵水库的库容，同时也是亚洲地区离城市最近的可游览冰川。冰雪融水，化作百川竞流，祁连山腹地深处，藏有数百条大小不等的河沟溪流。祁连一脉，是名副其实的雪山水脉。

弱水不择细流，黑河以莺落峡和正义峡为界，分为上、中、下游，至少汇集了十余条主要支流，年平均径流量 15.8 亿立方米，相当于黄河年平均径流量的 3%。高台县新坝镇境内的马营河，是黑河的一条支流，发源于祁连山北麓的野牛达坂、九山达坂等沼泽地带。

由马营河冲刷而成的马营河大峡谷，是酒泉和张掖两市的天然分界线，长约 20 公里，深度超过 150 米，最宽处达 1000 米，最窄处不足 30 米。峡谷崖壁陡峻，刀劈斧砍般自成气势。俯瞰谷底，赤红的丹霞地貌沟壑纵横，一条溪流傍崖壁平缓流淌，常有雪豹、岩羊出没其间。远眺祁连，古老的烽燧和洁白的雪山相映成趣。这是一条至今尚未开发的峡谷，电影《新龙门客栈》曾于此取景。

马营河畔有一红沙河村，时任陕甘总督的左宗棠，1874 年坐镇肃州行辕督阵收复新疆时，曾为该村题字"天地正气"，以表彰该村人的骁勇善战、尽忠报国——正所谓"祁连山下烽如月，无定河边阵是云。为问朔方豪杰士，几人年少立功勋？"

也的确，在山水恩泽和自然馈赠之外，祁连山一脉，自古就是一条苍茫厚重的历史文脉。

从"失我祁连山，使我六畜不蕃息"的匈奴悲歌中，我们或能一窥当年族裔领地争战的残酷；公元 609 年，隋炀帝西巡，在祁连山脉的焉支山大宴二十七国的头领和使节，"佩金玉、穿锦屦……骑乘嗔咽，周亘数十里，以示中国之盛"，一千多年前万国博览会的盛况，让英武祁连，就此传诸后世。

百余年后，诗仙李白以一首气盖一世的《关山月》，"明月出天山，苍茫云海间。长风几万里，吹度玉门关"。为雄浑的祁连山浪漫加持，名山与名诗一并流芳百世。

又千年迭代，风云际会，1936 年，中国工农红军西路军征战河西，血沃祁连，让祁连厚重的历史文脉多了一抹鲜艳的红色。如今，中国工农红军西路军纪念馆就坐落于高台县城，每天追慕红色精神的游客络绎不绝……

弱水黑河是河西走廊的生命线，更是高台人的母亲河。作为现代绿洲新城，保护弱水，饮水思源，高台人一直在行动。"高台县认真贯彻习近平生态文明思想，全面落实河湖长制和最严格水资源管理制度，黑河高台段成功创建为全省美丽幸福河湖。"高台县委书记张龙表示。

2019 年，高台黑河国家湿地公园成功获评"中国森林氧吧"，高台由此成为河西走廊唯一获此殊荣的县城。谁能想到，在西北大漠的古丝绸之路，在河西走廊国家遗产线上，竟还藏有"国字号"的森林氧吧生态秘境！

弱水高台，县名因佛而来；祁连一脉，丝路至此大开。山脉、水脉、文脉，终汇成古老传统和现代文明一脉，这一脉生生不息，厚植习近平生态文明思想，这一脉源远流长，丰盈着河西走廊经济社会高质量发展的大道至简的内涵。

弱水西流，脉脉不得语；祁连耸立，脉脉永相传……

祁连叙事诗

吴玉萍

在亚欧大陆的褶皱深处，祁连山脉以巍峨之姿横亘天地，四千米的海拔将苍穹与大地缝合。这条山脉不是静止的地质标本，而是一部流淌的史诗。

当我推开童年旧宅的斑驳木门，目光与儿时无数次的远眺重叠——那些覆盖着亘古积雪的山脊，依然在云端闪耀。

恍惚间，我看见元古宙花岗岩渗出的雪水，正穿越时光的褶皱，浸润着匈奴单于的祭天金人，折射着粟特商队驼铃里的月光，最终在二十一世纪的麦田里，凝成七彩的露珠。

冻土层下传来远古的回响——那是三趾马化石与雪豹的共鸣，是冰川退缩时留下的观照。

这条山脉用古生代的岩层书写编年史，每一道冰川擦痕都是大地的象形文字。

岩层深处的记忆宫殿

我曾沿着颠簸的山路数度深入祁连山的腹地，车窗将连绵的山体过滤成流动的色块——赭红的丹霞是元古代的胎记，铁灰的断崖露出古生代的骨骼，而雪线以上那些锐利的白色，则是新生代未封缄的遗嘱。

某个黄昏，当《路过山风》从耳机里漫出，那些被泛音浸泡的嶙峋怪石突然在我睫间发生水解反应——固态的岩石在泪水的催化下，析出云母片状的斑驳碎影。吉他震颤的频率与山风掠过岩隙的呜咽完美共振，刹那间，亿万年地质时间被压缩成一声轻叹。原来最锋利的地质剖面，也经不住人类情感的侵蚀；最坚硬的古板块，也会在某个降调的音符里分崩离析。

肃南裕固族牧人的转场路线，是仍在呼吸的羊皮卷。他们的羊群啃食的草甸下，震旦纪叠层石中的蓝藻化石进行着二十亿年的光合作用；马蹄溅起的碎岩里，寒武纪三叶虫的复眼与匈奴岩画上的野牛共享着同一个星空。黑河切开祁连腹地的伤口处，页岩层像未愈合的史书书页，每一片剥落的岩屑都在述说。

当暮色降临，整条转场路线便成了发光的年轮：裕固族姑娘头饰上的银铃叮当作响，那是元古宙铁矿石在歌唱；皮袍里裹着的不仅是羊绒，还有二叠纪裸子植物最后的孢粉；靴底沾着的每一粒玄武岩砂，都可能包裹着裸子植物被火山灰碳化的瞬间。在这条路上，每一次呼吸都搅动着不同纪元的空气，每粒尘埃都同时属于过去与现在。

在海拔四千米的哈拉湖西岸，第四纪冰川遗留的冰碛垄上，一簇簇垫状点地梅倔强绽放。这些被当地牧民称为"垫紫草"的高山精灵，用它们盘虬的根系紧紧缠绕着吐蕃王朝遗落的嘛呢石。

　　这些看似柔弱实则坚韧的植物，用矮小的身躯诠释着生命的智慧：圆润的轮廓化解着高原狂风的肆虐，密集的绒毛抵御着刺骨的严寒。更令人惊叹的是，它们特殊的形态构造能在体内营造出独特的微气候——内部温度比外界高出 20 多度，即便在极端干旱时也能保持湿润。在我国北方这片保存最完整的湿地生态系统中，这些不起眼的先锋植物正以惊人的生命力，为其他物种撑起一片生存的绿洲。它们不仅是极端环境的征服者，更是高原生态的守护者，用自己独特的方式演绎着最宏大的生存史诗。

　　一位皱纹里镌刻着岁月痕迹的老牧人，用古铜色的手指轻轻抚过点地梅的绒毛。"垫紫草是山神的信使"，他低声说道，声音里带着高原特有的苍凉，"它告诉我们，大地记得每一场雪，每一阵风"。

　　这朴素的话语让我想起《山海经》中那些与山川共生的神灵，他们或许从未远去，只是变成了点地梅绒毛上的晨露，化作了岩层深处的记忆，在时光的褶皱里静静流淌。

游牧者的生态语法

　　"风吟草甸牛羊壮，日映溪泉草木馨。"在焉支山如诗如画的夏季牧场，时光仿佛在这里放慢了脚步。裕固族老人，宛如岁月的守望者，至今仍坚守着用柏树枝计算草场恢复期的古老传统。他们心中，深深刻印着"蹄铁理论"所蕴含的游牧文明中极具智慧的生态法则：羊群踏过的草场，必须经历三个满月的休养生息。待腐殖质如温柔的双手，重新将土壤颗粒紧紧包裹，方能避免"黑风暴"如凶猛的野兽，卷走大地最后的一层"皮肤"。这种质朴的轮牧制度，巧妙地平衡了资源利用与生态保护，避免了过度啃食导致的土地沙化。与山体垂直带谱上植被的更替，形成了一种奇妙而和谐的共振。

此外，牧民依据季节变化调整放牧强度，春减畜、冬储草，动态管理畜群规模，确保草原资源的可持续利用。它不仅是生态智慧的结晶，更是文化传承的纽带，提醒着人们要尊重自然规律，科学利用资源，实现人与自然的和谐共生。

一位裕固族牧人，站在祁连山广袤的夏季牧场，指着远处山峦上的雪线，轻声说道："雪线是山的呼吸，它无声地告诉我们，何时该退，何时该进。"他的话，如同一把钥匙，打开了我心中那扇通往游牧文化深处的大门。我恍然大悟，游牧文化早已将生态智慧融入了血脉，化作了一种无需言说的语法，在岁月的长河中静静流淌，传承不息。

踏入张掖大佛寺，仿佛踏入了一段被岁月尘封的历史长河，目光瞬间被那明代的壁画紧紧攫住。壁画中，商队总是在雪山融水暴涨之前便毅然启程。粟特人，那些智慧的行者，发明了驼队"水时计"，凭借着对祁连圆柏年轮密度的敏锐观察，巧妙地调整着行程。这种将植物生理周期巧妙嵌入贸易路线的智慧，让丝绸之路上流淌着的，始终是葡萄美酒的芬芳，而非血腥争夺的阴霾。当现代地理信息系统以精准的笔触，还原出古商道与雪线高度那完美的契合时，我才如梦初醒，原来先民早已参透了山地生态的韵律，与自然达成了天人合一的默契。

绿洲文明的共生契约

敦煌遗书《沙州都督府图经》所载"五渠分水"制度，是绿洲文明以天文观测校准生态伦理的智慧典范：春分日正午，当阳光穿透党河峡谷的隘口，各村长老便按鱼鳞图册（土地登记册）开启闸门，将黑河水脉通过阳开、都乡、宜秋等五渠精准分配，既以天文为尺规范农时，又以社区自治维系公平，更以动态平衡抵御干旱与盐碱，其节水优先、轮灌有序、防洪防沙的生态哲学，历经汉唐至现代，让沙漠边缘的绿洲维系了十八个世纪的生生不息。

在山丹军马场的芨芨草滩下，埋藏着汉代屯田时期精心构筑的暗渠网络。考古学家发现，这些地下运河的纵坡降被精准地控制在千分之三这一微妙比例，这一数值背后，蕴含着古人对自然规律的深刻洞察与巧妙运用，设计者在水流速度与土壤稳定性之间找到了完美的平衡点。既保证水流速度足以冲走泥沙，又不至于冲刷过度导致渗漏。恰似祁连山北麓那壮阔而神奇的冲积扇。狂暴的雪水从高耸的山巅奔腾而下，却在冲积扇的怀抱中逐渐变得温顺。那原本肆虐的水流，被冲积扇错综复杂的地形和独特的土壤结构所驯化，化作了一条条细密而坚韧的毛细血管，悄然渗入大地，构建起一套精妙绝伦的灌溉系统。

而悬泉置遗址出土的《使者和中所督察诏书四时月令五十条》（简称《四时月令诏条》），则为绿洲文明的生态智慧注入了更深层的制度保障。作为丝绸之路上的重要驿站，悬泉置不仅是信息传递的中枢，更是生态治理的典范。《四时月令诏条》以"月令"形式将生态保护与农时生产融合，构建起一套顺应天道的制度体系。

法典规定：春禁伐木、猎幼、捕鸟，维护生态平衡；夏禁焚林，防止水土流失；秋禁采矿，保护自然资源；冬禁深掘，守护土壤结构。这些条文以"天人合一"为哲学根基，通过法律手段确保生态可持续性。

悬泉置的环保法典，与"五渠分水"制度、屯田暗渠网络等生态智慧，共同构成了绿洲文明的共生密码。它们以不同的方式，在时空的经纬中编织出一张生态保护的网络，让丝绸之路这条文明纽带在绿洲的滋养下，延续千年而不衰。

雪线回缩的冷静观照

在八一冰川日渐消瘦的冰舌边缘，晚清治水官吏镌刻的分水界碑正从冰川深处苏醒。那些被冰魄浸润百年的铭文，此刻正与高原鼠兔新掘的洞穴对望。

祁连山的雪线在子夜悄然位移。汉唐戍卒用狼烟标记的春汛刻度，如今成了卫星云图里游移的虚线。风从《禹贡》的黑水河道溯来，吹散山脊堆积的云絮，裸露出 4815 米处新鲜的水纹岩——那是冰川用撤退的足迹写就的休战书。

新石器时代的岩画在更高处被氧化。赭红色鹿群驮着祭祀的火种，攀向雪线以上三百米的危崖。它们的朱砂蹄印被季风译解成两种语言：一半渗入花岗岩的毛细血管，成为山脉跳动的脉搏；另一半飘坠冰碛湖畔，凝成今年早开的雪莲。那些汉代烽燧传来的霜降警报，此刻正以孢粉的形态悬浮在冰融水的漩涡里，等待与旱獭洞穴加深的阴影重新对位。

我抚摸冰蚀崖壁的断面，触到公元前 221 年的温度。戍卒遗落的铜箭镞在苔藓下生锈，锈迹蔓延成等高线的形状。忽然懂得，整座山脉本就是一部动态的纪传体——雪线是浮动的句读，融雪径流是吟诵的平仄。

当最后的冰核在朝阳中碎裂成七曜的占盘，祁连山正在重组它的语法。鼠兔衔走冰芯里封存的降水密码，旱獭在冻土中翻译甲烷的古谣，而雪莲用根系撰写新的等温线条约。

此刻站在雪线遗落的镜面上，我看见自己的影子与岩画牧人的剪影渐渐重合。冰川退却处，青铜铭文与鼠兔爪痕正在合写第六纪的水经注——当人类学会以草木的谦卑重新丈量山岳，那些被体温焐热的罗盘指针，终将指向共生的磁极。而祁连山正以造山运动的耐心，等待我们读懂这部用冰芯记录的生命契约：唯有以地质时间的尺度丈量文明，绿洲的晨露才能永久映照雪山的光芒。

沙漠中的绿洲

王文思

一

　　我对武侠影片一直迷恋不已，读小学的那几年，正是武侠影片盛行的时候。看得多了，心里就有了想法，尤其是看到那些侠客大碗喝酒大块吃肉的豪情场景，我特别羡慕。心里想，既然读书这么苦，即便是使劲读下去，将来也未必能读出那么美好的前程。闯荡江湖没门槛，只要练就一身武功，我也能大碗喝酒大块吃肉，何必要把自己吊死在一棵树上呢？有一年寒假，上冻的季节，家里也没有多少可干的农活，于是就联络一些同学找来拳谱练了起来。为打基础，每天早晨起床腿绑沙袋空腹长跑一两个小时，折腾了一段时间之后，发现练武功比读书还苦，只好放弃了。

武侠梦没实现，但对武侠影片的痴迷一直延续到了现在。与楼兰古城有关的武侠影片我观赏过不少，每次观赏完，想到昔日繁华古城已是一片废墟时，我的心就疼痛起来。那么壮观的一座古城，说没了就没了，而且是一夜之间消失，这使得我幼小的心灵难以接受。

对于楼兰古城的消失，学界有不少累赘的解释。我认为，那座丝绸古道上的璀璨明珠一夜之间就成为历史，应该是遭遇了一场特大强度的沙尘暴。否则，是不会消失得那么干净。当然了，这只是我的想象。

我曾不止一次幻想过猜测过那一夜灾难降临在那座美丽古城的情景。那一夜，楼兰古城沉浸在节日的喜庆之中，大街上人流如织，打扮得花枝招展的楼兰姑娘们三五成群行走在充满节日氛围的大街上，时不时抬起头用蒲扇遮挡着半边脸，含情脉脉地看一眼不远处同样结伴行走的少年郎。手鼓等乐器应和着男女老少奔放欢快的舞姿，让整座古城沉浸在节日带来的欢快之中。而此时的夜空也是一片璀璨景致，天空中的星辰，像无数颗闪烁的钻石点缀着黑暗晴空，而高悬在夜空当中的月亮宛如一盏明灯，将楼兰古城照耀得如同白昼。就在这样美好的夜晚，谁能想到一场灭顶之灾正悄悄地降临！

就在楼兰古城正陶醉在节日的盛典当中时，月光如水的夜空突然暗淡下来。紧接着，一场史无前例的风沙裹挟着滚石铺天盖地地扑向了这座古城……当太阳再次升起，存续了几百年的楼兰古城已经永远地沉睡于沙漠之中。

二

这只是我的想象，我虽然不愿意这么去想，可再也猜测不出通往西域古道上那座繁华美丽的古城一夜之间消失的情景。我曾不止一次诅咒过那场突如其来的灾难，但我的诅咒与那些永远沉睡于大地的楼兰古城的人相比显得那么苍白无力。而这种无力的背后，隐藏着更大的恐惧，生怕那天晚上突如其来的灾难再一次降临在民勤这片土地上。

这并非耸人听闻。承载着古老文明的这一古道，转眼之间消失的古城远远不止楼兰古城一个。远的不说，单就已经融入沙漠中的罗布泊，就足以说明这条古道的环境有多恶劣。楼兰古城消失距今已经千余年，而罗布泊彻底干涸也就短短几十年。几十年以前那里还是一片绿洲，现如今，罗布泊已被称为"死亡之海"了。而民勤县不到两万平方公里的土地上东西北三面被巴丹吉林沙漠和腾格里沙漠所包围，这就是我的恐慌之处，我担心民勤也像楼兰古城一样一夜之间消失得无影无踪。

虽然我这种想法属于杞人忧天，但我的恐慌依然存在，尽管这座屹立在河西走廊东北部的城池两千八百年以前就已经有人类生息繁衍。几千年来，民勤这座城池不仅没变成楼兰古城或者第二个罗布泊，反而欣欣向荣地发展下来了，城池的面积也已扩大到十七个乡镇，常住人口也发展到了十七万多，是楼兰古国鼎盛时期人口的十几倍，但沙漠化已经非常严重，这就是危机所在。

当我第一次来这里时，看到这座县城周边沙漠化如此严重，我就不由得想起了楼兰古城和罗布泊。害怕哪一天，这座县城也会成为第二个楼兰古城。如果巴丹吉林沙漠与腾格里沙漠合拢，失去的不仅是整个河西走廊，甚至是整个东南亚和全球，因为民勤县是中国四大沙尘的策源地之一，其生态稳定性直接影响全球气候变化，是全球生态安全的屏障。

三

因工作的关系，甘肃省所辖的八十几个县城我都去过，有的还不止去过一次。但让我一直牵挂的地方，始终是民勤。二十多年前去过的那次给我留下了深刻的印象，以至过去好多年，那个地方就像刻在我的脑海里一般，时不时会在我的梦境里晃悠一下，犹如我的初恋女友时常出现在我的梦境里，老是提醒我，他们曾在我的记忆里真实地出现过。

对女友的记挂，是我们两个人有过一段美好记忆。而民勤隔三差五出现在我的梦境之中，是我一直担心早已远去的那个噩梦某一天会重复出现在民勤人的身上。这不是我的诅咒，而是发自我内心深处的担忧。毕竟那片土地被流动着的沙丘三面包围着，万一两大沙漠张开血盆大口，后果真不敢想象！

年前单位各部门报年度工作计划，我听说省作协要与省生态环境厅联合在河西走廊举办一次生态采风创作活动，得知采风的地方有民勤县，我便第一时间给具体负责这一项活动的省作协副主席王熠女士打招呼，如果此次活动成行，采风团成员里面也将我列进去，我想去民勤亲眼看看那片土地到底有什么样的变化。王熠女士爽快地答应了我的请求，并将我列入这一次采风团成员的名单。我很感激她给我提供了这么一次机会，让我第二次走进民勤。

当采风团乘坐的大巴车从古浪进入民勤的地界时，我的心情一直都很沉闷，惧怕看到我第一次来时看到的场景。然而，当我看见之前沙漠化非常严重的地方居然出现了芦苇、梭梭、红柳、花棒等沙生植物，我突然激动起来。没想到，二十多年前，这里全是沙漠化的地方，如今长出这样的植被，这是我做梦都没有想到的事情！

不光是眼前这样，沿途目光所至的地方早已不是弥漫着瘆人沙丘的场面，满山遍野生长着迎风招展的梭梭、红柳以及花棒，正以自己独特的方式迎接我们！还没来这里之前，我以为这些地方早就属于腾格里沙漠的领地了，没想到，眼前竟然出现一片花海！而原本流动的山丘，这时都像一对对恋人相拥在一起，正羞羞答答地看着我们。

我激动得已经无法安静下来了，所坐的座位正好靠近窗户，旁边没人，便轻轻打开车窗。当我把头探出去时，扑面而来的是一股呼呼吹着的还带韧劲的春风，没有刺骨的感觉，但也没有文人笔下所描述的那种轻柔。我心想，倘若这些沙生植物没拴住沙丘，有这样的风刮着，四周的沙丘一定向我们怒吼起来，以恶魔般的姿态阻止我们的车辆前行。现实情况是，春阳照耀下的这片土地如同正在熟睡的婴儿，清新纯净，让人不由得产生无限遐想。

四

第一次来民勤时，接待方安排去巴丹吉林沙漠里看一看。看到民勤县周边恶劣的环境，我没有勇气去那里看。尽管没有去过巴丹吉林沙漠，但有关那个地方的文字和图片我倒看过不少，还真是害怕呢。这次，主办方说得很清楚，日程中有一项是全体采风团成员前往巴丹吉林沙漠里看一看坚韧不拔的民勤人是如何与巴丹吉林沙漠斗争的场景。出发之前，省生态环境厅陪同的一位处长给作家们介绍民勤近年来治沙的成果。当我听到民勤人硬生生用自己的双手成功压沙二百四十多万亩时，我的心情一下子亢奋起来，就想尽快看到这种壮观的场面。

午餐过后，我们的大巴车开始往巴丹吉林沙漠里驶去。去别的地方时，我还时不时与同行的作家们交流一番，甚至抒发一下沿途感受。当我们一行乘坐的大巴车驶入巴丹吉林沙漠的公路，我没再说话，两只眼睛始终看着车窗外的沙漠。严格说，这里已经不是完全意义上的沙漠，因为沿途一眼望不到边的沙漠都让稻草围成的方块给拴住了。方块上面，稀稀拉拉地长着一些植物。看到这种情景，我的眼泪终于忍不住流了出来。

满山遍野的麦草方格，如果不是亲眼看到，冷不丁在照片里出现，我还以为是有意摆拍呢。这时，我特别想歌颂一下民勤人民的这一伟大壮举，可我竟然一时间词穷了，想不出用什么样的句子来表达我对民勤人民最崇高的敬意！

大巴车在公路上行驶了半个多小时，我们一行终于到达了一座山脚下。下了车之后，我们小心翼翼地在密密麻麻的被麦草围困的方格之间行走起来。大家边走边看着脚下围困着沙子的麦草，神情都很凝重。

来到山顶，我离开了人群，独自站在一边看着。看着一望无际的山丘上织网一样的麦草方格，我的眼泪又一次流下来。心里不停地感叹着，这么大的工程，全部是人工编织的，这得花多大的精力才能做到这一点，而二百四十多万亩的沙丘就是让民勤人硬生生地一手一手压制住了！

当然了，巴丹吉林沙漠能够出现这种辉煌的战果，除了民勤人矢志不移的奋斗精神之外，还与党和政府对民勤人民的大力支持密不可分。自从20世纪50年代治沙开始，各级党委政府一直是民勤治沙人的坚强后盾。近几年，在党和政府大力支援的同时，社会各界人士和志愿者也都纷纷加入治沙队伍，这才出现如今的壮丽景观。

回到县城里，当地政府让我们参观了沙漠的特产。看到那些精美食材，我内心无法平静。民勤人不仅成功阻挡住了塔克拉玛干沙漠，而且以精卫填海的精神成功地阻止了巴丹吉林沙漠与腾格里沙漠的合拢，并且在成功治沙的过程中还增加了经济收入。如果我这次没有来，印象依然会停留在二十多年前，而过去我一直担忧民勤会变成第二个楼兰古城或罗布泊，一直在困扰我，现在我不会再这么担忧。

因为季节的原因，我虽然没看到巴丹吉林沙漠和腾格里沙漠里泛起的绿洲，但绿洲真实存在着，那些迎风招展的还没有来得及发芽的肉苁蓉、锁阳、甘草、骆驼刺、红柳、白刺等沙生植物，很快就绽放出自己的风采，把这二百多万亩沙丘变成绿洲！

风过祁连山

王琰

风过祁连山

河西戈壁荒凉，一路总有祁连山做伴。

闲翻地理书，祁连山的主体大部分在青海。

从互助的孔雀山开始，一块一块金黄的油菜花地开始在视线中升起。越来越密集，到门源时，满目皆是。一高兴，就忘记了翻达坂山时缺氧的恶心难受。高兴完了，还得坚持着一路奔向民乐呢。

民乐原本叫东乐，1932 年迁县址至洪水城，改叫民乐，取人民安居乐业之意，是个好名字。

民乐的苹果梨很大很好吃。还有大蒜，也是民乐的特产之一，两千多年前就开始种植了。

民乐紫皮大蒜个大、味辣、易剥皮。

汪曾祺的小说里常写紫皮大蒜，主人公用蒜就面吃。挑这样的蒜一定要用手一一捏过，才个个瓷实。

一路吃手抓，吃手抓时一定要就蒜。青海的手抓是羊肉挂起来晾得半干后煮的，有股子风吹过的硬邦劲儿。啃完了手抓，我就一个接一个地吃木糖醇口香糖。

青海湖边的油菜花，在蓝的天、青的湖衬托之下，灿烂壮观得无法形容。

一只鸟、两只鸟、千万只鸟飞走了，如梦醒般了无踪迹，八月的青海湖变得格外空荡，只有遍布的玛尼石堆，上面压着哈达。

一块玛尼石是念了一次经，遍布的玛尼石堆是念了多少次经呢？

只有遍地油菜花，遍地黄金。

"祁连山"是古匈奴语，意为"天山"，不知是不是指它的高度，高得与天相连的山吗？

我在《中国国家地理》上看过整幅从山顶俯拍的祁连山照片，不是沿路的一条线，而是无比壮观的山脉群。于是，不光高，还有了体积。

千里之内是祁连山，千里之外还是祁连山。四千多米高的祁连山，拦腰剖开个口子，这口子就是扁都口。

一个小小的傻女子，站在高高的扁都口，就看见了班昭、卫青和霍去病吗？小声些，别吵醒戍边的将士们。

偶尔有羚羊、野驴出没其间。

战场风尘还未散尽。雨裹在风里来了。

等到太阳出来了。拉着丝绸的车走来，休息一会吧，一场大雨让丝绸受了些潮气，一匹匹轻轻晾晒在风里，让人的目光也变得柔和起来，满天云彩都成了丝绸。

南巡的隋炀帝，用丝绸裁制船帆，还有妃子们好看的衫襦长裙。

南巡完了西巡，六月飞雪，挡不住的冷啊。刚刚打败吐谷浑的英雄军士，来不及脱下铁甲，和着血冻在了身上。披甲将士，以山的姿势挺立。

血色祁连山，永远戴着顶白雪的棉帽子。

成吉思汗和他横扫天下的英雄铁骑，也走上这条刚刚运送过丝绸的路，只是天上没有雕，射鹰？是不是太容易了些？

往最近处想，当年解放军攻打兰州，定了三个方案，其中一个就是要从扁都口长途奔袭。后来，并没有采纳。但是西路军当年是从这里突破了马步芳军的重围。

驼队沿大漠缓缓而行，"叮当叮当"的驼铃声，使行走变得生动起来。

一位摄影家朋友拍了很多大漠驼队的照片，黄沙漫漫，夕阳斜照，一支长长的驼队，在沙上走成剪影。很是唯美的景象。于是就问这么好的景怎么都被他遇上了。他说是选好景，等着太阳西下，花五块钱雇一支驼队走走，就可以拍了。

艺术往往来源于虚构。

祁连山不需要虚构，祁连山实实在在。

焉支山

焉支山连天向南横。这一带多美女，匈奴诸藩王的妻妾多从这里挑选。

焉支山也叫胭脂山。用胭脂涂脸的美女才可以当阏氏吗？

焉支、胭脂、阏氏，就这样，一座山与数个美女有了关系。

匈奴大单于的阏氏，是汉朝远嫁的公主。

公主梦回汉朝，铁骑踏着飞燕而来。

风吹草低，单于骑马飞驰而过，阏氏的衣裙旗帜般在风里飘扬，如同这场无可避免的战争。

风不知道等了有多久，沙不知道等了有多久。

歌曰：亡我祁连山，使我六畜不蕃息；失我焉支山，使我妇女无颜色。单于回眸，他的汉朝阏氏脸色苍白。

一剑封喉，英雄一去不复还。骤起的猎猎风，撕扯着狼旗，长生天这一次没有佑护这个英雄的民族。

战火中飘浮着脂粉气。

涂脸剩下的胭脂，被拿去修缮卧佛寺了吗？卧佛寺里的释迦牟尼，视之若醒，呼之则寐，一脸的温情脉脉。脸上镀了金，胭脂可以用来涂佛身上的袈裟吗？

阏氏、胭脂、焉支，这山的名字就带了脂粉气。

三危山与莫高窟

三危山是先于敦煌进入中国古代典籍的。这一横亘数十里的赤褐色砂石山脉，因为山峰高耸，看起来摇摇欲坠，于是得名三危山。

自古至今，三危山多次有千佛或金光显现，于是历代都在山上修建庙宇。这座连绵的赤褐色山，在人们心目中是金灿灿的。

我长久地凝望着三危山，期待着传说中的景象出现。

三危山半山有一井，人称"观音井"，传说南海观音路过此山时小憩，不小心将手中装着圣水的玉净瓶遗落，化为此井。故事里的观音有些像丢三落四的邻家小妹，也因此让我觉得神也变得家常了许多。

虔敬地俯身喝了玉净瓶里的水，神圣良善的观世音菩萨，保佑跟我一样的众生从此不要再为病痛所困吧。

三危山隔着宕泉河与鸣沙山东西相望，史载，高僧乐僔云游至此，始见佛光，于是开始在鸣沙山架空凿窟，修建佛龛，这就是莫高窟。

莫高窟的第一个洞窟因三危山而建，三危山与鸣沙山便有了千丝万缕的联系。

等不到异象显现，那就接着看莫高窟吧。

莫高窟现编第十六窟，北壁有洞，这就是发现封存大量敦煌文书的密室。人们将唐代河西都僧统，主管敦煌僧法律三学教主洪辩的塑像搬来放在这个窟里。于是我看到最伟大的发现有高僧做伴。洪辩正在打坐，细细看看洪辩清癯的脸，每一条皱纹似乎都是按他本人的样子塑就的，摸上去会有温度吗？

收起我亵渎的坏想法，我佛慈悲，请原谅我的无知唐突吧。

那个掘开北壁洞口的王圆箓，只能委屈地站在院落一隅的砖塔里，没有人会多看他一眼。

东面被刻出莫高窟的鸣沙山，一点儿也不寂寞。它的怀中，一泓月牙形的泉水眼睛般亮晶晶的。

它跟我一样期待着吗？

白马塔

敦煌市西郊七里镇白马塔村，有一座白马塔。

老霍在七里镇，所以只要来敦煌，我必去七里镇。

还在青海湖时，老霍就不停地发短信，问哪天到。

老霍现在是个口齿伶俐的人了。上学时他暗恋我们宿舍的一个女生，两个人的座位隔了个过道。快毕业时，那个女生跟我们班长谈起恋爱，老霍还是不说，只是愤然而起，把座位搬到最后一排。那个女生看他搬桌子，面无表情。后面的同学没有马上把桌子挪上前，那个地方就那样空着，像嘴里整整齐齐的牙拔去了一颗，那个空座位，就那样豁了很久。

一见面，老霍说要带我去吃驴肉黄面。吕记驴肉黄面，满满的人，驴肉切得薄薄的，蘸配好的料吃，黄面用平碟子装着，就端了上来。老霍比上学时更英俊，眉目越来越清楚了。

记得上次来敦煌，老霍也请我吃的驴肉黄面，那时他刚分来敦煌，对敦煌也不太熟。上了出租车，说让拉到一家好些的驴肉黄面馆，司机拉着我们一路往郊区开去，走了很远还没有到。老霍疑惑地问，是不是你们亲戚开的馆子啊？司机不好意思了，便使劲说他亲戚做的面多么好。结果肉不是很新鲜，面也不好吃。老霍直抱怨。

想起来，不由得笑了。

吃完驴肉黄面，踏踏实实地去看白马塔吧。

白色的塔，覆钵形塔身。是佛祖将刚刚食用过素斋的钵扣在这里了吗？

鸠摩罗什驮经的白马累了，安静地在塔下站着，马是站着睡觉的啊。塔铃啊，别在风里叮当响了，小心吵醒了一路辛苦的白马。鸠摩罗什没有睡，坐在毡氇上，在风里翻看着他万里迢迢从龟兹国挑选的经书。一路护送鸠摩罗什的是前秦大将军吕光，此情此景，将军悄悄传令三军将士，不得打扰，不得高声喧哗，违令者军法从事。

白马塔第五层上仰为莲花花瓣，佛祖手持莲花，想说，白马和塔都吉祥如意吧。

白马继续在塔下睡着，这次，它在沉睡中卧倒了。

鸠摩罗什上路了，长安还远着呢。

大地上的草方格

王选

天地之间，仅有两种颜色，蓝、黄。天蓝，蓝的发灰。地黄，黄的刺眼。

车在民勤县东北部的巴丹吉林沙漠穿行。黄沙入眼，似乎没有尽头。山丘如大海一般，波澜起伏，掀起巨浪。而车亦在沙漠中如孤舟起伏，使人有些许眩晕。

让人惊讶的，并非漫漫黄沙，而是黄沙上面那整齐划一、连绵不绝的草方格。沙漠，我见过不少，草方格也曾耳闻，可如此铺天盖地的草方格还是第一次见到。格子四周，是稻草，铺在沙上，颜色略黄，但带着一些灰白，在太阳下折射出银光。

下车，已近正午。初春天气，寒意料峭，站在沙湾里，也不由得冷得发抖。太阳炽白，灯泡一般，挂在头顶，明亮、晃眼，又缺少暖意。眼前，还是沙、沙、沙……只是不像坐在车上看时是流动的，此刻，一座座沙丘凝固着，如海浪被冻结。沙上面，布满了草方格，满眼皆是，没有尽头，蔚为壮观。沙丘背上插着一排排葵花秆，用以遮挡风沙。细长的葵花秆，脊梁骨一般，直愣愣插在沙里。方格里，栽着名叫梭梭的植物。梭梭，世界上最耐寒、耐旱、抗盐碱、抗风沙的植物之一。它能在气温高达43℃，而地表温高达60~70℃，甚至80℃的情况下，正常生长。到秋末，其迅速木质化，能够忍受 - 40℃的低温。

我蹲下，把手插进稻草下的沙中，寒意入骨。又抓一把太阳下的沙，温热暖人。沙很细，沙粒极小，不是我所见到的那种沙，颗粒大，略显粗糙，抓在手中也涩。可这里的沙，细如水，小如针尖，在手中是绵的，那种难以描述的绵。把沙从指缝漏下，没有丝毫风，却斜斜地飘走了。空气，空气就能让这些沙飘动。

于是，那一刻，我理解了民勤祖辈流传的谚语——大风一起不见家，一茬庄稼种三遍；也理解了沙漠是另一种流淌的河流。

民勤，甘肃武威的一个县，位于河西走廊东北部、石羊河下游，地处巴丹吉林和腾格里两大沙漠的"握手区"。它是全国荒漠化监控与防治的最前沿，是捍卫河西走廊乃至西北地区生态安全的重要屏障，像一把楔子，阻隔着两大沙漠，生态区位特殊而重要。

民勤每年降雨量仅有100多毫米，但每年蒸发量却达到2000多毫米。这就好比，一年的降雨量只能接满一个脸盆，而蒸发量却能达到一个大水缸。其干旱，可想而知。可历史上，这里也曾是水草丰美的绿洲。后来，由于受风沙侵袭，加之石羊河上游来水量逐年减少、地下水严重超采，绿洲急剧缩小，荒漠化面积不断扩大，生态环境日趋恶劣，成为全国荒漠化和沙化最严重的地区之一。

沙来，人撤，还是留下生存？这是一个重大抉择，摆在民勤人面前。

民勤人最终还是没有向风沙低头。从 20 世纪 50 年代开始，民勤人就和风沙掰起了手腕，较起了劲。70 余载，这片土地上的人，如行走的梭梭，扎根大地，坚持不懈地与风沙抗争，开展大规模的压沙造林行动。

在长期实践中，人们探索出了草方格治沙模式。铺草方格，流程倒不复杂，用铁锹在沙漠里挖出一米乘一米的方格，把稻草平铺于方格上，再用铁锹把稻草压进沙里，剩下稻草的一半自然竖立在四边，最后，把方格周边的沙子铲到稻草根部，压实即可。随后，方格内种上梭梭。这种方式，被民勤人亲切地称为"母亲抱娃娃"的治沙模式。草方格连格成网，减小风力，阻碍沙子流动，同时减少水分流失，沙丘逐渐被锁住，如苍龙套上了黄金枷。绿植和希望在方格里生根、发芽。

铺草方格，看似简单，可要在沙漠里成片地铺，并非易事。干旱、炎热、烈阳、朔风，一望无垠的沙漠，机械重复的动作，起早摸黑地劳作。从生理到心理，都在考验着人们。男人们戴着帽子，女人们裹着头巾，一干就是一天，一干就是大半年，一干就是一辈子。面色黝黑、双手粗糙、腰肌劳损、患有眼疾，是沙漠给他们的烙印和病痛，也是沙漠给他们的勋章。

治沙过程中，人们也尝试过尼龙网沙障、黏土沙障、砾石沙障、固沙带沙障等各种沙障，但最实用的还是方草格。稻草成本低，从南方一车车运来。粗硬的稻草，不易被风沙刮跑，两年腐烂，又成了肥料，而这段时间，梭梭也恰好扎根成活。

一方方草格压下去，一株株青苗长出来。

从过去沙追着人跑，到现在人赶着沙退。防沙治沙 70 载，民勤全县荒漠化土地面积减少 50.93 万亩、沙化土地面积减少 11.06 万亩，荒漠化土地占比由 90.34% 下降到 88.18%，沙化土地占比由 75.81% 下降到 75.57%，实现了荒漠化和沙化土地面积"双缩减"。一部民勤史，半部治沙史。行走于民勤大地，每一脚都踩在人们防沙治沙的血汗上。

寸草遮丈风，沙海吐绿蕊。

在我们脚下不远处，便是青土湖。在沙漠里，有湖名青土，或觉不可思议，其实若了解湖的历史，便能知其意。

青土湖是石羊河的尾闾湖。史料记载，西汉时期，民勤县境内有水域面积四千平方公里，史称潴野泽，后来经过隋唐、明清，上游来水逐年减少，青土湖水域面积缩减到四百平方公里。1924 年以来，青土湖再无较大水流汇入，至 1959 年完全干涸。20 世纪 70 年代国家出版的 1∶50000 地形图上，已没有"青土湖"这一名称。青土湖区域成为民勤绿洲北部最大的风沙口之一，腾格里沙漠和巴丹吉林沙漠在这里呈合拢之势。

如果彻底丢失青土湖，两大沙漠合拢一处，掩杀而来，民勤这片如羊肉和花朵一样鲜美的土地，就将节节败退，最后，成为下一个罗布泊。

要治沙。要下定决心排万难，抗沙抗到天低头。要人人上、代代传、步步走、苦苦干。20 世纪 80 年代开始，民勤人采取压沙造林、滩地造林、移民搬迁、退耕还林、封禁保护等措施，综合治理青土湖。人们心往一处想，劲往一处使，人接班，事接茬，一代接着一代干，几十年持之以恒。

通过沙化土地治理、固沙造林、生态输水、环境修复，青土湖水域面积由 2010 年的三平方公里，增加到现在的近二十八平方公里。

沙海心脏，这是青土湖的新名字。

站在青土湖冰面上，仰头，是春日阳光和盛大的蓝天，如另一面湖水。平视，是金色的芦苇荡，如此大片的芦苇荡，在河西走廊甚至西北都很少见。芦苇们举着白色苇絮，在微风中摇曳。细长的叶子，因干枯而卷曲，被风吹动，发出了"唰唰"声，似天和湖交流的密语。如墙一般的芦苇，站在冰里，坚毅又温柔，辽阔又簇拥。脚下，是厚厚的冰面，透明、坚硬，隐约可见冰下之物。我在冰上滑着，好似回到童年。远处，也有人在滑冰，不时发出欢笑声。笑声像赤麻鸭在芦苇荡里腾空而起，飞翔在蓝色天幕下。是的，已经是春天了，不用很久，很多水鸟，都会和赤麻鸭一道，回到青土湖，在沙漠绿洲里栖息、繁殖。

青土湖，如一颗水珠，映照出这片土地上涌动的坚韧、奋斗和生机。

返程的路上，隐约可见远处鲜艳的红头巾、绿头巾，春天一到，民勤人就已踏进沙漠，开沟、铺草、埋压、扶苗、填坑、浇水……在巴丹吉林、腾格里沙漠腹地，人们正用草方格在大地的纸张上画满横平竖直，用梭梭写下久久为功、滴水穿石和绿染黄沙的誓言。

过祁连（外三章）

王震

一、过祁连

坐上高铁欣赏祁连山脉，看绵延几百公里的景色在几个时辰的风驰电掣间百般变幻，领略祁连忽而粗犷豪迈、忽而温婉灵秀的美，是一种无法言喻的令人心荡神摇的感受。

夏至这一天，坐上高铁去看祁连山。从兰州出发，一路向西向北，经过海东、西宁、门源、民乐、张掖，祁连山不同风格的特质，便通过车窗玻璃如电影放映那般，一帧帧依次映在眼中，刻在心里。

祁连山之名源自古代匈奴语，"祁连"是"天"的意思，祁连山因此得名"天山"。唐代诗人李白作诗《关山月》："明月出天山，苍茫云海间。长风几万里，吹度玉门关。"诗中所指的天山就是祁连山。祁连山地处甘肃和青海两省交界处，东起乌鞘岭的松山，西到当金山口，北临河西走廊，南靠柴达木盆地。受高原寒冷气候的影响，这里海拔 4200 米以上的高山地带终年积雪，并形成三千多条冰川，终年银装素裹的祁连山深得文人墨客的喜爱。而每逢春天，冰雪消融，汇聚成条条河流，深情滋润着河西走廊上的大片草原和农田。到了夏天，祁连山区绿意盎然，水草丰茂，极为适宜放牧。

我庆幸自己来得正是时候。夏季是祁连山最美的季节，每一段的风景都别具特色。六月的祁连山，已披上了一层浅绿的绒毯，轮廓秀美，充满生机。山上深绿的褶皱、褐色或墨色的阴影、雪染的峰顶，山下绿染的草原、悠闲其间的牛羊，让这一段的祁连山看起来意蕴悠远，就像是一幅青绿的水墨长卷。而在有的地段，祁连山的山形则变得硬朗陡峻，铁青黝黑的山脊裸露在外，不着一丝绿色，荒凉沉寂，原始神秘，竟像是盘古开天辟地时人间混沌荒蛮的样子。这里人迹罕至，之前见到的牛羊也失去了行踪，肉眼所见唯一的人类文明，就是一条沿着祁连山脉络在山底向前延伸的电力线路。

从西宁过了达坂山口，从门源向西再往民乐走，天地豁然开朗。这时，铁骨铮铮的祁连山就喧嚣生动起来，山脚下就有了一片片的绿和一片片的黄。绿的是青稞，能酿出甘冽的美酒。黄的是油菜花，细碎灿烂，蓬勃热烈。我曾见到秦岭以南在早春三四月盛开的油菜花，遍地春意，生机盎然，是铺天盖地的一场盛大花事，有令人不容置疑的美。这样浓烈的花事来得措手不及，却也去得快。盛极而衰后，油菜花不到五月便会开尽。而在祁连山一带，因地处寒冷的高原，油菜花季会来得晚一些，花期延续的时间反而会更长。在六七月甚至八九月，依然会见到大片大片一览无遗一直铺陈到天边坦荡的黄，在这西部空阔辽远的苍茫大地上，反而显出令人感动的生命的坚韧蓬勃气象。

此时，天空的蓝，云朵的白，油菜花的黄，青稞的绿，大地的厚重，就构成了一幅极具质感的油画。

高铁行至民乐时，窗外下起了雨。雨幕冲刷一切，隔着车窗似乎都能嗅到泥土和青草的味道。雨中的祁连山，是清新明快的，呈现出烟雨江南的意境。有的地方山顶白雪皑皑，山下却是绿茵如毯，独属于冬季和夏季的两种截然不同的景象非常神奇地融合在一个场景中，加之其间云雾缭绕，雨雪霏霏，似梦似幻，犹如仙境，给人一种非常魔幻的观感，引来车上乘客啧啧惊叹，纷纷拿起相机拍照。

六月飞雪，对于祁连山来说，是最平常不过的，明代陈棐就曾赋诗《祁连山》，诗云："马上望祁连，连峰高插天。西走接嘉峪，凝素无青烟。对峰拱合黎，遥海瞰居延。四时积雪明，六月飞霜寒。"

民乐县东南部的祁连山腹地，就是历史上有名的扁都口。一千多年前，也是在同样的六月间，隋炀帝出扁都口峡谷召开西域万国大会，因六月飞雪天地严寒，随行人员大多被冻亡长眠于此。

此时，当我的目光投向远处山顶四季不化的皑皑积雪，感到是那样的沉静和深邃，心也不由得变得宽阔而广博。蓝天为幕，落雪为笔，银色的线条将祁连雪山的轮廓和褶皱勾勒得俊逸飘洒，别有韵致，像素淡的水墨画，富有禅意而又充满力量。

这时，高铁上来几个年轻帅气的小伙子，谈诗，谈艺术，我猜他们是来民乐参加青年诗会的。西部是一块诗性厚重的土地，虽然贫瘠却往往能生长出盛大蓬勃的浪漫和诗意。甘肃的年轻诗人们每年都会举办一次青年诗会，参加的基本都是年轻的大学生或刚刚走出校门的年轻人。青春，富有活力，张扬而美好，有明媚的忧郁，动人的青涩，是只有这片土地才能长出的精神样貌。

过了民乐，一片片连绵的白花便映入眼帘。不知道是什么花，洁白细碎，有简单纯粹的美，像铺在地面上的大片花布。车上有人说，是土豆开花了。洋芋开花赛牡丹，在西北干旱的土地上，人们对耐旱且生命力顽强的洋芋感情是深厚的。在困难时期，这些洋芋不知救活了多少处于饥饿边缘的生命，对于他们而言，洋芋不光是能赖以生存、解决温饱的粮食，甚至是他们整个生命里程中，意味着踏实和安稳生活的不可或缺的精神寄托。

这里，天上和人间仿佛融为一体。目之所及的上半部分是缥缈的群峰，缭绕的云雾，厚重的云朵在高空定居，轻灵的云絮在半空游动。下半部分是绿色的草甸，一块块褐色的、草绿色的颜色界限鲜明。踱步吃草的牛羊，潺潺的溪流，一条条被世间千万人走出来的小路。

从夏至到秋分，这一段时间我先后四次前往河西走廊，哪怕是同一处场景，所见也有所不同。七月麦浪滚滚，八月玉米已经齐刷刷地高，等到了九月，麦子已经收割完毕，留下了一垄一垄的痕迹，一群群鸟雀全然无视戴着草帽或头巾、身着艳丽衣服全副武装的稻草人，争相落在田地里啄食剩下的麦粒。麦秆被捆起来，一堆堆放在田地里。农用机突突突地在田野上扬起阵阵尘烟。临近的草场依旧碧绿，如荡漾碧波的湖泊，一眼望不到边，仿佛能看到汗血宝马纵横天地，驰骋腾跃。

门源过后是山丹马场，平坦宽阔，牛羊自在。想起十多年前在这里骑马，骏马年轻健壮，乌黑油亮的鬃毛飞扬，一群人欢声笑语，青春的面庞闪耀着自信和梦想，地上的花儿也都开得直爽。如今，当年的笑声还在心间回荡，草场却沉寂了，那些马儿都老了吧？它们都去哪儿了？

高铁从草原横穿而过，阻隔了同一片天空下地界上生灵的流动。从车窗看出去，火车东南侧的草场只有满眼的齐整的绿，而西北侧遍地都是牛羊。战马远去，牛羊归来，昔日的战争已远离，现世的安稳更需肥美的牛羊来满足味蕾。远远看去，那些牛羊像是绿色绒毯上滚动的一个个大大小小白的黑的花的石头。等到火车开近了，就见到窗外一群群垂着尾巴的牦牛，花白的奶牛，还有时而低头沉思时而仰首四处张望的绵羊和山羊，偶尔可见黑色的马。老人经常告诉我们，既要低头赶路，也要抬头看路。这里的牛马根本无需找寻方向，肥美的青草早已将它们团团包围，无处可去，只需跟随着小伙伴们，缓慢优雅地低下高贵的头颅，张开大嘴，鲜美的嫩草和汁液便尽数被裹入腹中。

山连着山，隧道接着隧道。火车开出每一个隧道的黑场后，都能豁然看到和之前不一样的风景。时而江南，时而荒原，时而草原，时而田园。有时细雨蒙蒙，有时艳阳高照，有时雾气氤氲，倏忽金黄，倏忽青绿，倏忽油画般的饱和斑驳，倏忽水墨国画般的婉约写意。村庄、湖泊、农田镶嵌其间，玉米地的朴素和葵花园的明艳相映成趣。每一帧都是极好的电影画面。

祁连山的多变就是这样令人惊喜。人生也是这样吧，过个山口，拐个弯，境遇便截然不同了。此时，穿越祁连山更像是穿越人生的过去种种，走向的是理想和未来。就如曾经亲自穿越祁连山的大斗拔谷前往张掖进行西巡的隋炀帝杨广，尽管面临高寒、缺氧的恶劣环境，依然在艰难的挑战中实现了自己雄才大略的帝王梦。而意气风发的年轻将军霍去病则率领精锐骑兵穿过祁连山，直捣匈奴单于王老巢，夺得河西走廊，使得汉帝国得以"设四郡，据两关"，移民屯田，开发边疆，开辟了丝绸之路，留下了使者相闻于道、商贾络绎不绝、文人诗情澎湃、驼铃四季声悠的盛景。张骞更是穿越祁连山，开通西域。法显和尚、玄奘、李白、王维、高适、岑参、王昌龄等也都曾在此留下了他们的梦想故事。

还记得十多年前的那个夜晚，我坐着绿皮火车从一个叫嘉峪关的戈壁小城跨越荒漠，穿过祁连山，在前途未知的迷茫中奔跑在浓浓的夜色之中。列车穿过一个又一个隧道，在迷雾中撕开一道口子，奔向一个叫兰州的地方。从此，祁连山将我的过去隔断在一个似幻似真的梦境里，只能一路向前了。

坐在列车上，隔着一扇窗的距离，面对祁连走马观花式的浮光掠影，有我见众生皆草木、唯有见你是青山的心动，更有我见青山多妩媚、而青山见我应如是的喜悦和满足。曾在祁连山深处巡线的朋友告诉我，这些还只是祁连山的冰山一角，倘若走进祁连山的深处，将会看到无与伦比的壮美草原、森林、雪山和冰川，雄奇变化的旖旎风光，更有河流淙淙，野花盛开，苍松翠柏茂盛的美丽风景。他说，这里还生活着雪豹等珍稀动物，他就曾不止一次碰到过藏原羚和锦鸡。这个我信，在武威黄羊镇，我也曾看到车窗外以古代烽燧为背景，一群群在荒凉的大地上奔跑的黄羊，和列车并驾齐驱，拥有原始、野性的力量和激情，那样自由而随意。

我曾在一个反映祁连山的纪录片里看到在陡峭的岩石上飞奔腾跃如履平地的岩羊，在茫茫的冰天雪地中身形矫健的雪豹，还有在张掖黑河湿地的芦苇丛中优雅起舞的黑鹳，都令我为大自然的蓬勃生命力而激动不已。曾经的弱水、现在的黑河所形成的湿地是全球候鸟迁徙重要通道之一——中亚迁徙通道的重要中转地和停歇地，也是中国候鸟三大迁徙路线的西部路线途经地。据说，这里不光能看到黑鹳，还能看到彩鹮、遗鸥、大天鹅等两百余种鸟。

在这里，祁连山是万物生灵赖以生存和繁衍的栖息地，更是它们不容侵犯的领地和精神乐园。背靠祁连山，它们不仅是常住居民，更是这片领域最大的王。而对于祁连山来说，这些精灵又何尝不是它互为依靠的保护神？

一日看尽长安花。呵，在梦想穿越之地，祁连的美是一次看不尽的。

二、风过河西

在祁连山以北至巴丹吉林沙漠之间的长约 1000 公里的狭长地带，就是享誉中外河西走廊。如果沿连霍高速西进河西走廊，就会见到延绵八百多公里的祁连山脉相伴而行。

祁连山南北两侧的气候差异较大，山脉南侧植被丰富，景色秀美，而在紧邻河西走廊一侧的北坡，植被则相对稀疏，粗犷荒凉。在这狭窄的长廊里，是风的练兵场，是光的海洋，是它们的王国，共同演奏出一场风光电的交响。伴随着河西走廊鼓荡不息的长风和热烈直白的阳光，这里随处可见一处处黄土筑就的长城遗址，一条条跨山越岭传输电能的铁塔银线，一片连着一片高大英挺的白色风机，在阳光下熠熠闪光的蓝色光伏板，宽阔平坦通向远方的高速公路，以及呼啸而过的高铁银龙。这些风机和光伏板沿着祁连山西侧排兵列阵，形成了几处有名的新能源基地：酒泉世界级风电基地和张掖、金昌、武威、酒泉、嘉峪关百万千瓦级光伏发电基地。它们和远处的祁连雪山、雄伟的长城遗址、苍凉的烽火台遥相呼应，用无言的方式进行着一场关于历史和文明的对话。

从李白的"长风几万里，吹度玉门关"，到王之涣的"羌笛何须怨杨柳，春风不度玉门关"，再到高适的"借问梅落凡几曲，从风一夜满玉关"，诗人笔下的玉门关及河西走廊，总是会刮起一股强大的、席卷一切的风。

从黑河到疏勒河，汉长城穿越玉门，挡住了多少外族的入侵，但似乎并没有挡住那一股势不可挡、昏天黑地、遮天蔽日的漠漠狂风。每年的春季和秋季，是河西一带风最大的时候。凌厉的狂风一路所向披靡，席卷着沙粒从远处呼啸而来，在戈壁上横冲直撞，仿佛要吞噬一切。

谁能想到，曾几何时，人们居然借助这些莽莽大风，变害为利，曾经桀骜的狂风已按照人类的意愿驯服地吹动连片的白色风电机组，在令人绝望的飞沙走石中吟诵出气势恢宏的诗篇。在千里河西走廊的金色沙滩上，连片的风电机组形成"白色森林"，光伏板汇聚为"蓝色海洋"，"无限风光"化为滚滚电流，打通南北天堑，点亮万家灯火，外送至 25 个省份，变成肉眼可见的"真金白银"。当座座硕大无比的风车，迎着风沙振翅旋转，如一艘艘劈波斩浪的白色帆船，激荡起千顷碧波荡漾，是怎样浪漫的画面。而当这股来自唐诗塞外的猎猎长风刮过河西，吹绿千里长廊，越过祁连，又绿湘江，吹开中原花千树时，又怎能不令人激情满怀。

此时，一条亘古的山脉，一条现代的电力线；一条打通文明的古丝路，一条传输能源的大动脉。它们彼此相依相伴，在日月风雪的见证中缩短了时空的距离，共同创造出人类现代文明的奇迹。

从嘉峪关和酒泉的方向南望祁连山，祁连山的存在就是遥远的连绵的皑皑白雪。从小在嘉峪关长大的我，早已习惯了南边那座终年不化的雪山的存在。那时候，只要一走出家门，向南望去，就能远远看到白得耀眼的祁连山。晴朗夏日的雨后登上高高的嘉峪关城楼，视线沿着蜿蜒的长城望向远处，还会看到雪山之巅绮丽厚重的晚霞，是那样的磅礴大气。那些年，无论是狂风不休黄沙漠漠的春秋季节，还是晴空万里烈日炎炎的夏季，或是寒风刺骨冰天雪地的严冬，祁连山在我眼里都是巍然屹立在天边的样子，好像它就应该在那里，只是随着季节和天气的变化，或苍茫或模糊或清晰如在眼前。永远如一部宽银幕巨幅电影般在远处上演着大自然的故事，成为我人生中不可或缺的成长蜕变的背景板。

祁连山脚下，是家人，是故友，是永不消逝的温情。习惯了祁连山下的戈壁和风沙，生活在那里的人们，个性也如那山那风一般飞扬、洒脱、粗粝。

如今，我跨过祁连山，生活在一座黄河穿城而过的城市，从家里到黄河边的距离不足千米，每天会和黄河相见。早晨，沿着大河奔流的方向迎着朝阳开始新的一天。黄昏，又沿着黄河迎着夕阳回到安放在这个城市的小巢。看河水清浅平静，看它浊浪滚滚，看金色余晖下的波光粼粼，看大雪覆盖时静卧在大河之上的铁桥恒久沉默，看大河一年四季不断变换的样子，性子里就渐渐融入了大河的包容、隐忍和波澜不惊。想想真是幸运，卑微平凡如我，生命中却总有大山大河的陪伴。尽管到这里后，我的鼻子再也没有因为干燥而流过鼻血，黄河水的滋润令皮肤也变得白皙，但对于在广袤戈壁上长大、经常风沙满面的我来说，黄河岸畔只能算作异乡。梦里心归处，是那连绵的山脉，那片荒凉的戈壁，那座伫立千年的关城，那不知何时便会刮起的席卷一切的狂风，风中瑟瑟的骆驼草和那一轮在夜色中为戈壁披上银装的孤独圆月。

人生的河流大浪淘沙，留下的不总是美好。带着梦想穿越祁连，黄河带走了青春的年华，我的纯真，我的无忧无虑，沉淀下来的是生活的琐碎，奔波的辛劳和庸庸碌碌的艰辛。梦里身是客，无论黄河怎样澎湃着打动内心，都无法使自己将灵魂真正托付给这座城市，并与它融为一体。

风过河西，不光吹走少女的忧愁，吹动连片的风电机组化身为滚滚电流奔向四面八方，还总是带来祁连山脚下的消息，关于那些故人，他们的成长，他们的故事，他们的遭遇，总是会牵动人心。

大自然总是无私地向人类提供着一切所需，而人类对于自然的索取却变得愈加贪婪。祁连山脉在嘉峪关酒泉这一段的山为镜铁山，海拔能达到5000多米。顾名思义，这一带蕴含着丰富的铁矿资源，因此成为这里钢铁企业的铁矿石原料产地。哪怕在这里生活了二十多年，我也是在后来才感知到，当一列列小火车开进矿山深处，当一车接着一车深埋地底多年的矿石被挖掘出来重见天日，最终在钢铁厂高温熔炉的不断冶炼中，成为现代生产生活需要的各种材料，加速人类社会工业化进程的时候，祁连的雪景却在日渐衰败，那些盛大丰厚的积雪一点点消融退隐，浓墨重彩的雪线也逐渐疏薄浅淡。多年以后，当我再次站在嘉峪关高高的城楼上，带着成年人的思考和审视的眼光南望祁连，心底却是隐隐的失望和沮丧，印象中高大巍峨如神山一般的祁连，如今尽管依旧雄伟壮阔，却似乎大不如从前那般令人震撼了。

祁连山下的植物依然在坚守着最后的领地，这是尚且令人感到欣慰的事。比如平凡到让人不易想起的沙葱。还记得小时候，每到春天，一场雨后，当长风掠过整个戈壁，靠近镜铁山的戈壁上就会一夜之间冒出成片的春韭一般的沙葱，给这片荒凉许久的戈壁蒙上一层淡淡的绿意。很多嘉峪关人会呼朋唤友结伴而行，专门去镜铁山或七一冰川拔沙葱。大家要么乘坐小火车，要么骑上摩托车，或是开车前往。记得上小学时，妈妈也带我们姐妹去拔过几次。车子在戈壁上一路颠簸，刚到山底停下，我们就从车厢一跃而下，在戈壁上尽情奔跑，追逐玩耍，与风嬉戏，自由呼吸，像是踏青一般快活。那些沙葱有一拃长，鲜嫩葱绿，挺拔蓬勃，看着就惹人喜爱。我们蹲下身子，一只手拎着袋子，另一只手像拔草那样，一把一把地将沙葱从地皮上拦腰拔断。那么多的沙葱好像怎么也拔不完，不一会儿就装满了几大袋。有时还会挖到野蘑菇、锁阳或肉苁蓉，算是意外的收获。母亲会用新鲜的沙葱凉拌，或者包饺子，或是和鸡蛋一起炒着拌拉条子吃。这对少时物质生活不太富裕的我们来说，既调剂了一日三餐，又丰富了餐桌内容，简直不要太幸福。由于受到戈壁狂野炽烈阳光的尽情抚爱，沙葱的味道在清鲜中略带辛辣，自由野性的感觉在唇齿间游走，不知有多美味。剩下吃不完的，母亲就将其腌制起来。青绿的沙葱小山一般堆放在咸菜缸里，被食盐杀去水分后，褪去鲜嫩的色彩，被洗净的戈壁石紧紧压住，等想吃的时候拿出来，淘洗干净，撒上辣椒面和调料，泼上热油凉拌着吃，滋味依然不减当时。沙葱耐干旱，即使在盛夏，戈壁上也能见到沙葱。谁都不会想到，沙葱好吃，它的花也很好看，淡紫色或紫红色的球状花朵，一朵朵盛放在戈壁，摇曳在荒滩，随风起舞的那一刻，惊艳得天地自然万物都会黯然失色。

如今，有时也会在饭店里吃到时令的沙葱，也许它们并不来自祁连山下的戈壁，少了狂野的西北风和热烈的日光的照拂，少了大自然的灵魂调味剂，味道竟然寡淡了许多，就像是那些大棚蔬菜，一旦被束缚起来就失去了本真的味道，只见其形难寻其味了。

后来才知道，原来在河西走廊东北部的"中国沙葱之乡"武威民勤，人们已经开始在户外和温室里人工种植沙葱。沙葱生命力顽强，种植一次可收割十年，每年可收割好几茬，已经成为当地的支柱产业。不敢想象，被巴丹吉林和腾格里两大沙漠包围的沙海绿洲，当种植面积达近两万亩的青绿沙葱迎风生长时，会呈现出怎样惊人的奇观。

然而，所有这一切，都不敢我在祁连山下初遇它时的感动。

三、丝路蛟龙

黄沙西际海，白草北连天。

只需三个小时的时间，高铁动车即可从兰州到达河西走廊腹地张掖。

河西走廊是古丝绸之路的黄金地带。在这里，东西方文化、多民族文化通过丝绸之路在甘肃境内交汇、融合，构成了甘肃古代文化中最光彩夺目的篇章。历史上的甘肃，作为丝绸之路的受益者，一个明显的标志是带动了甘肃城镇的经济和文化发展，使原本默默无闻的一些甘肃城镇走向繁荣。这些城市最具代表性的是敦煌、酒泉、张掖、武威和天水。

而甘肃乃至我国电压等级最高的三条特高压线路就在河西走廊内并列运行，特别是在有"金张掖"之称的张掖市甘州区平山湖大峡谷内，吉泉、哈郑、祁韶等三条特高压直流输电线路就如同三条腾空而起的巨龙，在红褐色厚重的大地上并驾齐驱，迤逦前行，格外壮观。

这三条特高压线路，无论是电压等级、传输容量还是传输距离、技术难度，均是拥有我国自主知识产权的名副其实的"超级工程"。连绵起伏、迤逦而行的特高压线路，架起的是电力高速路，开启的是绿电"丝绸之路"模式，将西部清洁的电能源源不断地输送到中东部城市，让古老的丝绸之路焕发生机，使甘肃成为真正的能源输送大通道。

我已经不知道是多少次走进这块河西走廊的腹地了，但每次走进这片生于斯、长于斯的熟悉土地，都仍然被一次次感动和震撼，能感受到体内流淌的热血汹涌澎湃，感觉到自己的呼吸不可遏制地变得紧张和急促。当我的目光投向远处巍峨绵长的祁连山，看到山顶一年四季皑皑的积雪，感到是那样的沉静和深邃，心也不由变得宽阔而广博。

一湖山水，半城塔影，芦苇连片，古刹处处。不望祁连山顶雪，错将张掖认江南。

张掖古称"甘州"，西汉时取"张国臂掖，以通西域"而得名。这里自古就是多民族聚居的地方，是中原农耕文化、欧亚商业文化和北方少数民族游牧文化交流融合的重要舞台，史称"河西第一城"。西汉置张掖郡，隋代时成为河西地区一大商埠，商贾云集，货物成山。隋炀帝在西巡时曾在此会见西域二十七国国王、使者和商人，盛况空前，成为丝绸之路历史上的一段佳话。这里人文景观丰富多彩，历史文化积淀深厚，自然景观独具魅力，雪山、森林、草原、戈壁、绿洲、沙漠相映成趣，素有"塞上江南"和"金张掖"之美誉。

1936 年冬，中国工农红军西路军进入河西，于 1937 年 3 月成立了"中共甘州中心县委"，在这里播下了革命的星星火种。

近些年来，张掖地方经济发展迅猛，电力建设步伐也明显加快。

当高铁到达张掖火车站时，国网甘肃送变电工程公司的工作人员身着工作服，已在那里等候了。坐上橘黄色的生产作业车，我们直奔位于张掖市甘州区平山湖大峡谷的与特高压线路并行的路段。

"天中、祁韶和吉泉三条特高压线路在大峡谷内并列运行，场面特别壮观，你看到后一定会特别惊叹的！"工作人员不止一次地向我介绍。

我曾经分别去这几条特高压线路采访过，但甘肃境内这三条电压等级最高的特高压线路在一起并列运行的场面，自己却从来没有见识过，李海燕的话令我浮想联翩，心中不免充满了期待。

据工作人员介绍，平山湖大峡谷是位于张掖市甘州区的一处丹霞地貌，是被《中国地理杂志》誉为"媲美科罗拉多大峡谷"的丝绸之路新发现。丹霞者，彩霞也，源自曹丕的《芙蓉池作诗》："丹霞夹明月，华星出云间。"丹霞是沉积在内陆盆地的红色岩层经过数千年的地壳隆起变化、被河水侵蚀、风化而形成的一种红色山块群，主要分布在临泽、甘南和甘州，岩壁陡峭，气势磅礴，令人称奇。

其中最为著名的，是位于张掖临泽的七彩丹霞，我曾多次去那里游览。只见丹霞地貌红、黄、紫、绿、白、灰等色彩层次分明，色彩如滚滚波浪随山势起伏，又如艳丽的彩带随风蜿蜒飘动，气势恢宏，造型奇特而色彩斑斓，极富韵律和层次感，令人叹为观止。在这些景观中，众僧拜佛酷似披着紫红色袈裟的僧侣，面向横卧的大佛虔诚跪拜，栩栩如生、惟妙惟肖，营造出一派庄严的氛围；七彩飞霞如彩霞坠地，像飞霞流动，呈现出变化万千的景色；灵猴观海仿佛一只猴子蹲在山顶上，静观前方低洼处连绵起伏的深红色丘陵形成的"火海"。此外，九龙腾云、神龟问寿、神龙戏火、水墨丹霞、大扇贝、七彩练静观等，形态迥异，各具特色，极富想象空间。若在雨后天晴的夏日登上七彩丹霞，丹霞的山色经过雨水的浸润显得更加艳丽，在夕阳下一片火红，与远处积雪的绵绵祁连、蓝色通透的天空、静谧的田园村庄、河流和炊烟遥相呼应，更像是一幅高饱和度的绚烂油画，让人陶醉其间。

车辆的颠簸将我从对张掖丹霞地貌美景的遐思中拉回到现实，只见工程车已从公路拐进一条只有车辙的高低不平的土路。

在漫天飞扬的尘土中，我们驱车来到一片被红褐色的沙砾岩石包围的开阔峡谷腹地，果然看到了巍然挺立在艳丽岩土大地上的铁塔和银线。放眼周边荒无人烟的荒僻，我不禁被它的雄壮和旖旎所震撼。只见红色的沙砾岩层被打磨成沟壑纵横的肌理和千姿百态的山峰，河流水蚀后的峡谷形成了彩色波浪式的岩面，岩层上被冲刷剥蚀出的无数横向、纵向纹路和孔洞，无不展示出大自然的博大力量和岁月的痕迹，苍凉壮美，充满风情。

在初冬的寒风中，正逢晚霞夕照，金色的余晖遍洒大地，平山湖大峡谷张臂开怀，豪情拥抱自西边跋山涉水而来的巍巍来客。以红褐厚重的色彩为背景，只见一座座铁塔威严矗立，宛如一个个傲立在天地间的钢铁巨人，±800千伏天中、祁韶和 ±1100 千伏吉泉三条特高压直流输电线路在这里并列前行，三条横空出世的大截面导线，脚踏七彩赤练，好像三个并肩战斗的好兄弟一般，雄赳赳气昂昂翻山越岭，满载强大的新能源清洁电流奔向南方，用责任和使命向千家万户送去光明，场面蔚为壮观，让人观之不由得心潮澎湃。

孙胜卫是甘肃送变电张掖运维站的站长，个头中等但魁梧壮实，长年野外作业的风吹日晒，使他的脸庞黧黑，眼神中透着一股沉稳和踏实，话不多，但每说一句都充满力量。在猎猎的秋风中，为了让我们能更清楚地看清三条特高压电力线路在大峡谷中逶迤而行的壮观场景，他陪着我们爬上一座砂石山。居高望远，刚才需仰望的高大铁塔和条条银线便尽收眼底。

"看，这就是天中线！这条是祁韶线，那条是吉泉线！"孙胜卫一一指着从头顶划破天际伸向远方的电力线路，激动地对我说。那神情，仿佛在向别人介绍他的孩子们：看，这是老大，这是老二，这是老三！眼里满满的都是骄傲和宠溺。

可不是吗？从这些线路建成，他就负责它们的运维工作。在巡视线路时，他们两个人一组，每天要巡视 5 公里的线路，查看 15 基铁塔。5 公里，听起来不长，但是要爬高上塔，线要一寸一寸查，铁塔一基一基逐个上。特高压铁塔与一般线路的铁塔不同，有的特高压线路需要跨越公路、铁路，有的甚至还要多次从 750 千伏特高压线路跨越过去，所以特高压铁塔比一般铁塔高，有的能达到 150 米左右，相当于 40 层楼那么高。

这么高的铁塔，攀登起来可就费劲了。以前他们巡视 330 千伏线路时，爬上铁塔还能认出地面上的人是谁，但如今在特高压铁塔上看下去，地面上的人就是一个小黑点。平时，他们只巡线不上塔，通过望远镜查看铁塔有无异常。在春季、秋季检修时，就要一基一基铁塔逐个往上爬。孙胜卫说，他们有时爬上去就累得不想下塔。春秋季正是风大的季节，铁塔上风就更大了，塔身会有小幅度的摇摆，这个幅度在地面是感觉不出来的，在塔上不害怕是假的，心虚腿抖，爬塔的人都不往地面看，只盯着塔身。慢慢习惯了，也就没有那么害怕，爬起铁塔极为迅捷。

在大峡谷红砂岩地面傲立的特高压铁塔下，孙胜卫告诉我，以前在进行电网建设时，遇到车辆难以进入的高山、陡坡等地带，水泥杆、电线等材料的运输主要靠人工，全凭送电工们人拉肩扛，劳动号子就是响彻天地整齐划一的口令，后来主要靠骡子、马匹等牲畜运输材料，人力是减轻了，但建设条件依然十分艰苦。

而如今，甘肃送变电员工自己开动脑筋，研制了大截面导线智能化牵张机，架设导线再也不用耗费人力，电力建设水平也随电网的升级不断提升，已经在国内创新推广使用内摇臂抱杆组立铁塔，开发应用张力放线设备和直升机、飞艇、氦气球、多旋翼架线等一系列新技术、新工艺和新设备。

我不禁想起自 2005 年全国第一个 750 千伏示范工程官亭—兰州东输电工程竣工投运，甘肃便开始踏上超高压发展之路。随着西部风能、太阳能发电的兴起和进入大发展热潮，750 千伏新疆与西北主网联网第一通道工程、第二通道工程相继投运。实现新能源远距离、大规模输送的天中、祁韶、吉泉等特高压直流输电工程也先后建设投运并引起世人瞩目。甘肃的特高压电网建设实现跨越式发展，架起高空电力高速路，打通南北天堑，将来自大西北的风电、光电等绿色电力源源不断地输送到东部大都市的家家户户，巍然的电力输送气势与丹霞的绚烂壮美在此完美相逢。

从张骞开通西域，始开丝绸之路，河西走廊便是丝路交会与必经之地，强汉盛唐，千年积淀，不仅成为举世闻名的重要商道，也成为经朝历代的历史走廊和沟通西方的文化走廊。为保障边民安宁和丝路的畅通，汉时沿着河西走廊修筑长城。长城巍峨，烽燧相望，嘉峪关、阳关、玉门关一座座雄关构成了一幅无比壮观的历史画卷。

2008 年，酒泉被批准为中国首个千万千瓦级风电基地，20 余家发电公司与酒泉市政府签订了投资合同。为了将甘肃丰富的风电能源输送出去，甘肃省内的特高压电网建设也实现了跨越式发展。

2017年，世界上第一个以输送新能源电力为主的特高压±800千伏祁韶特高压直流工程投运。这条线路从甘肃酒泉祁连换流站出发，经陕西、重庆、湖北等省市，进入湖南韶山换流站，线路总长度2383公里。它将来自甘肃河西地区的风电和光伏电能，源源不断地输送到三湘大地，为电力供应吃紧的湖南提供了强大支撑。

在峡谷中掠过的呼呼风声中，孙胜卫挥舞着胳膊，指着看不见的远方告诉我，在距此不远的龙首山地带，河西750千伏第三通道加强工程也已经建成，为河西地区的绿色转型发展发挥着重要作用。

不光如此。现如今，陇电外送输电线路特高压工程建设正在加快推动，陇电入鲁工程甘肃段已经贯通，陇电入浙工程开工建设，陇电入川工程也正在推进当中。

借助河西的莽莽大风，河西走廊已经拥有世界上电压等级最高、输送容量最大、输电距离最远、技术水平最先进的直流特高压输电线路，成为当之无愧的"绿电"大动脉、能源大走廊。

车在返程时，西边的天际已被夕阳晕染得一片壮丽的铁锈红，车辆在凹凸不平的山路颠簸，扬起漫天的尘土，透过车窗玻璃回头去看，辽阔寂然的旷野上，铁塔傲然挺立，银线轻盈曼舞，与天地融为一体，与地上的碎石草木亲密无间，俨然已成为大地的骄子，是天地永恒的样子。

四、巡线记

祁连山脉的酒泉段，苍茫的戈壁上烈日灼灼，天蓝得耀眼，没有一片云朵，远远可见终年积雪不化的祁连山轮廓清晰，山顶的积雪明晃晃的，雪线飘逸间隐入天际。戈壁滩上，每一寸沙砾都被炙烤得滚烫，几乎没有一丝绿意，只有远处可见的几簇红柳给苍茫大地点染了一丝柔媚的色彩。

除此之外，唯一能够体现出生命的顽强与坚韧的，还有匍匐在地面上的骆驼草。

和骆驼草一样坚韧的，是巡线的人。

此刻，巡线的人正背着工具包，气喘吁吁地走在一条特高压输电线路下，顶着烈日巡视电力线路的运行情况。豆大的汗珠不停地从他被晒得黧黑脱皮的脸上滴落，厚厚的蓝色牛仔工作服已经湿透了。

他已独自在这片空无一人的戈壁上行走了四个小时。

早上七点出门，在单位换上工作服，背上工具包和望远镜、红外测温仪等工具，坐上巡线车，八点巡线车将他拉到戈壁深处的这条电力线路下，他开始一天的巡视任务。现在，他只完成了不到一半的内容，还有很长的路要走呢。

但此刻，他已经感觉到了疲惫。自夏至以来，随着用电量的增大，电力线路的用电负荷也不断增加，他已经像今天这样连着巡视了五天的特高压输电线路了，在没遮没拦的毒辣日头下工作，确实有点吃不消了。

但他依然坚持沿着预定的巡视线前行。正是依靠这条特高压输电线路，酒泉地区的狂风烈日所化成的灼灼电流翻越千山万水，被送到用电紧张的遥远外省。

"仰观宇宙之大，俯察品类之盛。所以游目骋怀，足以极视听之娱，信可乐也。"巡线的人没有东坡先生那样的豪情万丈，像东坡先生那样仰俯之间皆是天地寰宇，也没有东坡先生那样的快乐。让他凝神贯注的，只是那条空中如五线谱一般的线路和那一基基耸入蓝天的铁塔。感受到的，是孤独，是酷热，是一系列不断重复的简单而枯燥的动作。

仰首之时，是他在用望远镜观察空中的输电线、绝缘子和避雷器等部件有无断裂、松动或污染，还要用红外测温仪检测线路是否存在过热现象。如果发现某个部位的温度异常升高，就要立即记录下来，并采取相应的措施，防止线路因过热而引发故障。

而在俯身之间，则是他绕着铁塔仔细检查基座、塔身和附件是否完好，有无锈蚀、裂纹或变形等情况。

在巡线的路上，电线、铁塔是他的工作对象，虽然冷冰冰，却是他在这片天地间的伙伴和兄弟，是能让他感到亲切和温暖的生命。他曾无数次面对它们怀想心事，倾吐难言之隐。看一看，摸一摸，拍一拍，是他和铁塔银线之间的交流，是他们彼此之间才懂的语言。

他的每一个动作，都是需要调动全部感官细胞、运用自身丰富的经验随时作出准确的判断。因此，巡视的过程就显得缓慢了很多。

有时仰首间，他也会看到空中偶尔飞过的小鸟，看它们落在高压线上蹦跳的样子，听它们叽叽喳喳的叫声，仿佛是在跟他打招呼。虽然听不懂，但这样的交流依然能令他心情愉悦。人生的旅途中，总会邂逅一些与众不同的生命。他想，这些鸟在偌大的空中飞翔，虽然有同类相伴，但疲累的时候也会感觉到孤单吧。这些电力线路，连接南北，贯通西东，四通八达，是他的亲密伙伴，也是这些鸟儿们的密友，对于这些鸟儿来说，更像是指引方向吧！正是这些铁塔银线，让他和鸟儿之间变得熟稔。他仰头注视着空中的鸟儿，对着小鸟招招手温和地笑笑，鸟儿也冲他打个招呼，扇扇翅膀向前飞走了。这只鸟儿，去年巡线的时候一定也是彼此见过的，要不然不会如此熟悉。有缘的人自会相见，包括一只小鸟。他所巡视的线路区域辽阔，有戈壁、沙漠，还有绿洲、湿地和村庄、农田。相同的线路，重复的路线，每年四季都要巡视一圈，自然对周围的万物无比熟悉。他会和一棵树年年相见，在风沙中看到它的成长。比如去年村庄外线路下的那棵小树，今年已经比空中的低压电线还要高，到了剪枝的时候了。他会和一片田野四季相约，春天时麦苗青青，夏天时麦浪翻滚，秋天时会有一些小羊或是麻雀在地里分食遗落的麦粒。周围环境任何细微的变化，他都会敏锐地捕捉到。比如春天来时的一片空地，如今已经成为一片绿意盎然的葡萄园，一串串大葡萄挂满藤架，令人垂涎。上个月来还坎坷不平的小路，这次来居然已被铺平，据说要建一个野外营地。还遇到过很多次红隼、喜鹊、灰斑鸠、花斑鸠和鸽子。运气好时，还能遇到游隼、灰背隼、草原雕、金雕等猛禽。除此之外，他还看到过成群结队的马鹿在祁连山腹地迎风奔跑，在雪山和松柏的映衬下显得格外壮美。

世界好像一直都在变化着，但又好像什么都没变，像头顶的日月和远处的雪山一样亘古久远。哪怕是在最为单调枯燥的生活中，依然会有那么多的意外和惊喜在不经意间降临，让这样的日子变得有趣和值得回味。

巡线的人低头继续干活。

正午的阳光刺眼毒辣，照得戈壁白花花一片，让人有些晕眩。戈壁滩上的地表温度已经逼近了 40℃，漫无边际的沙漠在太阳的炙烤下散发着灼人的热气，让人只感到口干舌燥、脚底发烫、头晕脑胀，体内的水分被不断蒸发，皮肤也被晒得生疼。

藿香正气水和风油精已经成了这些年巡线时的必备品。除了预防中暑，风油精还有一个功效。别看戈壁和沙漠上寸草不生，但是一到晚上，蚊子却是一群一群地冒出来，约好了似的闻着人味儿抱着团来攻击，哪怕巡线的人穿着厚厚的牛仔工装，毒针也会深深地扎进皮肤里，不一会脸上脖子上腿上胳膊上就都布满奇痒无比的肿包。花露水驱蚊水那些都是没有用的，只能靠风油精发挥作用了。

巡线的人早上出门时背了一壶水、两个烧饼、两袋榨菜、一根火腿肠，这是他一天的干粮。他原本计划着今天能早点结束工作，晚上回家吃晚饭。没想到这段线路巡视起来比预想中要艰难得多，还有一大半的工作量没有完成。其中有一段线路在细沙区，是一个小沙丘，每走一步，双脚都会深深陷进滚烫的沙子里，拔出来也吃力。特别是上山的时候，每跨出一步，前脚都会顺着细沙滑下来，小腿埋进软绵绵的沙里，总是使不上劲，用力拔出的时候又会滑下去一截，明显是走三步退两步，十分艰难。下行的时候稍微轻松一些，可以顺着流沙小跑着往下滑行，竟有凌波微步的快意，是在艰难工作过程中富有趣味的一瞬。

按这样的进度，估计今天完工就晚了，巡线人暗忖。每天七八点收工对他来讲已是常态。巡线过程中经常会有意料之外的困难。经常不能按点吃饭，冬季巡线有时喝的水也会冻成冰块，巡线的很多同事都得了胃病。戈壁上随时都会狂风大作，特别是春秋两季，天地间总是一片昏黄，飞沙走石，头发、耳朵鼻孔、脖颈里都灌满了沙，眼睛被吹得睁不开，风卷着沙裹挟着人站不住，走不动，在风里摇摇晃晃，似乎要将人扔到空中，有时甚至要紧紧抱住铁塔或电线杆才能对抗风的拉扯。

如今，水也快喝完了，附近没有一棵树可以遮阴。他擦了把汗，继续往前走，打算到下一个杆塔的阴影下吃点东西。

沙石灼烫着脚上的绝缘鞋，鞋子炙烤得双脚滚烫。热极了，巡线的人就用水把鞋子浇湿了再穿上，双脚算是凉爽了一些。这样能缓解半个小时。

热总比冷强吧！巡线的人安慰自己。

北风卷地白草折，胡天八月即飞雪。说的就是这里。冬天巡线，戈壁滩上的温度低到 −30℃。寒风刺骨，像是能把人吹透，风裹挟着沙粒吹到脸上，像是针扎刀刺一般，脑仁儿被吹得生疼，耳朵像要被冻掉一般。

巡线的人想起自己刚入职不久就参与了酒泉卫星发射中心航天保电的任务。那是在冬天，他们班组必须要在飞船发射前对几百公里的输电线路进行连续的地毯式巡视，确保发射基地供电不受影响，直到飞船成功发射。那几天，他总是早上把开水装满水壶，带上烧饼和咸菜就开始去巡线，等到又渴又饿的时候才发现，水壶里的水早已结成了冰块，只能就着冰水吃一点。

戈壁上的狂风袭来，即使穿着厚厚的棉大衣，巡线的人依然被冻得瑟瑟发抖。为了确保供电没有任何问题，有时每根电线杆下都要有一个人蹲守。火箭发射的时候，他就蹲在输电杆塔下看着手机直播。当火箭腾空而起的时候，看着远处漆黑的夜空中那一抹亮色，所有的疲惫都一扫而空，激动和自豪化作了盈眶的热泪。

这是他发自内心的感动。他没想到自己平凡微小的身躯内，竟能生发出如此的豪情。再平凡的人，也有伟大的理想和抱负，并愿意为此默默付出，并不需要旁人知晓。他的师父，那个几乎在戈壁上巡视了一辈子电力线路的老人，不止一次在艰辛的工作之余，向他描述一次又一次巡线、一个又一个线路隐患被发现和排除后，那种内心的感动和对自我价值的肯定。师父家的酒柜上，摆放着很多神舟飞船发射成功后的纪念版酒瓶，那都是他一次次参与飞船和火箭发射保电工作的见证。哪怕已经退休，只要一谈起自己曾经无数次丈量过的广袤戈壁、巡视过的电力线路足可绕地球一圈、参与大大小小保电百余次，那种骄傲和自豪感就洋溢在这个平时沉默寡言的老人的谈话间、额头的皱纹里和挑起的眉梢。

　　这个时候，他想起师父那亮闪闪的眼神。师父曾经也像自己这样吧，一寸一寸，一步一步，一个铁塔接着一个铁塔，一直不停地向前行走，哪怕遭遇雨雪、酷热、严寒、风霜，他久经风霜的脸庞上也从未显出退缩之意，他并不显高大的身躯依然毫无犹豫地保持着前进的姿势。他的身后，是千百年来屹立不倒的连绵雪山，还有亘古不变的烈日长风。

　　巡线人的脚步，似乎没有那么沉重了。

河西走廊的河流

刘恩友

　　河西走廊，长约 1000 公里，最宽处约 200 公里，最狭窄处只有数公里，因位于黄河以西，又形如走廊，故名河西走廊。河西走廊有着灿烂辉煌的中华文化和绵延不绝的历史，更在丝绸之路上承载着重要的使命。而河西走廊上的河流，就像一把把梳子，梳理着这里的往昔、今日和未来，梳理着这条走廊上的戈壁、荒漠、田野和草木、牛羊、驼群，让这里血脉贯通、生生不息。石羊河、黑河、疏勒河则像河西走廊东、中、西部三根主要的经络，汇聚起河西走廊大大小小的脉管，滋润着人们的心灵，让长城、烽燧、石窟和山川骨骼凸显，让干涸的田野有了甘甜的雨露，让翠绿的阳光焕发出勃勃生机，就像水灵灵的春风吹拂着辽阔而绵延的草地一样。

一

石羊河位于河西走廊东端，它发源于终年积雪的祁连山北麓，流域覆盖甘肃省武威、金昌、张掖和白银4市9县区，全长250多公里，孕育了丰富多彩的古凉州文化。在腾格里沙漠与巴丹吉林沙漠的共同夹击之下，20世纪50年代末，石羊河的尾闾青土湖彻底干涸，在国家实施石羊河流域重点治理以来，干涸了半个世纪的青土湖又重现碧波。如今的石羊河两岸，碧波万顷、草甸青翠，青土湖畔，芦苇随风摇曳，成群的水鸟嬉戏于一望无际的水域，泛着粼粼波光，让人惊喜这处锦绣山川。石羊河畔的梭梭树，多生长于沙丘上、盐碱地带的荒漠中，它们能够牢牢地将自己周围的风沙固定，减少当地沙尘暴发生的概率。

位于河西走廊中部的黑河，是河西走廊最大的河流。东西介于大黄山和嘉峪关之间，大部分为砾质荒漠和沙砾质荒漠，北缘多沙丘分布。夏季上游多雨的季节，黑河水位陡涨，从祁连山里涌入的河水湍急奔涌而来，发出轰隆隆的巨响，像一条条藏青色的游龙，向着额济纳旗的居延海急速奔流而去，全程800余公里，沿途浇灌出张掖、临泽、高台之间及酒泉一带的"金张掖"大面积绿洲，是河西重要农业区。我生活的嘉峪关市就在它的西部子系讨赖河畔，也就是说它是距离我最近、最熟悉的一条河流。讨赖河水从嘉峪关南市区绕城而过，流向酒泉金塔，宽阔的原始河滩里，除了一绺一绺的水流，就是满河滩的石头，枯水季节黑河上游的诸子河水系如洪水河、马营河、丰乐河、梨园河、黑大板河等20多条小河流，基本也是这个样子。这些黑河支流也同样浇灌着散射状态的村庄、田园、城镇，滋润着周围人们的生活，正是这些大小河流，才使树木翠绿、庄稼茂盛、牛羊健壮。你看，远处草湖湿地里群鸟栖息、百草生长、苇荡连绵、水光潋滟。这都得益于这些河流。

　　而疏勒河在我生活地域的西面，位于河西走廊西端，它发源于祁连山脉西段的托来南山和疏勒南山之间，横跨青海、甘肃、新疆三省区，全长500多公里，流域面积2万多平方公里。疏勒河唐代叫"独利河"，元、明时期叫"布隆吉尔河"，清代以后叫"疏勒河"，创造了灿烂古老的疏勒河文明和丝路文化。疏勒河先从甘肃玉门市的昌马峡谷奔涌而出，然后掉头向西，穿越玉门市、瓜州县到达敦煌市，在敦煌与党河汇合后，从玉门关继续向西。从航拍的疏勒河照片里，我们可以看到，疏勒河边是芦苇、红柳、胡杨混生的花树带，像一条蜡染的飘带，向着遥远的西部飘动，直到飘动在苍茫、粗犷的西部天色里；而那藏青色的水域，像大漠孤烟、落日长河，更像一条游龙，游走在辽阔的天地间，衔接着雄浑与宽阔，释放着幽幽的豁达与灵气。

二

　　我去过无数条有水流过或已经干涸的河流。在这些没有名字、遍布各种大小石头的河流里寻寻觅觅地游荡了至少二十多年，从骑着破旧自行车、破摩托车开始，到驾车寻访，迎着漠风，风吹日晒，一条河流一条河流地穿越。起初我以为是喜爱河流而打发时光，现在想来，在这些铺满石头的河流里，我像一条回到远古的鱼，抑或是一只可以移动的生物，徜徉于历史的长廊，陶醉在清静的世界，放逐心灵，接受大自然的洗礼。

　　河床上的这些石头，有的被戈壁的风磨去了棱角，圆润光滑，有的沧桑而有层次感，仿佛是风吹雨淋日晒留下的岁月印痕和流水冲击的光华。因为上游雨季的不确定性，这些河流一年四季都要经历干涸与滚滚波涛的交替。即使河流里没有一滴水，也能从这些石头的形状、质地、颜色、纹路里看到雪山的雄姿、雷雨交加和水的模样，因为它们都刻进了这些石头的纹路里，更保留着河流的气势、韵味、巧妙和珍贵。无论是河流的深浅、宽窄，还是千奇百怪的模样都是河西走廊的记忆，是滚滚岁月里这片土地时枯时荣的一片西部浩瀚的壮烈风景。

下雪的冬天，这一条条河流有的仿佛盖着雪棉被在酣睡，有的上面结满了厚厚的冰层，但冰层下面有哗哗喧闹的声响。阳光下，像一条条印着暗花的哈达，在荒漠间拂动，让人想到成群的动物涌向水边的情景以及大水奔流的身影。这时候，再沉寂的荒野，也因为河流的喧嚣而有了生机，也因为河道里石头的光彩而格外耀眼。

年初春风日暖的一天，我与朋友相约去参观嘉峪关附近有着神奇传说的天生桥。顺着弯弯曲曲的山道下到沟底，便是宽阔的讨赖河，河道中间依然静水深流，两边河床布满大大小小的石头和洁净的沙子。我们小心翼翼沿河而下。

此时的讨赖河水还结着厚厚的冰层，寂寞惯了的讨赖河仿佛听到冰上来客，瞬间就喧闹起来，我们明显听到冰层下滔滔水流的欢唱。走了大约半个小时就到了天生桥，抬头仰视，天生桥神秘而又科学，完全是大自然鬼斧神工的杰作。桥下有两个圆圆的像蘑菇一样的冰层井口，可以直接看到冰下清清的河水，流水声传入耳鼓，仿佛"水神"弹出的美妙乐曲，让人既感受到了天生桥厚重的历史，又体悟到了河流鬼斧神工的神奇。

河西走廊上的河流基本上是清澈的，不同的是有的大水盈盈，有的清浅见底；有的滔滔不绝，有的干涸枯竭。像讨赖河这样有水流经的石头河，在河西走廊越来越少了，许多河是有河无水、名不副实，只留下水枯之后的烙印，这样的"河流"展现，在河西走廊大地上留下一道道皱纹，仿佛保存着对英雄挽歌般的记忆，也让辽阔的河西走廊发出不止一次的叹息，这种叹息也许就是在静等拨云见日的时刻吧。

<h2 style="text-align:center">三</h2>

冬天的时候，我也经常在一些流沙地里穿梭寻觅，寻觅兔子、黄羊、野鸟以及苁蓉、锁阳，我从不捕猎，只是想与它们相遇。山枯水瘦的时节，沙地上那些疏疏的植物，在流沙地里高高地凸显出来，在风中挺拔摇曳，像是要赶很远的路似的，去寻找河流的方向。

而我相信这些沙丘，一定是从河流的方向吹来的，它们仿佛还带着水的细腻和光亮，一小包、一小包地窝在藤丛植物的根部，让人怀疑它们是一摊摊固定的水泽，滋润着这些沙生树丛、草木的生长，并呈现出一种绵延的姿势，绵延成另一种有形状的暗动河流。一条条绿色的长丝带顺着地势缭绕飘拂。偶尔也能见到几株叫不上名字的孤零零的沙生树，这种树即使环境再恶劣也不忘顽强地生长。在苍茫的河西大地上，它们就像一首首辽远的歌，让人充满无尽的遐想。

事实上，在河西走廊，有很多这样的河流，这样的河流里生长着低矮的灌木，如沙生植物柽柳、梭梭、白刺、沙拐枣、麻黄，还有红柳、野玫瑰等，于是就有红柳沟、玫瑰沟、蕉蒿沟等这样以植物命名的地名。夏天的时候，一条绿色的树带沿着五彩斑斓的丹霞山脊蜿蜒而下，生机盎然、生机勃勃，火一样地将沉寂的戈壁山冈点燃得像鲜花一样怒放。

在很多河流的低洼处，还残存着一些戈壁环绕的草湖湿地，形成了"沙漠与湖泊、戈壁与湿地、雪山与绿地"融为一境的独特自然景观，这种多样的地形地貌为野生动植物提供了良好的生存环境，构建了戈壁的生态系统。其实它们也算是一条条半干旱、半湿润的河流。河西走廊上的每一滴水如同母亲珍贵的乳汁，不仅滋养着万千草木和牛羊，也滋养着我们的祖祖辈辈，滋润着这片西北一隅的无限山川。

风吹北海子

胡美英

　　阳光打在水面上，溅起碎银般纷飞的光点。北海子像一匹缀满鳞片的深蓝色长绸，被强劲的漠风鼓动着，苍苍茫茫的水色就这样汪洋成海。近40℃高温的正午，一浪一浪的热气涌向水边，我拍了张特写发到朋友圈，立即就有朋友问："你拍的是青海湖吧？"

　　北海子，苍茫如斯、壮阔如斯、气势如斯了。

　　金塔北海子国家湿地公园，位于甘肃省酒泉市金塔县西北部，周边汉长城墙体蜿蜒而行，长达三十多公里。大巴车绕着绕着，就将我们带到海子的南边，映入眼帘的，是高低错落的树丛和奔涌的芦草香蒲。七十多种植物散落在海子的边缘，色彩斑斓，气象万千。这里还住着一百三十多种动物，隐匿在海子深处。我踏着泛着白碱的沼泽地，朝苇荡深处找寻它们的踪迹，一脚没踩稳，忽地惊起一群斑头雁，啪啪地飞向水天相接的湖面。

这里是候鸟的重要繁殖地和迁飞停歇地，也是阻挡、遏制土地沙化和荒漠化的"绿色堡垒"。看铺天盖地的水，一会儿被辽阔的蓝天染蓝，一会儿又被汪洋的芦苇染绿，在阳光下变换着不同的颜色。一阵风吹来，吹折了我的花折伞——在妖娆的北方风景里，终归蕴含着刚毅与凌厉。

风吹北海子，强劲的西北风最早吹来的，一定是巴丹吉林的沙。那些沙，窝在湿地的东南边，让草木扎根，托起一团团绿色的白刺包，垒积起了流沙的家园。远远望去，像浮在沙海里的淡绿色荷蒲，依稀还有沙白色的叶茎。这沙海里的绿植，像极了勤劳坚韧的北海子人民，再恶劣的环境都能被他们改造成一片沃土。

站在高处拿望远镜眺望，长城像游龙一样飞越在戈壁和荒漠，向远处延伸。站在"石营堡"石碑旁，仰望这座砌筑于汉朝的堡子。堡子的墙体，有用土坯砌筑的，土坯方方正正、有棱有角，任多大的风沙都没能割破；有用黄土、风砾石、花岗岩块石、柴草为筋堆砌而成的，黑色的石块、黄色的泥土和柴草，摞书似的，一层压着一层，色泽清晰，层次分明。让它们如此牢固地黏合在一起的，是这北海子里两千年前的水草啊！毛刺刺的红柳枝、竹片一样扎手的芦苇秆，一小扎、一小扎捆绑的形状，呈现出两千多年前繁茂葱茏的长势。轻轻地触碰它们，仿佛能敲击出岁月的和声。

站在堡子黑色石砾地衣上遥望，向西能望见汉长城过玉门、瓜州、敦煌一路进入新疆，向北能望见它们的分支沿着黑河北上，向着居延海延伸。这是汉长城上的一处重要关隘，那些在居延丝绸古道上来来去去的人，都见过堡子里深夜明亮的灯光。

这时节，不远处的村落里，树上密密麻麻的青果压弯了枝丫；田畴里麦子金黄，胡麻爆出脆响，苞谷地里稠实的秆子密不透风；河渠中，碧水清流，水波荡漾，那是北海子流向了田野和村庄……

如果是冬天来，会是一种怎样的景致呢？我在这夏日炎热的阳光里，想象着一场大雪落进北海子的样子。那时的北海子，一定美得像个北方的传说……

沿着祁连山的一次对谈

阳君

穿越河西走廊，意味着要沿祁连山北麓一路西进。我以为穿越最好的方式就是坐着绿皮火车，这个想法一直觉得自身有些主观，但是在前段时间给张潇冉同学关于"旧轨还乡"的回信中，表明自己的立场，旧轨和绿皮火车是对一个时代特征和"根"的不忘和怀想。今天在兰州通往敦煌的绿皮火车上碰到两位福建游客，与他们同行时的长谈，我觉得这个道理是成立的，因为能够遇到有共同见解的人，甚至视为知己，这是一件可遇不可求的事情。当我从北京回张掖时，坐高铁到兰州后，就是有意要买了从兰州到敦煌的绿皮火车软卧票，因为软卧车厢人少，有门可以关上，可以安静地赏景、看书、写作。这个道理亦是因为我这十年来有意坐着绿皮火车，多次沿着祁连山北麓穿越河西走廊，所看所思所悟有很大关系。是因为知道自己希望什么能够什么——在十年前坐绿皮火车穿越河西走廊时，我动了信念，要创造"南山诗派"（祁连山又称为天山、南山），开了先河，要写出"河西走廊六十四章"三万八千行的长诗，谱写出河西大地新时代的史诗。这些想法是多么的宏大，这宏大的愿望的感觉像是祁连山要在我的心上膨胀长出，同时又觉得祁连山是我有这样的信念后唯一的靠山。祁连山是我心灵化境里的一匹马，《周礼》说："六尺为马，七尺为骒，八尺为龙。"祁连山此刻化身为白龙雪龙一直在我的血管里穿越，亦如我坐着这绿龙青龙般的绿皮火车在河西走廊大地上穿越。而祁连山就是这么一座让人们充满无限想象又无法用语言描述的大山，带着某种意义上的力量穿越，并引领着我们前行。

穿越河西走廊，必是从金城出发。当在 2025 年春末某一天下午四点多，再一次在兰州站登上绿皮火车，把软卧门打开时，就看到了上文提到的从南方福建过来的两位游客。他俩一上一下，下铺的游客露出真诚的笑容，立刻说了一句话并和我招了招手，很有绅士风度，上铺的游客欠了欠身算是打了招呼。我在外面有个习惯，从来不和陌生人说话。紧接着下铺的游客问我："大哥是哪里人？"我勉强回答说是甘肃的，他又问我是甘肃哪里的。我说甘肃张掖的。他立刻说："你是河西走廊的人，生活在这里是多么幸福，我一位艺术界的朋友说，此生一定要穿越一次河西走廊。"当我听到他这样说话，把我封为河西走廊的人，此生还要一定穿越一次河西走廊，我心里悸动，同时为我一挚友计划了近两年时间要来穿越河西走廊，又因为诸多因素迟迟未能达成而深感遗憾。我有意认真观察着，他直挺着上身就像军人一样端坐在铺上，脸型方中有圆，饱满红润，气宇不凡。他扶了扶金丝眼镜，手腕上的那块金表一看就是很贵的那种。他又说，他和同事是从福建飞到兰州后落地，特意来坐这趟绿皮火车穿越河西走廊，听到这样的话，我心里突然冒出了鲁迅先生写过的那句话："我这时突然感到一种异样的感觉。"突然有了要交谈的欲望。他问我贵姓后，然后自报家门说姓林。我说你们林家在南方是大家族，有着不一样的家族文化。上铺的男子应该就是他的下属了，探起了身子笑眯眯地自报家门，他有着标准的南方人的脸型和口音。

火车已经驶离金城，人生又正在经历一段不一样的历程。我有意朝着车窗外看着，是想引导他们看看窗外祁连山戴着雪冠的气势，大西北正是自然生发返青之时，此刻正如张潇冉在《铁轨还乡》中写道："火车一路向北，窗外景色从南方的温婉渐变为北方的辽阔。"他们两人都朝向窗外，我不由得说道，这祁连山既是我们的父亲山又是我们的母亲山。下铺的朋友接着说道："在中国众山系中，祁连山是一座很重要很突出的山，是大西北的骄傲和荣誉。"我又说："《山海经》中的昆仑山就是今天的祁连山，然后大秦岭又与之相连。"我谈兴已起，继续说你可以看看《山海经·海内西经》记载："海内昆仑之虚，在西北，帝之下都。昆仑之虚，方八百里，高万仞。上有木禾，长五寻，大五围。"昆仑山方圆八百里，直耸云天，而且上面有很多庞大的古树。他说他没有去过草原，我立刻邀请，希望他们从敦煌游玩结束后来我们张掖，带他们去看世界第一大军马场，我会全程接待。因为我的热情和真诚，他主动加了我的微信，后来我还把自己的一本诗集送给了他，这是我第一次送诗集给陌生人。

穿越河西走廊，一路上就是为了能够很清晰地看到祁连山全貌。让祁连山的形象深深地装在我们的脑海中，烙印在心上。火车前进的速度和祁连山后退的速度是一样的。他看了一会儿我的诗集，抬头说："你是一个和别人不一样的人，是一个不平凡的人，我可以加您微信吗？"我说太好了。微信加上后我看了他的朋友圈，只有几张照片，其中有一张看着是全家福。我问他几个孩子，他说五个，两女三男，我心里为之惊愕，我说你多大了，他说五十岁了，我开玩笑说刚才第一眼看到你，看上去也就三十多岁，我自认为自己的眼光是很厉害的，这次你闪了我的眼了。现在有五个孩子的家庭真是不多了，真是难得。此时他进来了一个电话，他很温柔地在通话里卿卿我我，感觉他想要把电话那头的人通过电流拉到自己的跟前一样，我判断应该是他的情人。他并且还给对方开玩笑说——此次大西北之行说不定会遇到一个像"敦煌飞天"般的妹妹。我瞬时觉得有些无聊了，同时觉得把我的诗集送给他有些草率了，本打算起身去车道里透透气，又听着他问儿子乖着吧，告诉儿子，爸爸回去时给他们带礼物。此刻我才意识到错怪他了，心里有些不自在。他此刻已觉察到了我的心理变化，也展现出了南方人天生的聪慧，说是今天很幸运，在火车上遇到了一位诗人，并且获赠了一本诗集，此时他调转手机摄像头，要他妻子和我打个招呼，他妻子很美，我们说了几句话，感觉真是春风扑面。

火车继续穿越，两边山的聚拢已在窗玻璃上显影。到了用餐的时间，两位游客朋友执意要邀请我去餐车用餐，我因为有了刚才的小人之心，一再推托就不去了。等他们用餐回来后，我们继续闲聊着，为了赎回我刚才心里的作祟，我说我会写下今天的相逢，在彼此人生的长文中留下一笔。他也很乐意让我写下来，并且说会给他的孩子们阅读。车窗外渐渐暗下来，我们躺在铺上，彼此说起了南北文化的差异。他的观点是南方虽然物质发达，但是文化底蕴远远不够，我的观点是南北没有差异，只是地域功能不同，各自发挥着不可替代的作用。我说想听听他的事业和生活，这是我一直想知道的。他就滔滔不绝地给我说了起来。他们的家族很大，但是他们这一支是三辈单传，在他的高祖那一代，弟兄三个都让日本人杀害了，庆幸的是留下了一个男丁。到了他的手上，他要下决心多养儿子。

他对商业的敏感是天生的，从家族事业到他自己单干，做过很多产业，但是没有涉足房地产开发。我问这是为什么。他说资本是很可怕的，只有把现实摆在面前，大家才能信服。他的一位亲戚因为房地产而一再辉煌，也因为房地产而一落千丈。他当初做的煤炭开发，排队拉煤的车要排几十公里，但是到了某一个节点，他立刻决定把煤炭事业转让了。我问他现在从事什么行业。他说做针对小学生和初中生的服务，已经在全国各地开始推广，这是响应国家号召、顺应时代的一个壮举，并且说了这个行业的一些可行性和细节。我说我们老家欢迎他去考察投资，他说可以考虑。又说挣这个钱是慢钱，一定要把工作做到极致，一定要做良心企业。他说事业的运转法则到最后就是拼道德和真诚。

此时火车离开兰州已经两个小时了，过永登时，让我想起了那年看到的苦水镇的玫瑰。在穿越乌鞘岭隧道时，车内顿时暗了下来。我们继续一问一答，说了很多关于事业、家庭、理想等话题。到了武威车站，我看着窗外上弦月挂在大凉州的夜空上面，吟了一句："关山万里远征人，一望关山泪满巾。"他说将来在他的孩子中，也要培养出一位诗人来。火车到达张掖需要七个小时，我们一路就对谈了七个小时，其间他和他的妻子通了六次电话。

这趟绿皮火车穿越河西走廊后的终点是敦煌，这里是四大古文明交汇之地。文明始终是要一直穿越，而我会给穿越经过我生命中的所有人说，穿越到生命的终点，就是自己。你拥有了所有，却从未拥有自己，和自己最重要的人，自己和自己最重要的人的生命在一天天地减少，你还在等着什么样的回响？我们穿越河西走廊，就是让祁连山穿越我们，在这展开在天地间的辉煌的自然生命卷轴上，要刻写出面向世界的回声。

榆树，树主人，木栈道

张生栋

一

那里有一条木栈道，不过是后来建起来的。本来它不是那个角落的主角，但人们更多的目光和在意因它而一遍遍清晰。人们要贴近那块方寸之地，木栈道可谓一座知心桥。晨光初破，夕阳晚照，木栈道亲历无数脚步的匆促与停留，回应着每一个踏上它身躯的行人。人们或独行，或结伴，带着各自的期许与憧憬，或驻足凝望周边，或低头沉思境遇。

大概是，一个不经意的清晨，一缕阳光穿透薄雾，照亮了木栈道旁一个细微的生命——一棵幼小的榆树，在沙砾中迎风潜长。这个一不留神的变化，为这片荒芜带来了别样的生机。木栈道似乎一下子就不孤单了，它用它那经过人们打磨的身躯，与这棵小榆树结成最初的搭子。

随着时间的推移，小榆树迅速开枝散叶，扩冠逐茂，与木栈道黄绿相彰，咫尺相望，彼此守望，日复一日迎送着日升月落，云卷云舒。

二

人们，一批又一批，踏上这条木栈道。他们的脚步或轻快，或坚定。时间一天天过去，层层的踩踏，让木板上的油漆渐次脱落，露出了木质的本色，更将木骨踩得温润如玉。

平整的木板一点一点浅下去，浅下去。每一次踩踏，都是一个可资记录的成长故事。那些筹划与决断，那些信心与勤力，都随着脚步的起伏，被深深浅浅地印在木栈道的每一段木纹上，然后带向不同的地方。它目睹了一批又一批人的成长与蜕变，也陪伴着他们走过一段又一段的旅程。有的人来过之后，再没来过，而有的人，则一次又一次地来。不过相同的一点是，他们都会从此地带去一种启示、一股动力，在距此或远或近的地方，或谋或做一番充满干劲的事业。

渐渐地，木栈道不再像初建时那般崭新与光鲜，它的容颜，与脚下沙石的颜色越来越契合，逐步融为一个越来越有韵味的景致。

三

这是曾被无情吞噬的腾格里沙漠南缘之地，荒芜与沉寂曾是这里唯一的主题。干冷的风，带着沙粒的呼啸，年复一年地在这片不毛之地上狂扫，似要将所有的生命痕迹都抹去。但从八步沙的一道沟到十二道沟，小榆树前面已经有许多的前辈树扎根，它也就在这沙土里把根扎了下去，没有肥沃的土质，没有充足的水分，但这并不重要，重要的是它的使命就是要对这块沙土地进行摸索和探究。

起初，它只是一株细弱的幼苗，在烈日炙烤和狂风肆虐中几近夭折。但它在劲风中将根系更深地扎入地下，寻找着每一滴水珠和养分。那些看似松散的沙粒，在它不断地伸掘抚摸下，渐渐变得有了黏性。根须越扎越深，不仅使榆树自身站得更牢，也一点点改变了沙层的性质。沙土中的水分，蒸发得越来越慢，有时候还能保蓄起来。

时间一天天过去，榆树越来越挺拔，枝叶油汪汪的，就像生活富足的少妇一样，皮肤富有弹性并透着光泽。其他沙生植物也陆续冒出头来，花棒、柠条、沙枣、白榆……那些被风裹挟的草籽，也在这里停止漂泊，安身立命。它们发芽、生长，与周边的植物一起经营脚下的土壤，共同编织属于这片沙地的绿色梦。腾格里大沙漠的轮廓又远去几分，来此的人们望着不断葱郁的植被，心中不禁多出几分敬佩，几分感激，几分信心。

四

曾经，它是这片荒沙中的孤独守望者，以一己之力，抱紧身子挺立于疾风中。那时的它，孤立，但却无畏，风沙如鞭子般袭来，它不曾退缩，也无法退缩，它的根扎入沙土，紧踩脚下，至少不让脚下的沙粒被吹走。枝叶伸向天空，也渴望着阳光照耀和雨露滋润，让它的枝干更加壮实。

这块地渐渐脱离贫瘠，有了一些营养，曾经风沙肆虐的荒坡被一层浅浅的绿绒所覆盖，那棵曾经孤独守望的榆树，悄然隐身于众树之中，不再那么显眼，不再那么引人注目。它的枝叶与周围的草木交织在一起，形成一片浓密的绿荫。它的根系与周围的土壤参差交错，共同平衡着土壤的结构。

五

树主人不能常来看望榆树，因为树主人还有更多更重要的事要做。五年前，他沿着河西走廊自西向东，行程千余公里来到这片沙地，而后拿起一把开沟犁，开出一道两米多长的直沟，之后打下草方格。草方格内的沙被压住之后，榆树就从那里长了出来。

他深沉地爱着脚下的土地，所以目光一次又一次注视，并抚育起那棵树。在他离开的日子里，那棵树就像他站在那里一样，继续深情地注视着这片土地。

同是一片辽阔，也还有不少的荒凉区域，需要树主人去撒播关爱。他步履匆匆，将心中装满的深情与责任倾注在大地。他亲手栽下的那棵榆树，已成为黄沙中的一抹亮色，而他，却无法常伴其旁，因为他肩负着更广阔的天空和更深远的使命。

每一棵树都是大地的孩子，树主人当然不会满足于眼前这片绿洲，将目光投向了更远的地方——那些依旧被风沙侵蚀、荒凉无垠的空间。他的心中，有着一幅详细的蓝图，那是绿色生态，还有和谐共生。他的脚步穿越山川湖海，每到一处，他都会撒下希望的种子。越来越多的荒漠披上绿装，昔日的荒芜之地渐次勃发生机。

这是一首无言的诗，一幅动人的画，是真正的博爱。他的身影虽然在这里停留的时间有限，但他所留下的绿色与希望，却如同那棵挺拔的榆树一般，一直扎根在这片大地上。

六

　　榆树不语，却以行动践行着对树主人的理解与释怀。它默默地站在那里，用自己的方式，继续着树主人未竟的志向。它吸吮着每一滴雨水，捕捉着每一缕阳光，继而将根系伸到更深的大地深处，并不断向四周蔓延，寻找着哪怕是最微薄的养分与水源。沙土不再随风飘散，而是被榆树的根系紧紧箍住，成为绿洲的初基。榆树或许会以其生命感知：只有脚下的土地稳固了，才能抵御住风沙的侵袭，才能让更多的生命得以驻足。

　　它将自己所有的情感、信念乃至生命都倾注于这片土地之上。它不求回报，只求这片土地能够因它而更加牢固。在它的守护下，沙土渐渐抛却往日的荒凉与萧瑟，而代之以一片生机勃勃的盎然绿意。新生的绿植，如同榆树的子女，紧紧依偎在它的身旁，共同构筑起一道新的生命屏障。

　　它的使命，就是为这片土地而生，为这片土地而活。

七

　　木栈道大概会悄然迎来它的暮年。时光在那木质的构造上投下斑驳的影子，每一道踩痕都是某一个人奋斗成长的年轮。人们的脚印新的盖掉旧的，所过经年，便数不清那里的脚印到底有多少双、有多少层。木板，那一块块曾坚硬如石、笑语相伴的木板，如今已变得脆弱不堪，薄得仿佛轻轻一碰就会破碎。

　　老旧的木栈道会在某一天被拆除吧，或是人工，或是机器，一片一片被缓缓卸下，如同老照片被一张张翻过，折叠去往昔的欢声笑语，留一番清浅的不舍与沉淀。一旁的榆树，静静地目睹这一切。枝摇叶动，向这位老友致以最后的告别和敬意。

万物皆有归途，无论是生命的诞生与消逝，还是事物的更迭与变迁，都是自然生息的一部分。这条木栈道的使命已然完成，不久之后，在原址上，一条崭新的木栈道又会悄然立起。原模原样，原汁原味，几无区别。

八

新的栈道，姑且称之为原来木栈道的孙子吧。在微风中发出一声嘎巴脆响，它望着眼前高大葱绿的榆树，不知道该如何称呼它。但按照树龄，应该是它的爷爷辈吧？老榆树是什么时候站在这里的，有多少年了？那些年轮里，藏着多少个春夏秋冬？又听到过多少来此人们的心事心声？而它为什么刚刚新生，之前发生过什么？它好奇地打量着老榆树，似乎想把藏在心里的疑问问个明白。夜风习习，吹得榆叶沙沙作响，大概是老榆树在说，这个栈道孩子，还怪有意思的。应该可以说是它的爷爷吧，当初和它的爷爷老栈道一起出现在这片土地上，现在发现老栈道已经化作尘土，新的栈道孩子接替它的使命，而它老榆树的使命，仍在继续。

新栈道当然不会追问出些什么，而是在那里寂静环视，与老榆树在夜风中一同被月色沐浴，它们之间，迅速建立起一种新的无需言语的默契与合力。

九

数十年的光阴，对老榆树而言，不过是年轮上又多了几圈淡淡的印记，而它的身姿，却越发雄壮，枝叶愈加繁茂，硕大的树冠为脚下的土地撑起一片阴凉。

微生物在土壤中默默发酵，促进养分的循环与再生。水流淙淙，让这片土地更有湿度。小草们相互依偎着，水分已经足够滋润它们。动物们在密林中穿来梭去，寻找着快乐小角与草籽食物。鸟儿们时而掠过土坡，时而栖息枝头，它们的鸣叫声与风穿过树叶的沙沙声交织在一起，轻奏出一阕苦尽甘来、终建家园的得胜之曲。

而那条曾被称为老榆树"孙子"辈的木栈道，如今已几乎被如茵碧草完全掩映，其实不确定，它又是第几次新修的栈道，又不知经历了多少代更迭。而老榆树则从始至终见证了这里的由黄变绿，由荒芜变繁华，那些老栈道伙伴，以及那位赋予它们生命与使命的树主人。

老榆树也渐渐老了，当它的枝叶不再油绿，当它的树干不再坚硬，它预感，它的使命也快完成了。老榆树没有任何的悲伤，因为它知道，自己在这里站立如许经年，已经让这片土地绿意焕发，现在即使离去，这片土地上其他的生命和新的生命也会很快得以延续，并茁壮成长。它虽不似胡杨生而三千年不死，死而三千年不倒，倒而三千年不腐，但它的树影，应该会一直停留在那里。

或许终有一天，老榆树将缓缓地倒下，它的身躯化作木粉，随水珠渗入脚下的土层。那些曾经被它遮蔽过的小草和绿植，如今又得到了胜于落红的新养分。而在老榆树曾经站立的地方，定会有一株新苗葳蕤而出，它带着老榆树的期盼，继续守护这片土地。

十

在这如许年里，黄沙地也渐趋柔和，直至样貌大变。曾经，它是多么的贫瘠，多么的孤僻，多么的不受人待见，人们远远望见它，就觉得失望，就觉得无趣，就觉得恐惧，避之唯恐不及。在自暴自弃痛苦之际，它也会大发脾气，一遍又一遍地低吼或狂喊，将沙石扬得到处都是，咒骂附近的村庄并驱赶路上的行人。可是当发完脾气，于事没有任何改观，它又在那里默默自艾。它没有想到，有心的人们没有忘记它、放弃它，为它带来了意想不到的关爱。起初，它也并没有多少信心，常常会因未能一蹴而就而失去耐心，借着风吹抓起沙粒发起牢骚，可是关注它的人有恒心，也有毅力。于是，它慢慢接纳了他们的执着，配合起他们的意愿。时光飞逝，随着它的面貌越来越清秀，人们接连不断地前来探望它、贴近它，并向它投以欣赏的、热切的目光。小鸟兽们一遍遍亲近它，和它建立起亲密的关系。植物们更是乐为之所，甘愿作为它的附庸。越来越开朗，越来越阳光，越来越受欢迎的黄沙地，振奋地披起绿衣裳，翻着花样吟唱出更多与众不同的词调。

十一

千百年过去，有人记住了那棵榆树，有人也不一定记得。有人曾驻足凝视它苍劲的身姿，悄悄镌刻在心底；也有人匆匆走过，未曾留意到它的存在。但它的功绩却以一种潜移默化的方式，悄然渗透进人们的记忆与心田。当那里变成一片大森林，人们找见那棵树肯定不容易，但人们肯定会坚信那里有那棵树。

但这似乎并不是榆树所在意的，它的根曾深植于大地，枝叶曾轻抚过白云，它的存在，本身就是一种无言的铭记。它不需要华丽的辞藻来赞美，也不需要显赫的地位来证明。当阳光透过密集的树冠，洒下斑驳陆离的光影，孩子们在草丛中自由地奔跑、嬉戏，金子般的笑声回荡在林间，那份纯真与无忧，就是对榆树最好的赞歌。

无论时光如何流转，千百年后，在那片密林里，即便不是最初那一棵，但那里肯定会有葱绿的一棵，那个位置不会变。老榆树，其实就永远挺立在那里，在万树中央。

祁连牧歌

徐永盛

祁连山，是秘境。

祁连山，是游动的昆冈。

祁连山，是先秦神话的子宫。

祁连山，是"丝绸之路"的温床。

祁连山，是滋养华夏文明的土壤……

我走向山，犹如当年匈奴汉子乍见山，发出声震千年的惊呼："天——"

我走向山，仿佛当年柳宗元登临尖山，呼出块垒击胸的感慨："若为化作身千亿，散向峰头望故乡。"

我告别山，不带走一片雪花一抹绿，留下的是祝福和思念，生发的是日夜不绝的声声长歌！

这山，就是青青祁连山。这歌，就是绵延古今的祁连牧歌。

祁连·天

山有山的家世。

在华夏版图的山系家族里，祁连山低调、素朴。从西向东，在由帕米尔高原、昆仑山、阿尔金山、祁连山一直伸展到秦岭构成的华夏大地主脊梁上，她就是一根普通的肋骨。

她不是一座山，而是一个遥远的部落。从河西走廊到柴达木盆地，一条条西北至东南走向的高山、宽谷，都有一个相同的名字，叫祁连。西至当金山口，东至黄河谷口，大雪山、托来山、疏勒南山、党河南山、冷龙岭……千峰万壑，褶褶皱皱，犹如父老乡亲一张张沧桑的脸，组合成典型的西北脸谱，注视着前方，注视着你我。

数千年前的那个黄昏，当匈奴人拖着疲惫的步履，来到这座大山脚下时，那是一种绝处逢生的狂欢和欣喜。风从长安来，大汉的铁蹄惊破了匈奴的牧歌。呼天抢地的匈奴吟着"失我……失我……"的哀歌，远离祁连山，在生与死的夹缝里寻找新的栖身之所。那哀歌，穿越华夏几千年的史册，一直没有停息过。那哀歌，也是谶语。

霍去病说，"匈奴不灭，何以家为"。没有祁连山，就没有大汉的家。

坐落在西北大地上的祁连山，是天，是家。

所有的山和所有的人一样，都有着十月怀胎、一朝分娩，茁壮成长、孝德天下的经历。距今六亿年前的远古时代，形成了童年的祁连古陆。距今约七千万年前的喜马拉雅造山运动，激发了祁连山青春的活力，繁衍的子孙后代绵延千里，错落而居。身体发肤，受之父母。千千万万的一刹那穿行在光阴纪年的隧道里，刺激着祁连大山的荷尔蒙。漫长的岁月风行祁连，林木花草星罗棋布，冰川雪山连绵起伏，飞禽走兽安家落户，天地万籁奏响序曲。健壮的祁连激情澎湃，泽被荒野，现代河西绿洲便在青山脚下匍匐而生。

古老的海是祁连山忘情的子宫，祁连山是遥远的先秦神话的子宫。这个天地的巨子，确定了华夏热土的地形走向。这个天地的巨子，隐藏着《山海经》的许多秘密，留下一个个扑朔迷离的史地谜团。颛顼高阳生于弱水、舜窜三苗于三危、大禹治水到河西、简狄浴于黑河、周穆王西巡……一个个先秦神话的影子频频闪现，还原出一个瑰丽的神话祁连。

走进祁连山，我很想在山里度过一夜。那种只有蜡烛，不，马灯或者酥油灯伴我度过一夜。如果能再奢侈点，可以有低唱的藏族民歌，或者悠长的蒙古族小调。当然，还要能够让我阅读到或者感受到那隐藏在祁连山夜色中的心。寂寞也好，惆怅也好，期盼也好，茫然也好，苦难也好。因为我知道，走过一个个繁华的景区，他们的礼仪、歌声、舞蹈或者酒后的粗犷，都是生命的另一种情形，是某一个角度的光线投下的影子。那个时候，他们的灵魂蹲在雪山之巅、天之一方。

天的深邃，天的辽阔，天的伟岸，天的慈悲，天一般的祁连山。

祁连·水

山一程，水一程，身向祁连南北行。

没有山的水，没有力量；没有水的山，没有爱情。山和水，就是我和本我。

"我家乃在祁连之南谷水北，名山咫尺环几席。十年洗眼看雪山，剩有心胸沁冰柏……"诵读着雪山的歌谣，在谷水畔长大。山是父亲山，河是母亲河。

雪山又是河流的母亲。但不是每一座山都是雪山，不是每一座山都是母亲。东部太平洋的季风吹呀吹，西部西伯利亚的气流飘呀飘，以风为媒，祁连山迎来了雨雪冰川的诞生。

在祁连冰川的世界里，玫瑰花儿向北开。祁连山南，数百条冰川艰难地维系着柴达木盆地的呼吸。祁连山北，2100多条冰川造就了"河西保姆"。在这座"水体之母"庞大的碉堡里，自然的水手们由西向东一字排列，由南向北时时射出一枚枚水箭。那水箭，飘忽于千山万壑，射向河西走廊，便形成了一条条水系。它是大自然的精子，游向硕大的绿洲母体，最终养育出五谷六畜，养育出人和自然万物。

山开地关结雄州，万泒寒泉日夜流。祁连冰川融水，出山而行，形成了雄踞河西的石羊河、黑河、疏勒河三大部落家族。《水经注》里记着她们的美名：谷水、弱水、冥水。

她们承载着梦想，因为她们以"河西四郡"任督之脉的使命，造就了民勤—武威绿洲、张掖绿洲和酒泉—敦煌绿洲。

她们创造着奇迹，因为在其貌不扬的行走中，她们孕育了史不绝书的文化精灵。不论是敦煌莫高窟，还是凉州词，不论是凉州石窟，还是马踏飞燕，提起哪一点，都在华夏文明史上掷地有声，訇然作响。

长河奔大漠，大漠变绿洲。因为"山——水——沙——绿"的生命链条，祁连山直接或间接地滋养了孕育华夏民族的血肉。河流有河流的智慧。她们知道，这一切的功绩不都在河。根在祁连山，源在祁连山。

不望祁连山顶雪，错把河西当江南。雨来了，这里就成了烟雨江南。雪来了，这里瞬间便成了银装素裹的世界。山脚下的小村庄，一户户关了门，闭了户，透过破旧而古朴的窗户望着祁连山，望着祁连山下的那片绿洲。心中浸润着的，同样是一个绿色的世界、收获的世界。

山在远方，河在眼前，水在身边。

祁连·道

道可道，非常道；名可名，非常名。

《中国国家地理》上说，祁连山在来自太平洋季风的吹拂下，成为伸进西北干旱区的一座湿岛。这是座文明的湿岛。

从金城兰州，到风雪乌鞘岭，一直到古老的玉门关，一千多公里的漫漫长路上，祁连山变换着各种姿态，时而陡峭挺拔，时而雄伟浑厚，时而近在眼前，时而远在天边。时空的变换里，天地持如椽之笔挥毫写就了苍凉遒劲的汉隶"一"字，蚕头燕尾，内敛而丰富。毫无疑问，秦陇南道、羌中道、唐蕃古道、大斗拔谷道、洪池岭道……一条条历史上的古道要驿，便是那凝结着唐诗宋词、洋溢着文化墨香的千年古宣。

穿行在历史发黄的卷页间，你会发现，中国北方边界犹如中原王朝的肩膀，而河西走廊和东北平原就是中原王朝的左膀右臂。在华夏几千年的历史里，中原王朝的目光一刻也没有离开过北方。生活在蒙古高原的匈奴、鲜卑、柔然、突厥等北方民族，为了自己的生存和发展，一刻也没有忘记中原。而双方对视的焦点，就是横亘北部的高山。在河西走廊的舞台上，上演着一出出迁徙、交往与融合的大戏。这部大戏的舞台，是祁连山。这部大戏的导演，也是祁连山。

因为一滴水、一棵树、一片玉、一块矿，祁连山下的河西走廊，开始了从自然意义向人文意义的跋涉。薪火相传的跋涉，孕育了齐家文化、沙井文化、四坝文化、火烧沟文化。生生不息地跋涉，踏出了一条条南来北往、东来西去的文化大道。

独怜遗香消亡后，大泽苍茫一望空。沿着祁连山，一路西行，以虔诚的脚步走向历史的深处，在一关一口一道间寻觅历史的因果姻缘。离开千佛汇集的敦煌，前方"丝绸之路"在河西的分岔又将聚合，并开始新的远征。

祁连·绿

梦醒祁连。

一梦醒来，不是越上葱茏，是惊醒的一刻。

祁连山，河西的"绿飘带"；祁连山，中国的"乌拉尔"。因为"靠山吃山""靠水吃水"的传统理念，祁连山里山外掀起了一轮又一轮资源掠夺式的开发和利用热潮。致富的梦想惊扰了山的宁静，掠夺的虎口蚕食着山的清秀。曾经青春丰腴的祁连胴体上，留下的是补丁、伤痕、脓疤，或者支离破碎、衣不蔽体的裸露与羞耻……

几千年了，人与山川河沙的博弈从来没有停止过，谈判也从来没有停止过。在两相对峙的几千年里，山川河沙完成着命运的轮回和嬗变。而人类，只有反复地撤退、凝望、忏悔和道歉。

祁连山是一座雄伟的山。其实，祁连山很脆弱。那里的山杏花，会在春天开出依然鲜艳的花。但是面对寒凉，她们的生命非常短暂。但她们的心里，依然期待着岁岁的轮回……

祁连山是一座巍峨的山。其实，祁连山更需要人们的呵护。宣讲进山乡，绿色发展的种子一次次洒落山川；炭山岭下，曾经喧嚣的煤矿合上了大张的嘴巴；鹰台沟里，祁连雪峰拥有了新一轮的宁静；守护山间道，青山记着公路人、电力人真诚的"生态情"；监管水电站，拉起了生态用水的"警戒线"；赶着羊儿下山来，减畜行动和生态移民创造了大山深处的"无人区"。

要么眺望，要么敬畏。这是仅有的选择。

万壑有声含晚籁，数峰无语立斜阳。季风正在吹来，祁连山的夏季已然到来，还绿祁连山的梦想也正在变成现实。

我是祁连山水郎，登临高峰望故乡。

登临高峰，又见"鄂博"。来自祁连雪山松柏做就的令箭，来自祁连草原牦牛、山羊身上的牛毛、羊毛，还有大山哺育下的子民写就的旌幡、风马，矗立在大山之巅。他们，用生命完成着一次次的祈祷。

蓝天很蓝，白云很白，清风很清。蓝天白云，清风流曲，山神壮严。彼时，万籁正在鸣奏传唱千年的祁连牧歌——

祁连安，丝路安，华夏安，苍生安！

马蹄寺：祁连山神秘的花纹

陈学仕

赶往马蹄寺的那个清晨，天地空旷。油菜花像一群十六七岁的少年，正在怒放对生活的热望。一只老鹰在头顶飞翔，仿佛一位经验丰富的老者，无意中竟当了我们的向导。但是，大巴车的速度却赶不上老鹰，就在老鹰划下的弧线消失于山顶的时候，大巴车才"吭哧""吭哧"地到达马蹄寺的山门。

想起十多年前的一个夏天，我和朋友们一起来马蹄寺玩。刚到马蹄寺，一帮人就闪进帐篷打起了牌，只有我们少数几个人去爬山，去寻找那传说中的马蹄印。

马蹄寺位于张掖肃南裕固族自治县临松山下，始建于北凉时期，因山上留有一天马的蹄印而得名。这次来到马蹄寺，寺前已新建了高大的牌坊，寺内有各种小商铺、小吃摊，路上人来人往，充满了俗世的繁华。和眼前的繁华相比，第一次来马蹄寺的印象则是遥远而又寥落。尽管如此，脑海中还是留存了两个深刻的印记：一个是马蹄寺的镇寺之宝——天马蹄印，我们实际上是为寻天马的蹄印而来，在每个人的心底，都有一个天马情结。另一个是三十三天石窟，马蹄寺的三十三天石窟悬挂在百米高的悬崖上，从外面看，石窟和悬崖上的相关建筑似乎是断开的，互不相连，但在悬崖内部，却有石阶和回廊层层相连，到达佛殿的顶层。可惜的是，我们那次去马蹄寺只看了马蹄印，在攀登三十三天石窟的时候因台阶太窄而却步，未能爬到最高层，留下一大遗憾。

天马行空，最能配得上少年的梦想。天马情结，自然跟少年的梦想相关。少年时代，常常梦想着仗剑走天涯，那胯下的马，虽然不可能是赤兔，也不可能是白龙马，但只要是英雄就该配得上良驹。我们一次次被武威雷台汉墓出土的那匹足踏飞燕、凌云行空的天马震撼，因为在我们的心中，都驻扎着一匹或是一群天马。

当年，汉高祖刘邦深受匈奴之患，被迫放下身段，实行了有损大汉尊严的和亲政策。到汉武帝的时候，国家的经济实力空前雄厚，这个胸怀凌云之志的少年天子，迫切希望一雪刘邦受困平城之耻和大汉朝的和亲政策之辱，摆脱匈奴对大汉边境的骚扰，就派大臣到西域寻找有天马之称的汗血宝马，那是冷兵器时代最有力的作战武器。功夫不负有心人，汉武帝终于得到了汗血宝马。不仅如此，汉武帝还得到了一个年轻的英雄霍去病。霍去病不负汉武帝厚望，他血气方刚，带领军队所向披靡，消灭了祁连山、焉支山一带的匈奴浑邪王、休屠王部，砍断了匈奴的右臂。汉武帝大喜，将霍去病得胜之地命名为张掖，取"断匈奴之臂，张中国之掖"之意。霍去病还奉汉武帝之命，在距马蹄寺约一百公里的地方建了当时世界上最大的养马场所——山丹马场。之前，祁连山和焉支山都是匈奴的牧场，更是匈奴的大本营。从此，匈奴对大汉朝的威胁解除，大汉天子刘彻的臂膀终于彻底地向西域张开。

草原，原本就该属于奔马和雄鹰。雄鹰是奔跑在蓝天上的神，奔马是飞翔于草原上的祇，他们共同守护着草原人的信仰。早晨出发时我们看见的那只雄鹰，已经飞过山顶，不知飞向了何处。奔马呢？眼前没有奔马。或许通过天马的蹄印，能够寻觅到一星半点奔马的踪迹。

走进马蹄殿，一眼就能看见那个被玻璃罩罩着的马蹄印。蹄印被罩在玻璃罩内，时光却还在罩外流淌，依稀听得见草原上马群的嘶鸣。车辚辚，马萧萧，汉武帝的大军赶走匈奴，设立酒泉、张掖、武威、敦煌河西四郡，开垦千顷良田，拉开了河西走廊历史的新篇章。

走出马蹄殿，我们继续前行，去看三十三天石窟，这是马蹄寺内最重要的石窟。对于三十三天石窟，大家都很好奇，不知道它为什么会有这样一个名字，更不知道它究竟包含什么深意。想起第一次来马蹄寺的时候，心中就有疑惑，但那时的马蹄寺没有现在这么齐全的设施和服务，连导游都没有。这次经咨询导游，才知道"三十三天"并非大家日常所说时间上的"三十三天"。天，在佛教中指"天众"及其所居之处，即天国。"三十三天"是欲界的第二重天，因有三十三个天国而得名，居于须弥山的顶端，梵名"忉利天"，译为"三十三天"。我们听得似懂非懂，加之对佛教本来就没有多少了解，就跟着人流继续往前走。

走到三十三天石窟门口的时候，进去的人已太多，我们无法再进入，只能等里面的人出来之后再进。看着寺门口车来车往，游人一群群来回走动，经幡在佛殿上方高高飘扬，想起佛殿里的佛像历经千年的风雨，我感慨万千。他们有的失去了胳膊，有的从脸庞到胸膛被岁月刻满了深深浅浅的褶皱，但他们的神态依然安详；还有几尊坐佛，只剩下交互打坐的两条腿，他们的身子不知去了哪里。不知道他们是在为自己代表的神佛受难,还是在为这个尘世的纷繁喧嚣受难。

终于熬到里面的游人都出来了,我们排队进入三十三天石窟。里面的通道极为狭窄,大部分地方仅容一人通过,甚至还要低着头,有些身材魁梧一些的人,只能看一看,然后叹口气返回。个别宽的地方,若两人对过时则需要相互侧身才能通过。通道内光线昏暗,石壁上偶有洞口,向外能够看见山脚的游人和远处的佛塔。一些拐弯的地方点着酥油灯,为进出的游人提供光亮。走着走着,眼前出现一段陡峭的台阶,当我们把脚踩上台阶的时候,便感觉头发在瞬间像台阶一样直立了起来,于是两手抓牢了台阶上的扶手,但仍有一种两股战栗的感觉。上去之后,还需要九十度转身,才能进入另一段台阶,人们称之为"鹞子翻身"。越往上爬,游人越少,很明显,一部分人是身体不允许,一部分人则是看着通道里面并没有什么,大概觉得爬到顶层也没啥意思,何况还那么累,就打了退堂鼓。我们虽然不是身手矫健的鹞子,但坚持不停地向上爬,即便四周是冰冷的、黑黢黢的石壁。

三十三天,应该是用鹰的翅膀和英雄的马蹄丈量的地方。爬,也要爬到佛殿的最高层。想起天马的蹄印和霍去病两次西征大破匈奴,我们不断地勉励自己,终于到达石窟顶端。

霍去病英年早逝,24 岁那年因为一场怪病离开了人世。为了纪念英雄,汉武帝命人在自己的陵寝茂陵旁,依照祁连山的形状修建了霍去病墓,并在墓的周围陈列了很多石刻。其中一件名为"马踏匈奴",只见骏马昂扬地站立着,充满了胜利的骄傲;马蹄下的匈奴仰面朝天,垂死挣扎。显然,这是大汉王朝的胜利,他们期望继续以这种胜利鼓舞子民对数百年来数次入侵中原的匈奴人的战斗信心。在马蹄寺,我的脑海中一次次浮现马踏匈奴的石刻,那该是一个民族伟大梦想对后世子民的激励。

著名精神分析心理学的创始人荣格认为，一个人在刚刚出生的时候，他的"大脑"就已经不是一块"白板"，上面已经"画满了神秘的花纹"。这些"花纹"，则由他的祖先亿万年的生存斗争经验积淀而成。河西走廊的"白板"上也画满了神秘的花纹，这些花纹中有天马的嘶鸣、霍去病的剑鞘、三十三天的"窄门"，还有祁连山头顶的汉唐之雪、山间青铜色的松涛和潺潺的流水。

南望祁连　又见敦煌

陆军

一

　　向西，向西，沿着祁连雪峰指引的方向，踏着初秋的金黄，又见敦煌，树木、石头、沙粒，在阳光中向我奉献着至纯的金色。

　　向西，再向西，祁连山下、玉门关外，又是一场"春暖花开"的人文际会。为了触摸异域的风物、陌生的双手，为了不安分的想象、诗与远方，我们在风沙中相互拥抱、共同前行；为了西出阳关、东行长安而走向新域，我们从不同的方向来到这里、相聚敦煌。

　　莫高窟，胸中潜藏着千年的古乐华章、精美诗卷，她不为凿空尘世而沉睡于石窟中，而是等待着冥冥中的有缘人前来揭开她迷人的面纱。来自天庭的舞者曼妙身姿为谁而动，是大地的旅人对家国放飞的梦想，还是天国对不倦前行探索者的奖赏和陪伴？

祁连雄姿，天高云淡。

鸣沙山似一头安静的狮子卧在敦煌的西南部，与东南部的三危山共同守护着莫高窟，那里是千佛汇聚的神仙道场。从祁连山脚下奔涌而来的大泉河如一条碧绿的丝绸，被三危山捧在手中，虔诚地献给绵延四十多公里的莫高窟。薄薄的水雾中，每一个洞窟中有飞天在岩壁和高大的杨树间轻歌曼舞，佛陀的诵经声随习习微风和潺潺水流悠悠远去，化成东来西往的驼队和旅人心中坚定的信念，支撑着他们西出阳关，北走玉门关，东进中原，南上青藏高原，莫高窟成了经过此地的熙熙众生的心灵加油站。

来自中原、中亚、西亚、古罗马及印度各地的使者，经过九死一生的长途跋涉之后聚集在这里休憩、中转、开龛造神，供养灵魂的庇护神，以达内心的安宁与旅途的平安。来自各地的艺术家，把旅人和自己的内心书写在岩壁之上，用壁画的形式表达着人类共同的渴望与梦想。深厚辉煌的石窟艺术是古丝绸之路上一颗耀眼的明珠，她汇集了中西文化的精髓，经过本土化而成为独特的敦煌文化，越过时间的沙漠走向人类精神的远方。

二

站在鸣沙山沙丘之上，南望祁连，这条河西走廊挺起的脊梁护佑了这里的千年平安和丝绸之路的兴旺通达。祁连山披着金色的佛光，与我脚下的沙海一样默诵着寂静与辽阔，生命在无边的空阔里渺小如蚁。在这里，并不需要一场风暴，只需一点内心的焦躁和恐惧，生命就会成为一粒质地最柔软的沙子，随风飘移。

月牙泉静默着，更像一只未竟使命的使者的眼睛，拖着沉没在沙海中的躯体，阅尽河西千年，以旷日持久的耐心等待着沧海桑田之变，以期从漫漫流沙中重新站起身来，或东望长安，或西观西域，何时能魂归故里。

此刻，我的眼前浮现了昔日繁忙的驼队和乐舞声中敦煌城繁华的景象。那些南来北往的商队和旅人需要在这片沙漠绿洲里休憩和中转，需要在这里入关和出关，走向与自己国度完全不同的地区。玉门关、阳关的存在，让敦煌的地理位置愈发重要，正是交流和互动，成就了敦煌的前世今生，点亮了丝绸之路中西交汇处的航标。各民族相互交往交流的渴望，赋予了这片沙漠绿洲生机与活力。各民族相互交往交流的渴望，创造了死海沙漠中这枚绿洲的生机与活力。当人们历尽千辛万苦依着祁连山脉抵达敦煌时，要补充饮水和给养，为接下来的行程做足准备。由于敦煌的货物品种齐全且数量充足，一部分商人便不再前行，直接在敦煌的集市上做起了生意。作为丝绸之路上的交通枢纽——敦煌，进一步承担起贸易重镇的角色，成为中西方贸易的中心和中转站。西域胡商与中原商贾在此云集，从事中原丝绸和瓷器、西域珍宝、北方驼马与当地粮食的交易。随着贸易而来的，除了各色各样的商品，还有不同的宗教、语言、音乐、舞蹈、绘画、雕塑和生产技术，于是中原文化、印度佛教文化、西亚和中亚文化及古罗马文化在敦煌汇聚、碰撞、交融，人文荟萃，文化粲然，形成了独特的敦煌文化。到了东汉时期，这里俨然已成为一座"华戎所交"的大都会。

三

火车一路向西，奔驰在祁连山脚下的沙海中，呼啸而过的机车声里，浸透着悠闲散漫的驼铃声。这驼铃声与火车的速度无关，由远而近，仿佛从远古传来；又由近及远，随着火车驶向未来。

2024年9月，我受邀参加第七届丝绸之路（敦煌）国际文化艺术节，又一次来到敦煌，来到由祁连山雪水滋养的这块沙漠绿洲。"敦煌文化的文学表达论坛"汇聚了国内外的作家、诗人和专家，交流他们对敦煌文化的认识和理解，以及对敦煌文化文学表达必要性的鲜绿色思考。

这是我第三次来到敦煌。每次来都有新的感触和新的认知。或许是经过岁月的磨砺和世事的浸洗，或许是随着岁月的磨砺和世事的洗礼，我对人生有了新的理解和看法。心中的感悟总是在变化，从简单平面变得立体鲜活，从不解到理解，甚至感同身受。

从车站出来，一股沙漠的干热扑面而来。接站的工作人员举着牌子，站在出口右侧，蓝底白字，我敏锐的目光一下子就捕捉到了。我是最后一位到站的客人，一上车便驶向宾馆。这次到敦煌，一下火车，我就感受到了接待方的热情，他们对我的到来，有着亲人般的期盼。这虽是旅游城市的普遍特点，但在敦煌表现得更为突出。与八年前相比，党河风情线实施了亮化工程，夜晚灯光闪烁，宛如沙海中明灭的灯火和一条闪光的河流。

夜色里，党河两岸灯火辉煌，宾馆、酒店和商铺林立。这便是当地著名的党河风情线，乐舞声声，场面火爆，热闹非凡。沿河公路边，是融合了中原和西域特色的各式建筑，整体展现出汉唐风格与气象，堪称敦煌最出色的建筑群。白天被高温困在屋内的游客，此刻铆足了劲，要在夜色中弥补白天的遗憾，尽情享受，沉醉其中，仿佛不在敦煌的河边吃喝一番，就不算到过敦煌。他们努力将自己的欢乐融入每一粒沙子、每一缕西风之中。

敦煌的九月，气候最为宜人。早晚虽有十度的温差，但并不让人觉得寒冷，反而倍感惬意，只需一件薄外衣便足够了。

"敦煌"一词最早见于《史记·大宛列传》，东汉应劭解释"敦，大也；煌，盛也",取盛大辉煌之意。历史上的敦煌曾是中西交通的枢纽要道、丝绸之路上的咽喉锁钥,是一座国际都会,是中原王朝经营西域的军事重镇,在中华历史的长卷上,留下了光辉的篇章。有学者研究认为,"敦煌"是藏语,敦(敦巴)意为祖师(即敦巴释迦牟尼),煌(观)意为寺庙或者殿,敦煌即释迦牟尼之殿。这种解释也有一定道理,毕竟这里千余个洞窟佛龛,足以称得上释迦牟尼之殿。

《又见敦煌》《乐动敦煌》《敦煌盛典》……今人凭借丰富的想象,抒发对敦煌独特文化的崇敬与传承之情。

敦煌是一座移民城市,因为是古代交通要道,在中原控制之后,朝廷从内地大量移民屯田以助守边关。这里是河西走廊的最西端,处在塔克拉玛干沙漠东部边缘。坐车缓行在敦煌的大街上,不远处就是流动的沙丘,有身处沙海浮舟的魔幻之感。敦煌南依祁连山,在源自祁连山的党河慷慨地滋养下,这座现代化的旅游城市焕发着勃勃生机。不仅仅是敦煌,整个河西地区,如果没有祁连山聚天地之雨水高悬于山体之内的淡水资源,那将是一番怎样的景象。雄伟绵延的祁连山,挡住了东进的塔克拉玛干沙漠。月牙泉宛如沙海中一只睁着的眼睛,乞求水和绿洲的陪伴,鸣沙山就是她用力挣扎的呻吟。她的骨质和内心以莫高窟的形式显露在世人面前。曾经奔涌的大泉河已经断流,面对汹涌的沙海,三危山在祁连山的支持下奋力战斗,与对面的北山一起将企图东进的沙漠遏制在鸣沙山以西。

祁连山尾巴伸向河州

王维胜

　　嘉靖十九年，即 1540 年的春天，大明的将士背起云朵一样的行囊向西进发，进入了辽阔的河西走廊，他们在这里修建了从祁连山东麓到嘉峪关的长城，一条长十五公里的片石夹土墙蜿蜒矗立起来。它像苍穹的膺，借沙漠的一方晴空，把自己变成迎风拔节的蚯蚓，和虫鸣鸟啼为伴，浑身落满祁连山的清露。当它盘行到嘉峪关城堡以北的石关峡口时，在一个叫黑山的地方，突然从北山坡上陡跌而下，在山脊上形成倒挂，铁壁悬空，封锁了石关峡口。

　　这就是闻名遐迩的悬壁长城。

　　而比悬壁长城更伟岸的是河州境内的长城边墙。

　　朱元璋在西北采取积极的防御策略，从邓愈统率诸将攻克洮州、岷州和河州，赶跑河湟诸蕃建卫屯田那一刻起，在河州修建一批关隘，防止吐蕃的轻骑从青藏高原直驱而下，成了朱元璋挥之不去的心结。明洪武三年的春寒尚未褪尽，朱元璋命邓愈率明军沿着秦时月氏人踩出的古道攀援，沿着逶迤绵延的祁连山脉日夜前行。他们发现几百里的山峰贯穿于整个河州南部，西面与秦岭的尾巴小积石山连接，东面祁连山的尾巴太子山经宁河，绵延至临洮西乡，巍峨的大山像六国城墙，邓愈也想做一回蒙恬，他要把大山连接在一起，连成长城。行动来得猛烈，明军手中的铁钎凿入峭壁的回响，像夏天的雷阵雨，一声霹雳炸响，雨点迫不及待地砸下来。好像是蓄谋已久，又好像是不由分说。

雨点围绕着两座山脉，一座是祁连山的余脉太子山，一座是秦岭的余脉小积石山。从积石峡口到保儿子山，划了一道长长的弧线。

大明王朝筑边墙的将士们，继承了我们嬴政爷伟大的智慧。他们在崇山峻岭中，选择山巅、谷口、隘要之地，雨点般地砸出了积石、老鸦、乩藏、土门、红崖、西儿、樊家峡、五台、莫泥、船板岭、槐树、石嘴、朵只巴、乔家岔、沙麻、崔家峡、宁河、思巴思、陡石、大马家滩、小马家滩、麻山、俺陇、大峡口，共计二十四个关口。设置了二十四座关隘，沿关隘设有"十里塘房、五里土墩"，驻兵把守。又增建烟墩、烽堠、戍堡、壕堑，局部地段将土垣改成石墙。

这样，一条从黄河到洮河的防御线形成了。

这就是历史上称之为关隘的河州二十四关，也称之为南部边城。在大明王朝三百年的历史上，它的名气远远超过嘉峪关、山海关等关口。

山称太子，全国并不多见。

据说，名山冠以太子之名，是因立都河州的西秦王朝的太子而得。这个太子是指在河州唯一立过国的西秦第二任皇帝乞伏乾归的太子乞伏炽磐。太子山原来叫露骨山。因山体岩石裸露，一片银白，山峰壁立，远望如白骨而得名。

乞伏炽磐觉得骷髅立于西秦都城之侧，景象残忍、恐怖，便改名为太子山。

时间推移到公元 385 年，蒙古高原崛起的鲜卑族的一支，在部族首领乞伏国仁的带领下，在苑川（今兰州）建立了西秦政权。公元 388 年，西秦第一任国主乞伏国仁卒，其弟乞伏乾归即位，公元 393 年，乞伏炽磐被立为太子。

乞伏炽磐被立为太子的 20 年中，在枹罕（今临夏）、大夏（今广河境内）、嵻崀（今广河南山）一带，开创基业，复兴西秦。在任国主的 16 年中奋力开拓，国运兴盛。在艰难的环境中达到鼎盛，使干戈不息的地区暂得安宁繁荣。这与其本人的英明、深得当地百姓的拥护支持分不开。今临夏境内的太子山、太子街等以"太子"命名的古迹及永靖炳灵寺石窟等名胜，都与十六国时西秦声名赫赫的"太子"乞伏炽磐有关。

乞伏炽磐在腥风血雨中登基，迁都至枹罕（临夏）。但是武力压服之下，各地反抗不断，战火不息。乞伏炽磐试图以佛教安抚人心，作出了一个大胆的决定，以山岳为基础，开凿一处宏大的石窟，塑造大佛，让礼佛与礼帝等同，让佛法与皇权同在。

他最初的目光盯上了太子山，因为那是他的山。

但是太子山太险峻了，只能作屏障，不能凿石窟。乞伏炽磐骑马上了鲜卑塬（北塬），这时佛祖显灵了，黄河北岸的炳灵沟里发出巨大的红光照亮了半个天空。乞伏炽磐确信，那里是塑造大佛的理想之地。于是一个超级工程在这群山中开动了，无数工匠聚集起来，以数年时间将山凿空，高达的大佛及附属的众多造像，屹立山崖。此后北魏、北周、隋、唐、宋、西夏、元、明、清等历代政权，在南北长约 2000 米的悬崖峭壁上不断造像，形成绵延一公里的诸佛殿堂和鳞次栉比的石窟神龛。每个造像都带着各自的时代特征，西秦剽悍雄健，北魏秀骨清眉，隋唐饱满瑰丽。其中一个表情庄严的弥勒大佛，是盛唐时开凿的石胎泥塑弥勒大佛，高达 27 米，它是炳灵寺石窟最大的佛像，千年来静静地望着人间变幻，岿然不动。

而雄伟的太子山，则像一员武将，护卫着对面的炳灵寺石窟。

太子山还有一个古称，叫太峙山。

它静卧于和政与临夏的怀抱中，如祁连山垂落的一截脊梁，母太子山与公太子山相对峙立，似天地初分时神祇落下的两枚棋子。盘坡垭口横亘其间，斧劈刀削般的山势，将中原与雪域的血脉悄然缝合。山巅终年积雪，银光凛冽，恍若神女遗落的白玉簪，刺破云霭，直指苍穹。春天，太子山麓似泼墨挥毫，松柏叠翠，杜鹃啼血，雾岚如纱缠裹林海。夏天，雪线消融，苔痕斑驳。秋天，霜染层林，红叶如焰烧灼天际，与山巅冷雪对峙，一热一寒，竟成天地泼彩的绝笔。

太子山与甘南藏族自治州的夏河县、合作市、卓尼县接壤，山脉逶迤绵延几百里，也是青藏高原和黄土高原的分界岭，中原与雪域的连接。这里山势壮观巍峨，云遮雾罩，登高望远，观林海松涛、奇石异峰、雪山"映月"，感受天高地阔，地广物丰；更是连接中原文化和雪域文化的纽带，是历代兵家设防要塞之地。

太子山西端有海拔 4000 米以上的山峰 3 座，公太子山海拔 4162 米、母太子山为 4332 米、乃旺岗 4304 米，主要山峰共 25 座，海拔均在 3000 米左右。北延支脉有葱花岭、建齿山、麦古山、横山子、南阳山等。山阴处雨雾绵密，遍布次生林，盛产虫草、贝母等多种中草药。山阳面石壁如削，岩层泛着青铜色，好像远古部落镌刻的符咒。

母太子山在东，公太子山在西，两山之间盘坡垭口，一夫当关，万夫莫开，是临夏州与甘南州的分界，是连接中原文化和雪域文化的纽带，是历代兵家设防的要塞。太子山风景有两大特点：一是山麓翠绿，二是山峰晶莹。

太子山雄伟、壮观，从西到东，其山脉贯穿临夏州的积石山、临夏、康乐、和政四县。主峰坐落在临夏州和政县境内，海拔四千四百多米，一年四季，峰顶白雪皑皑。主峰东侧有一条崎岖的大峡谷，沿着峡谷，依次经过泉峡、大道子、菠萝池、桃家沟等景点。峡谷内，奇峰突兀，怪石林立，悬崖峭壁纵横交错，奇花异草遍布山野。雪鸡、褐马鸡、锦鸡、小雪鸡争相啁啾，青羊、野山羊、野牛、狐狸随时出没。山坡和峭壁上，是茂密的灌木丛林，铁树、柏树、白桦树、松树，千姿百态。八十多种中药材分布在半山腰和向阳地带。山脚下的灌木林里，栗子、毛核桃、莓子、果牛、沙棘等山珍遍及四处。而最吸引人的，要数峡谷内的海眼了，灰褐色的岩石下，一股汹涌的泉水不断地从地下冒出，欢叫着奔出峡谷。

传说这口泉是大海的眼睛，人们称它为海眼，也是情理之中的事了。周围百姓生了病，很多人都来海眼取水，说这儿的水能治百病。到底疗效如何，不甚清楚，但有一点可以明确回答，有关专家曾测试，海眼流出的水，富含多种矿物质，是天然的矿泉水。

除了太子山主峰，柳梅滩、三岔沟和铁沟是太子山的三个著名景区。

柳梅滩曾是清代驻河州镇绿营军牧马场，建有马王庙、麻崖寺院，后在战乱中被毁。20世纪修建的水库，水清如黛，碧波荡漾。夏日荡舟，自有一番泛舟西湖的味道。冬季在皑皑群峰映衬之下，巨大的湖面平滑如镜，人们在湖面上滑冰嬉戏，其乐融融。柳梅滩景秀、水清、峰奇。奇峰横空出世，峰高云低，犹如千帆竞发，各领风骚。蓝天、白云、雪峰、松柏、湖水交相辉映，环视远眺，林间点缀着的农田、村舍、成群的牛羊构画成了一幅幅生动有趣的田园风光，恰似"绿树村边合，青山郭外斜"的意境。

　　三岔沟景区内最好看的要数公母两峰，公峰"大尖山"号称伟丈夫，母峰"小红崖"号称小秀女。整个景区，山势险峻、雄伟、陡峭、挺拔。三岔沟由熊窝沟、直沟、西沟三条沟组成，故名"三岔沟"。三条沟中流淌着三条小溪，三条小溪在欢歌笑语中汇合在一座小山峰前，形成"三河春浪"景致。

　　铁沟风景区呈峡谷状，峡口有座炼铁遗迹，因此它还有一个俗名叫"炉子滩"。铁桦寺曾建于此。铁沟峡内自然风景真是好看，林木丛生，群峰耸立，石壁万仞。登山俯瞰，流水如一条白练，隐现于山林之间。林密蔽日，山映树，树依山，林内百鸟和鸣。

　　太子山被列为河州八景之三——露骨积雪。天然宝库太子山矿产资源丰富，山中涌泉吐流，森林茂密，流泉清澈晶莹，采百草之精华，集日月之光辉。这里还有国家二级保护动物——大鲵（娃娃鱼）。太子山是动植物繁衍生息的天然乐园。

　　太子山一年四季白雪皑皑，旅游集中在夏季，远观白雪，近赏山水。柳梅滩景色秀丽，保持着纯朴自然的特点，游人在幽静的山谷中可体会到人在画中的意境。三岔沟主要观赏三河两峰。两山一如男一如女，造型奇特，令人叹为观止。

黑河编年史（组章）

万育文

奔跑的黑河

有时我们会奔跑着，追逐着水流的方向。我们猜想我们能追上水流，比如在那条由我们打起的拦河坝里，比如在水库里。水变成一只难以驯服的兽，一只困兽，在无休止地吼叫着，奔跑着，却永远跑不过那条坝墙。

但河流还是欢腾的热烈的，像一个小孩子无忧无虑地跑来了，迎面还直往你的怀里钻。

春天里，当看到冰雪已开始融化，我们就心急火燎地打算把河口炸开，把水引向水库。

水是命脉，这是每一个庄稼汉都明白的道理。如果此时我们稍迟疑一些，错过了水季，水库没有蓄满，那将是一次重大的失误，因为那会减少全乡两万多亩地的收成。这是谁也不能担负的责任。所以，我们得早，得赶在冰全部融化前，打起一条拦河坝，让水流顺从地流进水库。而我们会早早地备好炸药，让那些堵塞的浮冰冲决开，让那些冰及早地浸润于流淌的水。

我们劫掠了黑河肥美的腰身

黑河此刻即使有多么的不情愿，即使有多么地渴望奔跑于下游的额济纳，但最终遭遇我们这样的蛮横人物，却也无可奈何。在它看来，我们就好比一伙匪徒，劫掠了它狂奔的欲望，劫掠了它肥美的腰身。这荒蛮之地，自古以来就是匪徒出没之地，也养就了我们匪徒的本性。就像那些陆路上的客商如今已转为水运，他们想将丝绸和瓷器通过黑河转运额济纳，再从草原丝路转运国外。而我们也早已轻车熟路，久居本地，掩人耳目，昼伏夜出，怎么能让这么好的东西悄悄溜走？他们做得隐秘，我们也不是吃素的，早已料到那冰层下伪装的丝绸，那月光下遮掩的瓷器，那耀眼的光芒早已出卖了一切！

我们只需将兵马早早埋伏在那必要的地点，就像无数次我们埋伏过的地方——这太让我们羞愧啊！一点技术含量也没有。我们也多么渴望做一个有技术含量的匪徒啊！但似乎是只要我们亮出身架，黑河就乖顺地流淌过来：这是孝敬的银两，这是应缴的"税款"，一分不少，一分不多……这一票干得多么爽快！看着那道快马加鞭，月色下略显颤抖的身影，我们笑了。笑声划破夜空，笑声能让周边的一切胆寒。转眼间，我们似乎成了杀人不眨眼的混世魔王。

当我们就着月光，在月色下，在河岸上大碗喝酒大块吃肉庆祝这胜利的时候，我们像背着满满的碎银两，那银子多得如满河的水，满河的冰。我们还有什么不知足的？那些银两足够买下天下。那就喝吧，醉生梦死，或梦死醉生，在这富庶而贫穷的地方，在这荒蛮而绿意缠绕的地方，谁嗓音响亮，谁拍起胸膛，谁就拥有绝对的指挥权，可指挥十万碎银两仓皇入库，可指挥一河的月光接起粮田，接起炊烟，接起那些一声声狼娃喊娘的回声。每每想到此，我们这些在寒冷里丢掉冰狍子，冷风里丢掉灵魂，热浪里丢掉脾性的汉子，还有什么可抱怨的？我们就相当于打家劫舍，杀富济贫，养活了一方百姓。

额济纳，甭怪我们后娘养的禀性！我们也是被逼无奈，我们也想靠山吃山，靠水吃水。我们靠着大黑河，你不让我们攫取一点，实属不该啊。你放心，我们只拿我们该拿的那份，绝不多拿！我们都是兄弟，何须谦辞，也就不客气了。那剩下的，兄弟，请你收好！

楔子和木桩

楔子是楔在该楔的地方，桩是打在该打的地方。刚到黑河口岸，我就听到被木马拦截的黑河还有些野马性子不服人。几声大锤下去，黑河就乖顺了。乖顺的黑河带着哭脸，带着三分的不情愿，五分的忧惧，沉默地流过去。

我们又在离河口五六米远的下游打桩。我们的拦截是出其不意的，就像兜头一棒喝，迎面一高头大马，一黑汉，手持大铁锤。黑河向来勇猛无畏，冲杀而来，冲杀过去的则冲向下游，冲不过去或被拦腰斩杀的，就被绑缚回来。

它自认是皇家派来的官府人员，而我们是草民，即使被绑缚，它也没有低头，俨然一副高人一等的架势。即使在水库的牢营里，它也一样桀骜不驯。随着西北风这个浪荡侠客给它们通风报信，讲述额济纳的见闻，说同伴们都已到达那里。随意潜入，随意漫流，那是水的城邦，那是水的王国，水流在那里齐聚欢呼。该是多么壮观啊……这一番话，让那些被绑缚来的黑河水多少有些懊恼，每每趁着夜晚就想冲将出去，逃离出去。它曾挖过鼠洞，曾撞击过坝墙，至今那些墙面还有裂纹，还有伤痛。

我们只好又提着大锤，在那疼痛处，在裂缝处一次次见缝插针，一次次打进去木桩让那些水流安稳一点。但那些水流不但纵容那浪荡侠客呼风逐浪，搞点小破坏，它还纵容堤坝上的泥土，试图策反它们。直到那些水流悄悄渗入，直到那些木桩楔子打入堤坝的骨髓，那哀号，那眼泪鼻涕齐流的号哭场面，似有悔意。但历来，对待叛徒是当仁不让，不会心慈手软，这次不杀一儆百，还会有再犯的。

所以，大锤继续抡起，钉入楔子，让它骨髓里痛，叫它今生难忘。末了，还要将它腐坏的肌体逐个扒开，一个个换掉。换成那些干净的泥土，并用尼龙袋装起来，码在那些楔桩的前面。这好比是攻防和城池，也是对水流的一次教训。

再次的冲撞之后，它便显得温顺了许多，但也失意了许多。它想到自己已成为阶下囚，只好默默等候处决。

胡麻草

胡麻草是常用之物。

水流的细密，无法用砂石来填埋，木桩、木马也最终需要胡麻草来固定。

一卷胡麻草有足够的缠绕之力，可迅速阻隔水流，此法屡试不爽。

水流处打着漩涡，我们自知这一下下去，黑河水很难逃生。只要我们来个出其不意，一定可以将这些逃生的水阻拦在坝内，来个瓮中捉鳖，最终拦进我们的圈养之地。

因为我们把黑河当家禽来养,当牛羊、当儿女、当命一样养。养大了,它们就成为甘露,成为救命的水,成为农民的活菩萨。

那里是鱼虾的天下,那里是水鸟的天下,那里也是粮食的希望之地。只是这先走的一步是必须的。

而每年入春的时候,我们都要从农民那里收取些胡麻草,让他们用一辆辆骡马车送来,再由我们一捆捆地运送到河口上、水库上。这些经过农民们种植又在地里收获过的胡麻草,此时,仅仅是一捆闲置的草,但却有着非凡的意义。

草被卷在一起,卷成庞大的捆子,称为"缫"。"缫"的作用就像渔网一样,虽有漏网之鱼,但凡进入渔网的鱼都会被网住,只不过"缫"的空隙比渔网小很多,只要水流一碰到"缫",便会碰个倒回头。

十几个人喊着口号将"缫"抬进水里,并慢慢地浸入水中,在水流的冲击下,它会迅速靠近后面的木桩和木马,在木桩和木马的支撑下,这些胡麻草做成的"缫"与木马、木桩像相依为命的一家人,紧紧地靠在一起。

此时的黑河水就像刚刚出嫁的姑娘,初到夫家,看到丈夫的彪悍和凶猛,吓了一跳。它一下子不能适应,怎么也不能安静下去。它要逃走,瞅着空隙就要往外跑。眼见得它已远远地逃开了,却猛地被一股黑压压、凶狠的力量挡了回来,它还没有反应过来,就被挡了个猛回头。再一抬头时,它的身体已被推出老远。再冲撞时,它已手足无措,一次次失败以后更是一阵抽心地疼,像被虫子一般蜇了一下。它才猛地想到,它已经没有能力再逃出去了,只好乖乖地顺了那个人吧!

它像小媳妇般不情愿地亦步亦趋走向水库。在走的过程中,水流始终在想那是一种什么东西。一种丝一般的缠绕之物,将它大半个身子都拦了下来,要不是这样它就逃走了。

之后，水流又在水库里见过一回。那些溃损的坝墙上，那些豁口处，被放置了一些石块和胡麻草。胡麻草被放在石块的下层和石块与石块的连接处。黑河水似乎仍然心有余悸，远远地看到那些胡麻草都不敢靠近。即使有胆大的，也是匆匆而来，急急而去。而在坝墙的木桩前面，这些胡麻草又充当了盾墙，将坝墙攀附着，阻挡着，即使迎面传来阵阵压力，也丝毫没有让水流退却。胡麻草缜密的心思早已料透了水流的预谋，牢牢地固守着最后的防线，保证了水流的安居乐业，繁衍生息。当黑河水在这里生养鱼虾，有了自己的孩子，这些丰孕的少妇，再也不会离去，直到水流被放出闸口，流向田地，流淌进那些青绿的麦苗，才想起它们曾是祁连山头上的一滴雪。它们被丝质一般地缠绕，那缠绵的力量，那蚀骨而化的力量，让它们滞留在此许久了。

皮　裤

深黑，带着黑夜的颜色。在寒冷里，它隔寒；在水中，它隔潮；在芒刺里，它不易刮伤稚嫩的身体。

三月是河口开化，河岸解冻的日子。一件件皮裤便汇聚于河边或沟渠里，这是一次集体等待的仪式，共同举起铁锨，扛起沙袋，卷起胡麻草，立起木马，打成楔桩——

我们在春天的骨缝里插针，在寒冬的皴裂里缝补。

我们身穿皮裤，已与季节走得很近，走成冷寒交替的春冬，走成疲累吞吐的日月。

春流水，冬已溜走，春已走近，而我们是迎接的人，以这样的方式，以这样的仪式，以这样的礼节。

本来还有锣鼓喧天，本来还有龙王开恩，禹帝亲笔书写的五谷丰登；本来还有小女子献花，唱上一曲……而我们将这一切都省了。只有这统一的着装，统一的行动，统一封存解冻的欢愉，冰透和刺骨，化开一个统一的名字叫春分，交给大地春耕的时令，让春灌完成一次使命。

而我们会保存好这黑色的礼物，就像保存一截黑夜，让它等待来年的黎明。

温顺，有着岁月的静美

水库的水碧蓝。蓝得像天空，像一双深深的眼睛，在探看天空。

在这僻隅之地，水库是一美人，它的美足以摄人魂魄。它静憩于此，此刻安然得像个熟睡的婴孩。这不过是它表象的样子，它也有狂暴的时候，内心曾经拥有一头狮子。在春风的撩拨下，它会烦躁无比。但大多数时候，它是娴静的淑女。我们常看到它睁着一双蓝汪汪的眼睛探看我们。我们也看不透，它那双比天空还深的眼睛。

黄昏，夕阳会洒下十万条火舌，来烧灼这碧蓝的幽深，或者是舔舐、垂涎于水库的美色，也想像春风一样揩一把油。

春风已远，它已隐没于黄昏。

夏夜更像一盏灯，在水库的上方亮起来。它没有舞动的身姿，仅这安静的睡姿就让人难以自持。

月夜下，它平静如海，月光更像是一种安详。拂照在它的脸上，吹皱的心情早已不知去向。鱼会在这样的夜晚，悄悄潜入水草，躲在水草下看星星、看月亮，聆听水库的心跳声。

这小女子的心声，比海还深。月听过，树上的鸟听过，水库边的马听过，连红柳也听过，唯鱼听得仔细，听得真切。但水库从未对鱼产生过任何念想，水库只把它们当作自己的儿女。而真正让水库动心的是那不远处的沙漠。沙漠环身而立，确切地说，它应是环抱着这个美人，或者是美人投怀送抱。在风沙弥漫的春季，水库压制过沙漠狂暴的性情，而唯有水库可安抚。春风一过，沙漠，静得也像个暗夜里沉思的鳏夫。它的心思只有水库懂。

鸽子从祁连山飞来

吴莉

风不曾老过，从祁连山向北吹来，滋养绿洲生命的摇篮，带来不同时间的讯息。

早听说山丹马场到处是鸽子，不知何时多起来的，空置的库房，场区的地上和房顶，信件一样到处飞落。绝不是人少了鸽子多起来的，人还没住城里的时候，常去祁连山里放牛羊，也没见过大群的鸽子。场区里的不多几只，人们像宝贝一样温柔以待，也没见鸽子群体庞大起来。随着人们的生态保护意识加强，修复祁连山的国家行动大力落实，各种生物群系多了起来。眼见的绿色普遍多了，空气不再干得令人窒息。出山活动的野生动物屡见不鲜，甚至故意挑衅人类，要把地盘无限扩大。它们本就是人类的朋友，受国家法律保护，早已与人类和谐共处，共同营造着新时代的祁连回响。

经过军马二场时，有人突然大喊起来，快看，那是什么，好像是鸽子。

车子停下，所有的摄影镜头都举起来，镜头里的"风景"让人吃惊。四五间瓦房顶上落满了鸽子。鸽子比房瓦更稠密、更立体，甚至更规则。房脊线上蹲着长长的省略号，烟囱口蹲成了正方形的旗帜。若不是几只放哨的飞旋，一两只落下去，两三只飞起来，你绝对以为那就是雕塑。

没见过这么会"晒"的，统一的方向，迎着徐徐升起的太阳，像在召开晨会。

我们走近，想进一步靠近鸽子。一阵咔嚓声，又不知是谁"喔——"了一声，所有的鸽子飞了起来。鸽群步伐一致，组合成几个方队，风暴一样绕过房顶，画一个圆，又绕回来。还有麻雀，跟在后面叽叽喳喳，弄乱了鸽群的阵脚。鸽群飞近了才有声音，扑棱扑棱的，仿佛一只大鸟，飞近又飞远。鸽群飞累了，落在稍远的房顶上，休息片刻又飞起来。我们到来之前，院子里空寂无人，这里是队部，冬天没事，人们去了城里。早听说人走后，各种鸟儿从祁连山飞来，代替人们守护着家园。

二十天后，再去军马二场看鸽子，许多人在说，鸽子有什么好看的，结果去了瞠目结舌。这里的房顶上一大片，那里的地面上一大群，还有低空飞翔的，离人稍远一点便落下了。大家半天不说话，一个个惊讶地睁大眼睛，仿佛到了信息中心，鸽子正在分拣信件。人们从没见过这么多鸽子，它们是从哪里来的。

姑父夏秋两季在队部干活，没注意到这么多鸽子。但他听说祁连山里有座鸽子山，有人无意中到过那里，漫山遍野都是鸽子。飞的飞，落的落，下蛋的下蛋，抱窝的抱窝。姑父说，现在飞到这里来了，鸽子的胆子越来越大了。姑妈说，不只是胆子越来越大，数量也越来越多。人们都说，鸽子多好啊，象征和平、友谊、圣洁。

我们让姑父带我们去一趟鸽子山，姑父说，我也不知道具体位置，反正就在祁连山里。听说有人专门去过，但由于路远，走到天黑也没走到。后来成为核心区，围了围栏禁止入内，人们再也不提进山的事了。可是，野生动物却跑出山来，在燕麦地上吃草和嬉戏，人一靠近就飞跑了，它们出山比人进山还自由。

收割燕麦草的时节，人和车辆多了起来，祁连山下耕种繁忙。野生动物不惧怕人，却又与人保持着距离，若不是人多，你以为这里是动物世界。狍鹿在燕麦草墩子间跑窜，狼群在山根子里周旋。不一样的鹰飞远又飞近，飞高又飞低，巡视着与人共享的和谐与安宁。各种鸟儿，编织着自由浪漫的鸟故事，突然就出现一只绮丽的贵族。

人和动物都习惯了，各干各的，各爱各的，没几个人去注意它们，人却受到各种骚扰。人在急着耕种庄稼，抢时间如同抢粮食，哪像野生动物那么自在，人的粮食少不了它们的猎取。但动物和人一样聪明，啥时候该近，啥时候该远，它们随着人的活动或来或去。尽管鸽子不是候鸟，但如果环境过于吵闹，它们是圣洁的王子和公主，适时也会选择迁徙。只不过距离不远，从祁连山飞来，又飞进祁连山中，扇一下翅膀就到了。或者去了别的地方，人家的屋檐下，村子的老屋顶上，房后的山崖上，路边的树林里。它们既能野生又能家生，只要能够住得下，只要人们不去打扰，单调的环境总会响起它们欢快的叫声。

我问二场的大嫂，看到鸽子了没有，去年冬天落在房顶上。大嫂看了看房顶，意犹未尽地说道，常常看到，房顶上落得满满的，电线上落得像珠子一样。不过，鸽子和人一样聪明，人走了它来，人来了它走，这会儿可能飞到村里去了。

我向机械修理厂走去，有人正在检修机械，祁连山生态修复又进入新的一年，马上要去种草了。近两年雨水多，瓦房屋顶上长了荒草，那也是鸽子过冬的粮食，鸽子甚至还会坐窝繁殖。

我问检修机械的父子，你们见过鸽子吗。他们反问，啥鸽子，这里到处是鸽子，不知你问的是哪种。我才发现，我问得有点多余了，但不失幽默感。你找鸽子干什么，他们问我。我说，我做祁连山生态修复笔记，发现这里有鸽群，在做周期跟踪调查。结果这会儿没看到鸽子，我想是不是人一来它们就飞走了。他们说，不会的，白天有机器声，可能飞到别处去了，晚上又会落满房顶。你到陈窑去看看，那里山多，鸽子也多。

陈窑是马营镇的一个村子，离这里十里之内。我顺着村村通的水泥路，从春天找到了秋天，鸽子看了无数遍，修复笔记还在记录。陈窑村山大地广，所有的耕地都种了燕麦。燕麦已经收割了，一溜一溜晾晒在地里，甜玉米的味道隐隐飘来。这一带种着甜燕麦，这里的水是祁连山流下来的甜雪水。甜燕麦有着甜玉米的味道，嚼起来甜香甜香，种燕麦的人都爱嚼一根，一边干活一边回味。甜燕麦深受牛羊的喜爱，成了牧草中的香饽饽，全国各地的人都来这里大量收购。

牛羊在地边吃着草，鸟儿在田间飞起飞落，好像是鸽子，又像是麻雀和布谷，陈窑是祁连山下美丽的符号。

经过陈窑，我一直走，走到大马营镇上，路边停着进城的班车，对面的福来超市里琳琅满目。我问乘班车的人，这里有鸽子吗。那人抬手一指，往里走，一路都有鸽子，彩鸡、野鹿也很多。老马营城的将军楼上，鸽子多得像是营帐，废弃的遗址又活了，古时候是打仗的，如今是鸟儿开会的。

我往里走，向大自然走去。

沙生民勤

黄璨

一

风沙是民勤的常客。"一年一场风，从春刮到冬"，这是真的。

尤其清明前后，昨日刚刚忙不歇地将玉米葵花那些种子一粒粒播入垄好的地畦，小心翼翼铺了膜以免不多的水分被太阳抢走，今日一场狂风便毫不留情地将地膜撕碎高挂在路边尚不及反应的白杨干枝上，那些无辜的种子则早已不知去向。而民勤人的性子就是这样一天天被风沙磨砺得又粗糙又细腻，转身他们便一边狠骂着一边低头将地畦再一次垄好，将玉米葵花那些种子再一次点进土里，再一次将薄薄的地膜悉心铺上去，如此反反复复，直至五月入夏风沙疲惫略微喘息之际，种子们趁隙将根扎入土中，趁隙吸上口水让它攀牢在地里，整个春天的任务这才完成，人们坐在地边长长地舒一口气。

但得记着闭上嘴巴，因为沙子不像绵软的面包，嚼在嘴里是香甜的滋味，沙子嚼在嘴里不仅"咯噌咯噌"响，还会划破柔软的舌头咯得牙龈生疼，这样的滋味没有哪个民勤人不是出生起就无数次品尝过的，确切地说，民勤人是含着沙子长大的。可惜这些沙子不是蚌壳里的珍珠，因为民勤人被风沙吹皱的身体根本不足以给沙子滋养，蚌壳虽同民勤人一样经历了肉身的痛苦，但它对于沙子至少有母亲一般的光环，而沙子对于民勤，则是鲸身上摆脱不掉的累累藤壶，它们只顾自得其乐，从不体谅鲸的痛苦不堪。

能有什么办法，谁让民勤生在巴丹吉林和腾格里这两大沙漠之间，而老天必是特意的安排，若民勤不生在这两大沙漠之间，不在这两大沙漠之间不厌其烦地点瓜种豆架藤铺绿，两大沙漠必会毫无原则地握手交谊，到时候非但民勤不保，还将危及河西走廊、河套平原和华北平原的生态安全，至于随后还会发生什么欺凌行为便不得而知了。

只能牢牢地守住，宿命一般。

守住土地的办法并不是赶走风沙，风沙是流动的欲望，无人能够驱赶。最初人们以为的"黄风怕日落"，后来人家连日落都不怕了，只没日没夜地拼命嘶吼，把民勤人的头吼得只想甩出去。

民勤守住土地的唯一办法是固定沙的流动，让它们不恣意妄为，让它们安心待在民勤四周，与民勤相生相伴，互不侵犯。万物共生，并行不悖，这是宇宙的自然法则。

沙的流动本是美妙的。沙漏会用鲜艳的颜色来记录人间的此时到彼时，时间在寂静的流动中有了心跳，滋生出期待，滋生出爱，滋生出一段缠绵悱恻的顾盼流离。流沙会在岑寂如宣的公路绘就袅袅飞烟的写意，每一根曼妙的线条都是少女懵懂的情思，细腻婉约如春天微风拂动的鲜嫩柳枝。沙画会在瞬间缔造一个烂漫的童话王国，一段纤纤玉指的烛影摇红，即可幻生千变万化的飘曳生姿。

只不过，人间的清妙与柔美于民勤不过是镜花水月，民勤早已被风沙揉皱的心除了全力阻挡风沙的侵袭，根本无暇顾及古典诗词里的那些拾花那些寒酥，它是一颗粗砺坚韧的心，只负责稳若磐石的守护与坚持。

为此，民勤想尽了办法，柳暗花明，又柳暗花明。风沙是狂虐的，是曲线的，无孔不入的，喜怒无常的。风沙又是体谅的，你尊敬它，它也尊敬你，你安静它也安静。要知道，除过宇宙本身，太多的风沙都来源于人的躁动不安，人的狂妄自大，无序扩张土地，过度放牧牛羊，肆意破坏植被，民勤在它的曾经正是陷入这样难堪的误区，只能一步步纠正，一步步回归，一步步在艰辛中吞咽过失所致的恶果。没有谁会为别人的愚蠢买单，万物都有它的善良与邪恶。

最初是树风墙。犹似厚厚的一堵墙，将风堵在身后。实则三五根枯干的玉米或葵花秆，一个粗汉那样潦草捆成排，潦草插在土地西北向的小拐角处，战战兢兢像风随时就会掀它个人仰马翻，让人难免生疑，忍不住窃笑。不料所经之处，虽春色未至，寥寥几户院落，大片苍凉土地，竟俯身很多这样小拐角的风墙，像少年当兵，身单力薄却不肯服输地挺在那儿，墙脚另还有一小堆细黄的沙，安安静静的，像小绵羊那样温顺地卧着。是民间的智慧惊人，只要找到风的切口，方向合适，角度恰当，螳臂依旧当得了车，起码秋后可多收一口饭的米，够民勤人多挨一天的苦与乐，日子总是有它响当当的滋味。

再就是沙枣树，这种被当地人称为"七里香"的旱生乔木，等五月夏初如星星那样细碎的小黄花窸窣一开，七里外的狐狸都能引来。当然，民勤人栽它不是为了闻香，它的香气的确袭人；也不是为了吃花，那花吃起来甜丝丝，像井底沁出的泉水；也不是为了食果，那果秋熟后打下来堆盆里，喷白酒捂十天，香甜绵软淡淡糯香，是曾经很多孩子日间不可缺少的美食；亦不是为了引得狐狸，那家伙一身臭味，除了扰得棚舍鸡犬不宁，再无太多用途，当地人还未想过剥了它的皮做衣。沙枣树耐寒耐旱耐瘠薄耐风沙，极强的适应能力对于这诸多特性兼具的民勤来说再也合适不过，若不然你每经过民勤哪个村庄，除最常见的细叶白杨缠屋绕舍，再就是这贫寒人家种植的沙枣树，它以庞杂的树根抓住了狂风肆虐时毫无章法的流沙，使民勤能够更稳固更长久地站在那里，一天天让自己强壮起来。但沙枣树并未在民勤的沙漠里大面积铺开，也许栽植成本高或是生长缓慢。自 20 世纪 50 年代民勤从新疆引来野生梭梭进行驯化，梭梭事实上已成为如今治沙最有力的明星树种，但凡民勤的治沙前线，无不晃动着它冲锋陷阵的身影。

万物真是它的奇妙，梭梭是闻到一点水汽就可以活。有人比喻，将它的种子放在一个人的舌尖，不出两小时就会发芽。当然人不可能拿舌尖去给它做实验，依人的急功近利，筷子长的两小时也难耐，然而有人在民勤稀有雨后潮湿的鞋子里发现了梭梭的嫩芽，原来它趁人不注意，竟嗅着那点雨后的水汽偷偷发了芽，像一个家庭拮据的孩子，又自卑又要强，想尽办法要凸显于人前。这样脾性于从来就缺水的民勤，简直适合到入骨入髓，再不拿梭梭当上宾，连爬上民勤土屋后墙上的那些沙子都不乐意。

然而，所有的一切都不是唾手可得的。梭梭是需要无病无灾长到第三年才可以筋强骨壮，嗅一点水汽就能持久地活下去。第一年将柳枝一样细弱的种苗栽进焦枯的沙漠里，必要入坑浇水后还要在上面覆一层沙，伪装成沙漠惯有的干燥模样，以防风和太阳偷走原本不多的几瓢护它根系生长的水，如此还得在当年间断补水两三次，次年旱情不那么严重时再间断补水一两次，待三年后它终于将根深深地扎入沙漠，这才长长地舒一口气，任它在无边的沙漠里一边活成自己想要的样子，一边将那些任性的沙子牢牢地安抚在身下，不再毁坏庄稼，不再掀掉附近农户的房顶，不再使生活在民勤两侧的巴丹吉林沙漠和腾格里沙漠握手，世间并非所有的握手都值得赞美。当梭梭柳条般细长的树苗刚埋进沙里，根还来不及往下扎，就会被迅疾的风吹到几公里外，策马都找不回来。就得在它周围先压沙障，开三十公分深的沟，将三年不腐的稻草以五十公分宽平铺上去，铲沙将草拦腰压入沟底，草两端稳立沙面，风一吹形成两道防沙屏障，如此模式整片沙漠设 1.5 平方米连在一起的草方格状，像小学生田字本那样一格接一格，形成千鸟格似的捕沙网，确保网格内的梭梭树不会刚栽下就被风吹走，民勤将它命名为"双眉式稻草沙障"。

是那样浪漫的命名，犹如娇艳女子的双眉轻蹙，让人心旌摇荡。却摇不去随后更多的考验，老鼠会啃食梭梭的根系致其死亡，顽固的风会不间断摧毁它的意志，人一样的自然退化，生老病死……

如同民勤虽积累了丰富的经验，对于治沙却不可能做到一劳永逸，世界万物无不处在千变万化中，民勤必得浸淫于这种变化，用聪慧的大脑和长满硬茧的双手，守护家园不被狂妄的风沙掩埋，让生命像水一样自由涌动。

事实上，在七十多年的治沙历程中，民勤早已因势利导，走出了一条与自然和解之路。井多了关井，田多了压田，沙被风吹乱了栽树让沙安心，水不足了另辟蹊径从别处引，虽因此失去了一些既得利益，但比起民勤乃至周边地区的百年生存大计，这些利益都算不得什么。民勤还建构起自己的治沙造血功能，内发功外引力，不仅吸引了年轻一代回归故乡治沙创业，还带动全国数以万计的志愿者加入"请到民勤种棵树"的倡议中来，逢春秋植树季节，广袤贫瘠的沙漠一道道动人的五线谱，随处跃动着欢乐的音符。生活则是必然的越来越好，一粥一饭当思来之不易，良田万顷亦在脚下生花，社会进步时代发展给了民勤足够的支撑，民勤干枯的脸已同青土湖一样日渐丰满。

沧海桑田，这世上的一切都会被时间记录。包括民勤从它最初的水草丰茂到后来的土地干涸，到如今的绿意一点点铺开，亦会被风一行行收藏在它越来越厚的书册里，待将来某一日由风的子孙再度翻起，看它萧瑟如荒梦，繁华如锦绣，那一番情深，怕是连最为沉静的沙漠，心底也会泛起万千涟漪。

自然包括人，原是一种风起云涌、波澜壮阔，时间也将为之惊动。

祁连·珍珠神鹿

张子艺

祁连山下，有丹霞。

是绵延不断的山谷，动物们的脚印很难在山上的虚土上留下痕迹，唯有人。笨重的脚踏上去，难免使得被风吹得洁净的山上，留下一些据说以亿年计都难以消解掉的印痕。

真是可恨。

牛羊走过，野兔走过，鹿走过，都轻巧得像风一样。

或许是人自从开始双脚行走，那种动物本能般的轻盈就消失不见，重量悉数落在两只脚上，只好把大地踩出来一些坑，给后面的人看，提醒抑或是警示。

一

纵然祁连山的夜幕像深蓝丝绒的缎子，上面闪烁的群星像迷离的钻石，在无人的野外，大地跟天空共同绘出一幅流动的画面，众生都是观众。但，绝大多数人都会趁着夜幕还未降临，逃离此地。

夜晚的野外是刻在人类基因里的警告。

风霜雨雪或猛兽，哪怕白日里一只跟大地相同色调的兔子或者飞鸟，在夜色的裹挟中都带着难以名状的鬼魅和恐惧。要有盛大的火，要围着敬天神跳圆圈舞，要煨熟一些根茎类的植物，要有孩童在火堆一侧熟睡才略微安心。

尤其那些被风蚀过的群山。

像野兽的牙齿，徒劳地将尖锐对准了天空，夜色沉甸甸地坠在此处，使这些山更加狰狞起来，夜色里藏着一切妖魔和老祖母在火堆前讲过的恐怖故事，它们会在关键时刻跳将出来，吓得人肝胆俱裂。

此刻却有人，有丝丝缕缕的光，打在更高处的山峰上。

是一场演出。

《阿兰拉格达》。

裕固族的音译，红色的山，指的是白日里的丹霞。

是个简单的民间故事。

倘若写在神话故事集里，不过薄薄一页，字词句幻化出整个画面，儿童的幻想里，会出现像火焰一样通红的山脉蔓延到天际，一只马鹿轻盈地在山巅掠过。

很快有了大风和冰雹。

平地上卷起尘土，万物裹挟其间，透亮的阳光也被遮天蔽日的灰尘打成毛玻璃，人们在风里艰难地往前探出一小步，一小步，呼啦啦的风里有冰雹落下……冷，脸上已经被风吹得没有知觉，手徒劳地插在口袋里。在刮风的天气里小孩们获得了差不多的嘱咐："手不能插兜。"在摔倒之际，至少手肘能缓和一下身体的重量，小孩不懂，依旧顽强地将手放在腋窝、口袋或者另一个袖筒里，获得一些稀薄的暖意。

却只是光影。

伟大的光幻化了一切，神鹿使者轻抚过的山峦上百花开遍，是个少女，她的身影在碧绿的山头掠过，那些奇形怪状的山脉似乎顺滑起来，它们狰狞的面目暂时隐去，小鹿的蹄甲滚动似的在远方流动。

这是祁连山下的天然草场。

裕固族牧民已经在此放牧几百年。

他们在牧场上接羊羔子，熟羊皮，挤牛奶，驯马，杀狼，杀独行的狼。后者一定会引来狼群的报复，狼是睚眦必报的，它会耐心地沿着一条路线蹲守，伺机对落单的羊或者马下手。

但人杀狼，狼吃羊，羊吃草，草再吸取土地的养分，大自然的事儿，大自然说了才算数。

马鹿的确是少见的。

只有深入这座大山的人，才会在某些时刻，看到一个身影划过视线，这种充满警惕的动物，因为少见而变得稀奇，因为稀奇又美丽而成为传说故事的主角。

光影秀里面的神鹿幻化成一个美丽的人间少女。

大多数神话都源于人类面对未知时的恐惧感。

幻想中，会有神无数次挽救这个族群于水火之中。这是人类延续最为重要的一个环节，只要活着，一切就有万般可能，文明和机会在某个时机诞生，对个体生命而言，生殖、延续，也几乎是本能的支配，文明会改变一些，但微乎其微，其实难以抵御生物强大的动物性。

这是年轻时无法理解的。

那时候，世界好像搭起了结实的脚手架。

那些铁栅栏冰凉、坚硬又沉默地将一块块砖搭建在它应该在的位置上，没有缝隙，我们以为密不透风就是好的，是可以遮挡风雨的避难所，甚至会由衷赞美这些坚固而有秩序的墙。

《三只小猪》的故事里，只有用砖头砌的房子，才能抵挡住大灰狼的摇晃。

但人从未讲过，墙也是一种桎梏，或者讲过了，听的人漫不经心，因为在那个时候，墙还可以给她许许多多的安全感。

神鹿幻化出来的少女最终在一片银光中牺牲了自己——山谷里的种群换来了生的希望。他们顶礼膜拜，他们在山谷间哭泣，他们将神鹿的故事一代代传下来，他们厚待山野里的鹿，就像山野厚待人类那样。

风和雨接踵而来。神鹿已遍寻不见，但同时它又随处可见，这是中国人的哲学，是人与动物、自然之间的过渡和消解。

也有鹿被刻在石头上。

最初是岩画，后来是木版、纸张，再后来是电脑绘图。

一只鹿，最标准的照片是侧面。

所有奔跑的动物侧面都是力与美的结合，或轻盈或迅猛，就算一只小灰兔的蹿出，都有一种流线型的美感。至于正面，在风与阻力的作用下，甘肃省博物馆那只被称为镇馆之宝的汉代铜奔马，龇牙咧嘴的姿势被做成不止一个滑稽表情包，在网络世界流传着。

祁连山雪水融化后，汇成三条水系——石羊河、黑河、疏勒河。

铜奔马出土自石羊河滋润的武威，黑河孕育了张掖的大片草场，疏勒河水系下的敦煌，千佛洞凝固住了几百年的时光，它们，被命名为河西走廊，一条人类文明的通道。

河西走廊上出土了数万枚汉代木简。

因地制宜，用遍地都是的红柳木削制，汉代戍边的士兵练字、绘画，在大漠戈壁奔跑的动物们被浓缩在窄窄的一条汉简上，它们野性未驯，它们的身体是大自然最潇洒的曲线。

裕固族姑娘柯璀玲在牧场上放羊、放牛，甚至放鹿的时候，她想不到，未来有一幅被刻在中华世纪坛上的"珍珠神鹿"雕塑，会出自她的手。

她姥姥的姥姥是祁连山下的牧民，她的父母是牧民，她也是牧民。这是天经地义的，既然生在这个大草原上，就该成为一个能从狼嘴里掏出小羊羔的好牧民，要是更好一些，可能会承担一些技术工种，譬如驯服野鹿。

马鹿这么机敏的动物，怎么能被人轻易捕获?

她在牧场里牧鹿的时候，经常会想到这个问题，它们的耳朵如此灵敏，一点点风吹草动都能使鹿群腾空而起，奔向远方。人这种跑起来显得笨拙，速度又很慢的动物，是用什么将鹿圈养在草原上的?

可能多了一些脑子吧。

最开始是从小鹿下手的。

成年鹿已经在草原上奔跑出了"野性子"，人或者马的速度，很难对成年的鹿造成什么困扰，再说，一只啃过青草，见过天地，见过风雪和听过虫鸣的鹿，如何能甘心被圈养在狭小的鹿圈里。

得那些未曾见过世面，尚不知道天地如何宽广，更不知自由如此可贵的小鹿才行。

有了鹿苑，有了鹿的牧场，有了鹿的水源地，但毕竟跟乖顺的羊群不一样，这种原本该在山间、深林里奔跑的生灵，圈养不可能改变它们的习性。譬如，它们要成群结队不由分说保持队形和警戒，一点点声响都能使鹿群骚动起来；嫩草或者苔藓这种优质的草料吃得飞快，要寻到这样的一块宝地，鹿或者牧鹿人能美美地松一口气。

牧羊是寂寞的，牧鹿自然也是。

老汉们抽着旱烟，看着眼前的烟袅袅升起，会在烟雾里失神，时间像被抽帧的画面，一瞬间从早晨到黄昏，日日如此，月月如此，年复一年。

但一个年轻的牧羊女，纵然能够用绣花、头面和荷包"杀"时间，但总有一些时间，她会久久地望着那些鹿，那些山野的精灵，无意识地用树枝在大地上勾勾画画。

只是信手拈来。

夏日，明明已经绿草如茵，不知名的野花开遍了原野，但远山的山巅上还有未曾融化的积雪，山的那边有什么？还是山吗？

不，或许也有河。

这是裕固族女儿柯璀玲的答案。

看过黄河后，她的画笔未曾停歇，她用绣花针、牛皮、羊皮、棉布、纱线，将日月星辰、山野的花草、天空的飞鸟变成纹饰，留在人们的衣服上。

兴许是草原民族的缘故，裕固族的婚礼衣服通体绿色，跟草地一般无二，这是草长莺飞、牛羊兴旺的颜色。婚礼时新娘的"头面"最为华丽，布料上面镶着毡、牛皮，丝线上串珠，金银、珊瑚、宝石……纹路在太阳下闪闪发光，山川河流、大地和风，此刻同在。

多年后，那个牧鹿少女，将那些看惯的，或奔跑，或吃草，或打架的鹿，变幻成一头嘴里衔着雪莲花的飞鹿，它长着一对翅膀，像风一样掠过山野。

命名为《珍珠神鹿》。

这就是你，北海子

李靖

盛夏的北海子，是海子一年中最好的光景。

车辆在金塔县西北方向的戈壁滩上行进，太阳熔炉般炙烤着大地，广袤的戈壁滩上，沙砾热腾腾地打起了吨儿，骆驼草蜷缩着单薄的身子将嫩叶围得严严实实，一阵阵的热浪裹挟着细碎的沙尘翻卷而来。稀稀拉拉的绿色植被匍匐在坚硬、焦炭的滩壁上，萎蔫的外表下，是顽强的生命力，千磨万击还坚劲，任尔东西南北风，粗砂、砾石、骆驼草、红柳树……在一望无际的戈壁荒漠上，这些经久不衰的生命，构成了大漠腹地魂魄奇丽的风景，撑起西北沙漠最难能可贵的欣欣向荣。向阳而生、灿若星辰，这些沙漠瑰宝，用轩昂自若的姿态，倔强如斯的模样儿，勾魂摄魄，令人肃然起敬！

车在燥热的戈壁腹地上匀速穿行，起伏的沙丘被一一抛在了身后，很快一股湿润的气息轻轻地飘来，顺着这气息的方向，我们的目光搜索到了一片蓝色，那是怎样的一片蓝啊，似被水浸润过的白宣上落了一滴蓝墨，瞬间洇染、渗透，那朵幽蓝变得轻盈、剔透、晶莹、无瑕。

这就是你，北海子。

如同一颗明珠镶嵌在浩瀚无垠的大漠深处，给荒凉寂寞的沙漠之地带来耀眼的光芒与无尽的希望，只一眼，视线就再也无法挪开。

车辆越来越近，蓝色的波纹愈来愈清晰，但又似乎愈加迷离，天湖一色，碧水蓝天，天映湖水湖映天，分不清哪是天，哪是湖。唯有几片柳絮似的白云，轻盈盈地浮在瓦蓝的空中，巧妙地将其分割开来。浩渺的湖水明镜般恬静、碧绿，微风习习，碧波荡漾。阳光照在波光粼粼的湖面，像洒了一层闪闪发光的碎银，又像被揉皱了的绿缎，在湖面拂来拂去。

站在南岸高高的眺望塔上，微风轻轻地吹来，裹着湖面湿润的空气，早前的燥热瞬间被吹散，浑身的经络似乎都被打开了，竟有一种劫后余生般的畅快。向着湖泊的方向望去，一眼万里，目光所及之处全是一片浩瀚幽蓝的身姿，恬静、柔软、流畅，湖面乍看平缓宁静，仔细一瞧，波纹一浪推着一浪，此伏彼起，静若清池，动如涟漪。走下瞭望台，走近北海子，湖水清凌凌地、毫无距离感地呈现在眼前，禁不住张开双臂，想要将它拥入怀中，然而它的广袤竟让我无所适从、羞涩不已，只好将双臂向上挥起："北海子，我来了！"湖面"哗哗"的流动声欢快地作着回应。

从南到北，车辆逆时针绕湖半圈，来到了北岸。

蓝天之下，两条长长的栈道犹如两条卧在湖中的巨龙，向远处延伸而去，天堑般通向湖泊，碧绿丰饶的水草铺满了栈道两侧，水草摇曳，候鸟翻飞，蓝天与碧水相接，湖泊与绿植共沐，又细又高的芦苇成片围绕在湖泊周围，叶子随风浮荡，护送着湖水由南向北一路流去，在芦苇间穿行，流水的哗哗声和苇蒲的沙沙声交织在一起轻轻絮语，一副耳鬓厮磨的样子，好不旖旎！抬头望去，天空高远、洁净、湛蓝，一片硕大的白云轻轻地悬着，像大海里浮动的白帆，蓝天、白云、碧湖、绿草，好一幅绝美的画卷。

拾级而上，顺着栈道一路走向湖心，路很长，脚步很慢，走走停停，一物一景都让人忍不住驻足回望，好一片浩瀚无垠啊！北海子，北接北山山坡，南连金塔绿洲北部扇缘，贯穿于巴丹吉林沙漠和库姆塔格沙漠之间，山洪、地下溢水、祁连山雪水构成了它的水源，淌过讨赖河，汇聚到这 6900 公顷的戈壁腹地。北海子，这个地处巴丹吉林沙漠边缘金塔境地的河谷低地，竭尽所能地用它的能量捍卫着酒嘉地区这两颗河西明珠的生态命脉。因北海子，这片荒漠有了蓬勃的生命力。

水鸟在湖面来回盘旋，时而冲向云层，时而舒展着扇子一样的翅膀，倾斜着身子贴着水面嬉戏掠过，或栖息在湖心的小芦苇荡上梳理着羽毛，好不惬意。在北海子湿地，野生脊椎动物有 131 种，其中鱼类 11 种，鸟类 101 种。植物资源也很丰富，有野生高等植物 71 种，这些美好的生命，因了北海子，更加灵动，活力无限。大自然也因它而充满灵性，有了灵魂。

站在湖畔，湖光潋滟，空气湿润，仰看天间飞鸟，俯看湖中鱼游，满目皆是风景，一呼一吸都让人心旷神怡。蓝天白云，风吹云动，碧浪银沙，尽收眼底。好一个波澜壮阔，好一片岁月静好。

北海子啊，大自然馈赠酒泉最好的礼物，沙漠戈壁的生命源泉，亦是人类与自然和谐共处的最好画卷。因为你，沙漠有了最美的模样，生命有了最好的守望。绿水青山，就是金山银山，就是莺飞草长，在那山清水秀的湖光山色中还有鸟语花香。

卧在荒凉岁月里的山川

朱莲花

今年的秋雨格外绵长，入秋以来就没怎么歇息过，是我落户祁连山脚下的这个小山城后，遇上的第一个连阴雨。

这样阴雨霏霏的日子，给琐碎的生活平添了许多不便，我在心中无数次地诅咒，一直被坏情绪控制，无法释怀心底不断涌出的懊恼。

那天早晨，我随采风团前行，细碎的秋雨轻洒着，烟雾中天地一片苍茫。到达腾格里沙漠边缘的那个村子时，已是中午，路面崎岖不平，若不是刚落过雨，肯定会一路黄土飞扬。路边布满矮的灌木丛，小路蜿蜒向沙漠深处。

刚下车，放肆地呈现在眼前的是大片的荒漠，雨初过，天空是那种有深度的蓝，流淌在空气中的荒漠空寂陡然间击中了我。

一片多么需要雨水滋润的土地，我却为了一点点生活的不便而抱怨，日复一日走过城区平坦的柏油路，心慢慢如颓废的残垣，忘却了自己也曾为这片缺水的土地深深忧伤。

未来古浪前，这片河西走廊东端祁连山脚下的土地，史书上说这曾经山岭葱郁、水草丰美，被称为黄羊出没的地方。可是，当我扛着摄像机，踏遍了古浪的高山和平川时，这颗古丝绸之路上曾经璀璨的明珠，却带给我猝不及防的震撼，那些曾经的苍黛景象，早已在一转眼的岁月中悠然成空。

记得初次进山，起伏连绵的祁连山坦然地裸露着贫瘠的黄土，以一种无望空洞的姿势迷茫着，只有太阳在过于明净的天空中展示它的绚丽。有放牧者穿着毡衣走过，呼唤着慌乱觅草的牧群。偶过的飞鸟振动着疲倦的翅膀，饥饿地飞翔，诉说着大山失却林草的寂寞。

看这样的景色，心就像寒夜的河流开始冰凉地冻结。

走进山乡人家破旧的小屋，随处流淌的贫穷常意外地灼伤我。那些乡民亲切地和我握手，他们的手温暖而粗糙，脸上是健康明亮的笑容，但都有着灰头土脸的狼狈。因为山路难走，爬过一道道山梁，坐在破旧教室中的孩子并不多。处处可以碰到赶着毛驴到几十里外去驮水吃的老者，紫红的皮肤，慵懒地跟在驴子的后面，而只有身边的狗不知忧愁地叫着来回蹦着。

山上的人们，在干旱中劳作，在贫穷中生活，艰难地生存着。

走在这样荒芜的空山里，你很难想象得出，这里曾经是万山苍翠、水草丰饶的灵山秀川。汉武帝用武力征服古浪之后，在古浪设置了第一个县级政权，因为这片风景如画的土地上，是满山遍野的苍松翠柏和一望无际的天然牧场，即命名为苍松县。即使到了清代，诗人许荪荃还作诗称颂古浪："万树清秋带夕阳，昨宵经雨更青苍。高山急峡蛟龙斗，流水声中到古浪。"

这些曾经草茂林密、清泉汩汩的山峦，在硝烟四起和乱砍滥伐的蹂躏中，最终林草消亡，归于沉寂。剩下的是我没有想到的封闭、落后和贫穷，还有日益上升的雪线和日渐干涸的河流源头。

因为缺乏植被，水土无法涵养，每当乌云聚集大雨倾泻时，山洪就像脱缰的野马，冲毁庄稼卷走人畜，一次次突降的灾难，常让老百姓苦不堪言。

处在古浪西南部山区的人们，终于不得不放弃生活了多年的家园，好多的山村整体搬迁退耕还林了，移民到古浪的东北地区，新开发出一片又一片的沙土地。

若是在小麦扬花时到达那些移民点，会有清凉的风从你身边吹过，夹杂着豆麦花的香甜气息。碧绿的树叶在阳光下闪烁，林间的鸟鸣清脆悦耳，偶尔有艳丽的彩蝶飞过，让人微微沉醉。各种庄稼生长得轰轰烈烈，清风拂过轻轻摇曳。

暂时还有地下水可用，这儿的人们丰衣足食。

只是，这片美丽的土地上越陌度阡向东，不远处，就是腾格里沙漠。由于干旱和地下水位的不断下降，风沙口的植被渐次枯萎，这儿的土地正在被沙漠一寸寸地侵占。

我常在酷热的午后，看到村子里的男女老幼们，在炙热的沙丘上压草格子，植树造林，和风沙作斗争，保卫自己美丽的家园。阳光倾泻在明晃晃的沙土上四处流淌，有着刺眼的痛。

忙累了的孩子们，动不动顺着屋后堆积的沙丘，爬上高高的房顶，展开双臂，像南飞的雁一样，一个个飞速地滑下来，沾着满身的沙土快乐地奔跑着。

而古浪平坦的东北部，还有着大片靠雨雪水灌溉的土地。那些汇集了祁连山雨雪水的河流，穿过大山，越过平川，流向大漠，行走在属于它们的轨迹中，时断时续的流水带给周围的人们不同的生活状态。对于生活在这儿的人们，有着自己命运的轨迹，他们做不得选择。其实，他们只要有水，就可以快乐地生活。

我曾无数次地追随这些河流，在这块土地上走山访水，痴迷地想象着那些曾经美丽的青山绿水，为如今它的苍凉切切地悲哀。

这些养育了我们生命的山川河流，曾有过激越的声响的美好岁月，但最终都消磨了自己的生命。

很多的往事只属于这些河流自己，躺在今天的荒凉中，回忆着那些曾经枝繁叶茂的日子。

回首处，竟是怅然若失的忧思，为它们的消耗，为它们的苦痛，为这片热土和我们的子孙后代！

好在，还有那些奋战在沙漠里保卫家园的男女老少，还有那些在高山上退耕还林的人们。但愿，古浪这颗曾经照亮了古丝绸之路的明珠，还能返回曾经的山高水长林丰草茂，有黄羊们，悠然地出没在林草间。

故乡的海子

王更登加

海子是一个方圆两亩的澄明湖泊，静静憩息在我家屋后的山湾里，显得格外幽僻。

海子的形状是一条惟妙惟肖的金鱼。你站在远远的高高的山梁上望它，铺洒在水面的阳光漾起闪闪烁烁的粼粼波纹，海子活像是一条姿态曼妙的银鱼在草海绿浪间缓缓游弋。

海子是属于我家这片草场上唯一的水源，为我家的牛羊群也为偶尔路过的牲畜以及寄活在这片草地上的所有飞禽野兽提供着水分。在那些日子，我总是赶着我家的羊群徜徉在海子周围。当羊群在四周丰美的牧草中间安静下来的时候，我就坐在海子边的大石头上，久久看它的青碧水波在微风吹送下鼓荡起伏，扬起轻微的声响。湖心中总是沉落着环列四周那高高雪峰峥嵘洁白的倒影，还有大团的棉花似的蓬松云朵、纯蓝墨水般的一片清洁的天空。倒影们随着波浪的鼓荡轻轻晃动着，组合出一幅幽秘、空灵、缥缈的世外仙境，好像一个美妙的梦在引诱着你，呼唤着你，令你的心陶醉在一片宁谧、轻灵、愉悦的氛围中。

腻了，便拔一根长长的草茎去逗弄浅水边三两只吐着小水泡的黑色蝌蚪，这些像一个个逗号的小可爱们被草茎一惊，便急急地摆动它扁扁的长尾巴，慌慌地藏到水草中去了，只留给你一道细碎的水花。小虾总是划动着它那众多的纤足，一纵一缩地来去忙碌着，我合拢双手捧起一只，它便将身子缩成一团，躺在我掌心不动了——小虾在用它小小的假寐骗我呢，等我把手掌浸入沁凉的湖水中，它就摇头晃脑地逃远了。这小小的狡黠常引得我开怀大笑。

海子的北边，也就是靠近鱼头的地方，有一脉清浅的泉水汩汩流淌，这就是海子的源头，父亲说那是"控山水"，亦即从远处的雪山上渗下来的水。远山的积雪在太阳温热的舌头舔舐下缓缓融化，把一脉细细的温情延伸到了这儿，汇集成这梦幻般的海子。在泉眼的前边，泉水漫入湖泊而沤出的一大片紫泥中，生长着一种奇异的植物，与芦苇一般高低的细细茎秆，竹子般一节一节分开，并不着花和叶，只在茎秆的顶端长出一个毛茸茸鹅冠似的花萼。这通体金黄的植物至今我也叫不出它的名字。而那些奇异的植物丛中，活动着一些更奇异的飞虫，其中的一种最能勾起我的好奇。那是一种体形酷似蜻蜓的飞虫，只是身体比蜻蜓细而长，翅膀没有蜻蜓那么阔长，也没有副翅，通体透蓝透蓝的。它总是用一对长长的触须探寻着什么，有时竟能用那触须稳稳地立在草尖上。我捉了一只来，细细研究一番后又放它回它的天国，它的奇妙的身子总是带给我无尽的神秘感和遐想。每当我沉浸在这一片有点神奇的紫泥泉边时，那些苍黑灵敏的燕子就在头顶上翻飞鸣叫着，在蓝天巨大的屏幕上它们的雪白肚皮一闪一闪。

海子是一个圣湖呢，那些满头银丝、手捻念珠的老奶奶们总是这样讲。说是在某些月明星稀的夜晚，四处蹦跶的青蛙们会聚集在湖边，齐声诵经。但我总没有福缘一睹那神秘的情景。有那么几个夜晚，我独自一人去湖边寻找走失的羊只，穿行在空蒙月色和暗影幢幢的山影里，心中总是揣了一份恐惧和不安。我想青蛙们正在诵经呢，我的贸然造访会不会引来那些神灵的惩罚？它们会怎样处置一个形单影只、满心恐慌的孩子呢？可我必须得去寻回我的羊只，否则明天早上狼和豹子留给我的只能是一堆被饕餮殆尽的骸骨。我惴惴地走过去，在令人发怵的静寂中远远就听见了海子边上青蛙们呱呱的鼓音此起彼伏，恐惧更加深了一层。及至近了，却并不见青蛙们聚集在湖边齐声诵经，只有冷幽幽的湖面在晃动着层层清辉。但海子在人们心中就是神圣的，让人满怀敬意。我的乡亲们是从来不去玷污那湖水的，不把脚伸到湖水中去，不去湖边洗涤衣服，连洗手洗脸也是不被允许的。我想玄妙的传说是否真实已经不重要了，重要的是人们对这一方山水的敬重。敬重往往转化为无私的呵护，这呵护倒从另一方面保证了海子那澹澹水波在岁月里的持久涌动，以及由此而来的草原牧草的年年丰茂和人畜的蕃息。

有时我静坐湖边，便会有一缕细细的悠扬笛音从远处的山野间飘来，我知道那是一个名叫措姆的阿姐又在召唤她的情郎了，他们秘密的爱情故事正在草原上热烈地流传，成为牧人们茶余饭后津津乐道的话题。但如果随风飘过来的是几句高亢跑调的"花儿"，我就知道那是达娃仁青又在向我挑衅了。他站在他家右边那一大片长满紫红苏鲁花的山洼里向我唱道：

大海子好像个金鱼儿

小海子好像个镜儿

你把你的黄鸭鸭赶过来

让我的黄鸭们啄来……

　　我一听到这挑衅声，立刻兴奋地站起身来，捡几块石子扔进湖中，惊起那一对正在碧波上恬然游弋的黄鸭，黄鸭带动着一大串水珠"哗啦啦"起飞，在头顶打几个盘旋后便向小海子飞去。小海子是达娃仁青家那边草场上另一个小小湖泊，圆圆的，像极了一面小圆镜。我们把远远相对的这两个湖泊分别唤作大海子和小海子。大海子和小海子里各生活着一对黄鸭，它们在春天湖冰解冻后飞回来，在海子边嬉戏、下蛋，孵出一大窝麻不溜湫的小黄鸭。小黄鸭们成天在湖中游戏，扎猛子、捉虾虫，渐渐长成大黄鸭，有了一对矫健有力的翅膀后，就在渐趋冷冽的秋风中被它们的父母带着向南边那无尽的远空飞去了。飞到哪里去了，我不知道。冬天我和达娃仁青穿着鼓鼓囊囊的棉袄在海子翡翠色的冰面上滑来溜去时，我就会情不自禁地怀念起我的黄鸭们，想被我捧在手中逗弄过的那只小麻点、我从淤泥中救起的扁扁头，还有我给续好断腿的小白翅，它们究竟飞过了怎样的山岭和天空？途中会不会遇到凶险？现在又生活在何方？我每年春天都盼望着熟悉的黄鸭们飞回来，可年年飞回来的总是那两只老的，小黄鸭们却再也不回来了，它们肯定找到了属于自己的另一个天堂。

　　这些黄鸭常常充当我和达娃仁青战斗的工具，好像是要为各自的主人争面子似的，它们往往争斗得一塌糊涂。那被我惊起的黄鸭，像领受了命令一般，在头顶打几个盘旋后，径直去侵占邻居的领地。小海子的黄鸭奋起反抗，几个回合后便被侵略者啄得羽毛乱飞，败下阵来，远远地逃到小山梁上哀鸣着喘息去了。每次都是小海子的黄鸭吃了败仗，每次都是这样。达娃仁青气得在远处又跳又骂。为了他的黄鸭不受欺凌，他得隔三差五从石崖上折了洁白如玉的琵琶花或鲜黄的"黄牡丹"来贿赂我……

后来，大小海子还是消失了。它们的消失是在我离开草原多年之后，探矿者们飞蝗争食般涌进草原，又海底捞针地从附近的山中捞到了一座萤石矿，于是这片草原上炮声隆隆，尘土飞扬。断了水源的海子很快变成了烂泥塘，只在遇到暴雨时才积起一点污浊的雨水……

党的十八大后，政府加强了环境的治理，实行封山禁牧，现在故乡成了祁连山国家公园。乡亲们也已搬迁到移民点居住，开始了有别于游牧传统的另一种生活，只把那一方魂牵梦绕的故土交还给绿水青山。海子已恢复了往日的模样，像一脉温情的回忆在故乡的山水间荡漾。前段时间路过乡亲们的移民点，看见广场上树立的大幅故乡草原草木葳蕤、天蓝云飞的照片，以及那句"留得住山水，记得住乡愁"的标语，情思恍惚间，我突然就流下了眼泪。

静静的祁连山

俞中斌

对祁连山我总怀有深深的眷恋和思念，因它不但是我童年的摇篮，也是我从事地理事业上离不开的自然课堂。每当要了解一个断层或确定一个山脉而穿行在它的山间沟壑中时，那一草一木、一山一石，总能引起我对童年生活的无数次回想。

儿时的我们在它的怀抱中嬉戏淘气，有时也坐在树荫下安静读书，累了的时候大伙则躺在浓绿的草滩上，望着蓝天上如棉的白云，给自己编织着无数个美好的未来。到了冬季，在厚厚的雪地上清扫出一块，撒上秕子，支上筛子放上机关，引诱那些憨麻雀往里钻。

大雪纷飞的时节是祁连山个性的表现，飘飘大雪有时能一气连下五六天，好似一个永不停筛的大面箩；有时忽晴忽下，时下时停，又像一位摸不透脾性的娇小姐；有时大雪赶巧就落在播种的节骨眼上，焦急的山大叔们一天老瞅着天老爷的脸。放晴了，就东翻西找犁耙之类的农具；如继续下雪，则拉个长脸，对谁都没好脾气，说话直得噎人，像吃下去无数根柴火似的，弄得老婆孩子在面前不敢喘大气。到真正落雪时，山林中似雷鸣如狮吼的松涛声顿时销声匿迹，几百匹马突然停止了奔腾，整个山林显得非常宁静，宛如经历了分娩阵痛的少妇正在调养生息。大块头的雪片你挤我一下，我撞你一下，晃晃悠悠落地，转眼间给山峦田野抹上了一层厚厚的增白粉，地上一切都平了、圆了。那山坡上被雪填平了的几道深沟，也许到春天就会有一条小溪顺着弯曲的狭沟朝希望的田野里流去。对祁连山的雪最有感情的还要数农民，他们抓一把被雪水滋润的田土，脸上顿时荡起初为人父时那样难得的笑容。

在春神的催促下，厚厚的积雪开始悄悄地融化。雪水在山林中无拘无束地流淌，林中的一切似乎都醒了，大地开怀畅饮。那高耸入云的千年古松用它的根在尽情地唱，在它的脚下旋起一团白色泡沫。山林醉了，河西人也醉了。河西走廊的发展，离不开祁连山的雪水，祁连山与河西走廊犹如农民与土地，互相依存、互相融合，是同一内容的两种形式，如同一枚硬币的正反两面。

每当我走在祁连山中，总觉得胸襟豁然开朗。我仿佛又回到了大地母亲的怀抱。我仿佛又找到了力量的源泉。我也好像收获的山大叔们，在心底里堆积成小山似的麦垛，并且双手不停地往沉甸甸的背囊中装入收获的果实。祁连山是河西发展的奠基者，是沙漠绿洲的守护神。它为河西奉献了许多许多，却从没有要求过什么回报。这种无私奉献精神就像飘飘雪花，悄悄湿润了人们的心田。

在独自散步或凝视远方时，想起那祁连山的飘飘大雪和潺潺流淌的清泉，那份乡音乡情足以让人泪沾衣襟。

啊，静静的祁连山下美丽的酸茨沟，我魂牵梦萦的那块净土。

一城青绿入眼来

马迎途

　　生活在一座西北边缘的小城，该是怎样的一种生活呢。

　　"推窗见绿、开门见景、处处青绿"是我所居住的小城的特色。在我居住的小区周围，南边是劳动文化主题公园、民族团结公园；西边是航天公园、文化公园、健康公园、网信公园，稍远点是城西生态公园；北边是梧桐公园，还有航天广场；东边是海棠公园、法治文化广场。东北角是如意公园，西北角是会水公园……它们依次衔接，又彼此辉映。

　　天刚蒙蒙亮，广场上就聚集了好多的人，来自各路的广场舞爱好者，已经按部就班地排好队伍，等待着音乐响起。这是广场上每日早晚点卯的情景。这就是唤醒一座小城的集结号。生活是惬意健康的大练兵。

　　朝霞争艳，微风清新，沐浴和畅，使人心情舒畅。在这样的一种状态下，朝气就会蓬勃，太阳的笑脸就像出水芙蓉那样灿烂。草尖上的露珠儿闪烁着光芒，你感到在这样的环境中，做户外运动那真叫个爽。T恤、短裤、运动鞋，跑步、走步、弹步，不论做什么运动，轻松而又自在。

公园是城市的眼睛，也是文明的象征。

我像孟郊一样，马踏春风，得意疾驰，短短一日观遍全县城公园的花朵。览尽小城大大小小的公园，那种得意忘形的自豪难以言表。公园大小不一，但各显主题章法，树木各具特色。翠绿的草坪，如季开放的花萼，迎着朝阳、迎着行人、迎着晨露，色彩缤纷。

换着去公园里散步，是一种快乐和美的享受。早晨在这个公园，中午在那个公园，下午又到另一个公园，算计下来，这一个月就能轮一圈儿了，就像餐桌上的菜，顿顿不重样儿。这样就能欣赏到另一个公园里的景致，也不会有喜新厌旧之感。况且这种新鲜是来自大自然的。

如果心遇不公就来到法治文化广场，自成一派的紫叶稠李就像包公的护卫，在宣讲法律条文，有风清气正的味道。心里充满了对生活的宽慰。

倘若你诗兴大发，就来文化公园里。水岸边的迎客松，站在音乐喷泉的高枝上，与拱桥齐飞，泉涌共霓虹一色。行人如水中锦鲤游动，婆娑的小叶枫妖娆多姿。水柱上的浪花，像海浪一样澎湃。一股袭来的凉爽，分不清是在大海边，还是在银滩上。入夜了，人们还不愿回家睡觉。

你是一个爱运动的人，不妨来劳动文化主题公园，那里各类运动的体育器材，是你健身的大好场地。那里展示着劳动者的风采。梓树不但叶阔如扇，还结出像豆角一样细长的穗瓣，像藏族姑娘的小辫子，挂满树枝，十分迷人。我在树下多看了会儿，立感树下有空调的凉快。旁边的元宝槭挨着桦叶槭，举着多姿的树冠，紧密地站在公园里。和对面的民族团结主题广场融为一体，彰显出民族一家的亲和力。从广场上走过，五十六朵花簇的标识，色彩夺目，凝聚人心。

如果喜欢寂静，就到如意苑，在蓝天白云下，怒放出人们心里的意愿。如意苑松柏常青，路径蜿蜒，曲径通幽，柳暗花明，十分幽雅。

你要想追根究底，弄清一座小城的来龙去脉，就要到会水公园里找答案。九派汇流，万水归一，这就是会水。这是汉武帝时代就有的郡县。汉简造型的墙壁，处处凝结着的文明。会水公园是从历史中走出来的活教材，讲的是九九归一的初心。一株株悬铃木，长出参天的挺拔，会水水雕群景，再现了会水的碧波沉影。

健康已是每个人关注的热点。在健康主题公园里，衡量当下民众的健康指数，从外在到内在，从量具到标准，直观有效，在锻炼的基础上，检查自己的身体，一目了然。新时代文明实践主题公园、网络安全主题公园、交通安全文化主题公园，传播正能量，净化网络空间，从视觉的层面，提醒民众利用休闲散步的时间，走进教育的课堂，实现了一举多得的社会效益。

傍晚天凉，正是体育爱好者们展示技能的时刻，他们在体育公园，把球技留给篮球架，大灌篮的弧线像一道彩虹，悬挂在球场上。人造草坪是孩子们嬉闹的绿茵地，童年的游玩热闹雀跃。游泳馆披着夕阳，就像一件蓑衣，漏过阳光里的彩霞，斑斑点点，美丽动人。天空之镜的演唱会逢周四就登台开唱，来自各行业的业余歌手，献艺献唱，丰富了市民夜晚的文化生活。

城西生态湖是集湖水、树林、亭榭、钢雕、拱桥、水堤、小瀑布、索桥于一体的自然生态公园。西北小县城里依山傍水、绿树成荫，通过精妙设计将有限水资源转化为无限景致，是市民赏景、避暑、休闲、垂钓的好去处。也在不断修缮完善功能，打造首座生态娱乐园。被誉为金塔的"小西湖"。

金塔县最大的公园莫过于沙漠胡杨林公园了，距离县城只有八公里。由金波湖核心游览区、沙枣林观光区、瀚海红柳林保育区、沙漠娱乐体验区和沙漠芦苇迷宫区五个功能区组成，占地面积达 8 万亩。金波湖碧波荡漾，胡杨林金碧耀眼，沙枣花清香扑鼻，野生植物种类繁多，红柳红艳醉秋，芦荻白花寒吹，沙滩柔绵，阳光迷人。充分领略大漠风情，鉴赏胡杨文化，探秘桐林幽境，体验沙瀚野趣。集生态造林、防风固沙、餐饮娱乐、休闲度假、摄影创作、观光旅游为一体的旅游胜地，漫步在胡杨林中，就仿佛进入神话中的仙境。茂密的胡杨千奇百怪，姿态万千。粗壮的胡杨难以合抱，挺拔的有十多米高，怪异的似虬蟠狂舞，令人赞叹。密密匝匝的树叶，独具风采。小胡杨的幼苗，叶片细而长，宛如少女的柳叶眉，这时有人会把它误认为柳树。壮龄的胡杨，叶片又变成卵形，犹如白桦叶。成年的胡杨，叶片才呈椭圆形。在同一棵胡杨树的枝条上，生长着几种不同形状的叶片，所以胡杨又称为三叶树。

当大漠旷野吹过一丝清凉的秋风时，胡杨林便在不知不觉中，由浓绿变为浅黄，继而变成杏黄了。登上胡杨楼极目远眺，眼前是金秋的海洋。在微风的吹拂下，波澜起伏，金光闪闪。蛋黄一样的落日，在云霞苍茫里，胡杨树由金黄变成金红，继而一片褐红色，融入朦胧的夜色之中。

深秋时节，气寒夜霜降，胡杨的叶子逐渐凋零。胡杨树高大的冠枝间，又有几片浅绿或淡黄的叶片点缀，犹如镶嵌在黄金凤冠上的绿宝石，耀眼夺目。秋风乍起，胡杨金黄的叶片，飘飘洒洒凋零在半空之中，旋而又舞，舞而又旋，优美地落在地面上，大地铺满了金枝玉叶，令人浮想联翩。

每日里不得不去公园散步，欣赏不一样的风景，已成日程，少了一次这样的出行，就觉得生活缺少了一种况味，食之寡淡睡之无眠。在县城内，有大大小小的公园二十七处，口袋公园、小区绿植随处可见，绿化面积已占县城总面积的 47.6%。真是一座绿色的小城，宜游宜居的富氧之地。

　　金塔县城是一座西北小城，然而这些年乘着改革的东风，发展成一座颇具规模、功能齐全、宜居宜业的环沙漠绿洲小城。小城犹如跌落在沙漠里的一块碧绿的玉石，焕发着青春的活力，变幻着四季的赤橙黄绿青蓝紫，谁持彩练当空舞的美丽世间。

去往山中

吴春

石包城乡位于地势稍低的峡谷，背依野马山，头枕鹰咀山，四周皆是参差起伏的群山，重重阻住了视线。

一条"丁"字形路贯通村东西。顺着右侧的公路出村，视野骤然开阔，草原已遥遥为我们掀开神秘的一角，就好像前面走过的长长的枯燥之路都为现在的好景做了铺垫，而真正的旅行才刚刚开始。途经一条遍布阳光的河谷，一条窄窄的溪流悠然自得地从谷底穿过，看惯了"粼粼水波横"的湖泊，乍一见这弱小但不自卑的流淌，竟让人莫名感动。

石包城遗址孤峙于平顶山巅，四野是望不到边际的草滩。这山算不得巍峨高峻，却自有一番险峭气象，山体近乎垂直而立，犹如一柄利剑直插苍穹。历经千年风霜，石城已与山岩融为一体，成为山的一部分。我们本欲近前探访，奈何前方正在施工，道路阻断，只得远远驻足观望。况且我们此行的初衷是到山中采蘑菇，眼前的古迹就当是上苍额外的馈赠。

虽无缘一览石包城遗址的绝世风采，但却充分领略了夏日草原浃髓沦肌的风情。草地一片碧绿，似展开的翡翠地毯，上面满扎着各色小花，喜盈盈地看着行人。那花开得真叫精神，蒲公英花絮洁白蓬松，跃跃欲飞；野沙葱花紫密盈实，清灵可爱；蕨麻花金灿耀眼，丰润饱满……这里的芳草、花木、青山将草原装扮得如此雍容华贵，美丽多姿，似乎被放生的不是我们，而是这一地烂漫的花草。我们被眼前的景色吸引，走走停停，沉醉在碧草芳蕊的笑靥里，流连忘返。我特意采了一束杂花嗅呀嗅，仿佛把整个草原都攥在手心里。真是奇怪，明明看上去绿茵茵的草地，走到近前就会发现，草并不是多么密集，相互间保留着一定的距离。往远处看，四面八方依旧是无尽的绿，微波一样，柔顺，绵密，层层向外扩展，似乎不被我们涉足的，永远是最绿的，永远都在前方……

据说此处的旧羊圈是野蘑菇的生长基地。每看到一处圈舍，我们就把车开到近前，不厌其烦地仔细寻找，结果羊圈中除了沉寂和晒干的羊粪，什么也没有。偶尔在外围的芨芨草中遇见几朵小蘑菇，挖出来一看，里面全是细小的虫子。

牧民的夏季牧场在祁连山深处，我一直怀疑那里会有草场吗？毕竟靠近雪山，天气又那么寒冷，怎么可能长草呢？真要有牧场，肯定就有羊圈，说不定还会有意外的收获。我被自己新奇的想法刺激着、鼓舞着，于是鼓动其他人共入深山，一探究竟。

车继续在斜向西南方向的公路上行驶，方圆几十公里的草原像一口平底锅，碧绿，辽阔，随车展开，四面群山俨然是锅边，在远处耸立着，透出逼人的青色。茂盛的牧草和群山上方是湛蓝晴亮的高远苍穹，像一块随意切割的水晶，悬在头顶。一时觉得是山顶破天空，迫使天下沉，最终和地平线密切结合在一起，人行其间，竟然有一种被呵护被珍视的感觉。驱车赶路和古代策马奔驰本就有异曲同工之妙，沿途看山、看水、看风景，这是一种情趣，一门艺术，获得的快乐远大于生活带来的烦扰。要是我们经常能从幽暗沉闷的住屋中走出来，回到明亮的阳光中、干净温暖的风中，该是多么美好的事啊！

其实每个人心中都驻扎着一座山，有的是纯属观景的，如黄山、张家界的山；有的是用来登高探险的，如喜马拉雅山；有的是用来滋养心灵的，如峨眉山；有的是用来怀古寄思的，如泰山。我心里也住着一座山，一座历史的、古幽的山，这山就是祁连山。而我也需要这样一座山，用以安放自己的心灵。

两辆车相继拐上一条向东延伸、逼仄的便道。这路随祁连山无限延伸，丝带般缠绕在草原上，轻盈缥缈，车如同爬行的小虫子，随时都会被强大的气流吞没……每走一段路，主道上就岔出一条便道，像大树主干伸出的旁枝，隐约通往进山的方向。我们驱车试了好几次，结果每次开到山坡下的羊圈前，路就断了。颠簸几个来回，终于找到一条进山的河谷。

靠近山的河岸两侧各立着一座羊圈，默然相望，像在守护什么，又像在等待什么。远远看去，山肃穆威严，水脉脉而流，绿草从半山坡俯冲下来，刹也刹不住，一直冲向远方。房屋如楔子钉在地面，没有烟火，没有犬吠，让人感觉这里的生活似乎远离人间。

河谷中间淌着少量水，泛着粼粼白光。水边依稀有条路，七弯八拐拐向山中。说是路，其实就是几道浅浅的车辙印，我们顺着车辙往里开，河道崎岖不平，车摇晃得很厉害。进入山里，路变得又窄又陡，仅容一辆车通过，且山路时而旋上山顶，时而跌入谷底，感觉像在巨浪滔天的大海上航行，时时面临覆舟的危险。待车平稳了，才感觉手心、后背全是汗，凉风一吹，冻得直哆嗦。

越往里走，气温越低，出乎意料——山居然更绿了！全披着毛茸茸的外搭。看来上苍是绝对公平的，无论世界的哪个角落，她都能光顾到，无私播撒爱的甘霖，让世间万物与爱同行。简直难以想象，谷底的杂草更是汹涌强悍，势不可挡，即便有旧羊圈，也被荒草遮挡，得把草向两边劈开才能走过去，又担心密草中潜藏着蛇、鼠之类的动物。好不容易探雷般来到其中一个旧羊圈前，圈里同样挤满杂草，根本看不见蘑菇的影子。回到车里，我们心有不甘，沿着高低不平的河滩又向前行驶了大约二十公里，迎面遇见一群盘踞在半山腰的羊，正低着头拼命吃草，有的羊甚至接近山顶，像钉在那里的一小朵云，纹丝不动。午后，天空飘起了细雨，气温骤降，我们单薄的衣服根本抵挡不住排山倒海的冷空气，只好沿原路折返。

回到河谷，风明显小了很多，仿佛有这么个地方一直等着我们，踏尽荒草夕阳，过尽千帆，原来真正的落脚点竟是人意想不到的地方，似是为满足人的内心需求而刻意创设的，把心中预设的最初的与最终的风景统一起来，合二为一。山在，水在，你在，我在，还需怎样追求更美的远方呢？

忽然发现一条窄窄的溪流居然从低处的河谷斜斜地冲上岸来。我见过从高处流向低处的水，却没见过由低到高流淌的水，是什么样的目标促使水拥有如此强大的动力？难道水也有叛逆的一面？我不辞辛劳沿着溪流从上到下来来回回寻找答案，但河谷平坦，并不像是地势造成的。这水经过重重沙石过滤，明净清澈，涓涓而动。夏日的雪水依然寒凉，尽管如此，所有人忍不住把手伸进水里，反复清洗，似乎要把肉身的沉疴全都洗去。

寻了一处背风的河湾，大家七手八脚捡了几块大一些的石头垒起灶台，架锅生火。肉炖进锅里，我们泡了壶清茶，一边喝，一边品尝带来的瓜果。小音箱在一旁不知疲倦地传出优美的曲子，溪水在近前潺潺流淌，人间真有这样轻松快乐的好日子，只是常常被我们自己的狭隘与庸碌遮蔽了。

远远地，进山的河道口缓缓行来一个骑马的人。一瞬间，我有种错觉，他是从烽烟滚滚的历史册页里走出的，是从汉唐穿越而来的，走过金戈铁马，走过时间的长廊，一直在走着……那人径直走到我们跟前，和颜悦色地叮嘱我们要注意环境卫生、不要乱扔垃圾，他的话把我从想象世界拉回现实，他或许是一位草原巡视员，或许是当地牧民，看到有人到此游玩，把他们生活的地方当作追寻的远方，他内心一定是骄傲的、自豪的。

就餐过后，收拾干净垃圾，熄了火，整理好行囊，太阳已沉沉坠向西边，是该返程的时候了！

抵达石包城乡时，落日悬挂在树梢，投下大片艳丽的晚霞，地面也被染红几分。归巢的鸟儿热闹起来，处处传来鸣叫声，似在迎接远客。村边猛然间多出数群羊，似团团洁白的雪球在地面滚动。盛夏的羊正是膘肥体壮的时候，各个体态丰满，毛色光鲜，披上一层红霞后，颜色更加柔和靓丽了。牧羊人跟在羊群后，时不时打一声悠长的口哨，这是他与羊之间交流的语言，只有他们懂得。原本宁静的村庄一下子热闹了，沸腾了，这不正是声色交融的人间烟火吗？我多么渴望能拥有这样一片如梦如幻的世外桃源，寄养心灵，滋养身心。真的好羡慕这里的牧民！为什么他们能够拥有如此宁静祥和的人间仙境？答案或许就藏在人与自然之间微妙的默契里。

石包城的美，是一种不事雕琢的纯天然之美。青山与古城共生，荒草与鲜花共存，这里没有刻意的保护，只有自然的相处之道。每一株草都固守着土地，每一滴水都坚持自己的流向，每一个人都明白自己在这幅生态图景中的位置。这种平衡如此脆弱，又如此坚韧，它不需要我们的赞美，只需要我们懂得互相尊重。

　　离村时，月亮已爬上鹰咀山。石包城在月光中沉沉睡去，草原的呼吸均匀而深长。我知道，明天太阳升起时，这里的草会更绿，花会更艳，溪水会继续它任性的流淌——无论有没有人见证。

哦，石包城

常玉国

车子翻过了土达坂，巴特尔说他到了。我们随着他手指的方向看去，在道路左侧一处小山包下，有一个小院、一排平房、一座信息接收塔，最引人注目的是一面鲜艳的国旗在旷野上迎风飘扬。

巴特尔下了车，向我们道谢，站在车的侧前方行了一个军礼，目送我们离开。他说他曾经在高原上服役三年，复员后被安置到了这个保护站。

告别了半道搭车的巴特尔，我们继续向着石包城继续前行。在一个拐弯处，一辆小型客货两用车停在道路边缘，一位穿着蒙古族长袍的老年妇女和一个五六岁的男孩站在车边，看看我们，又看向路中央。那里有一位六七十岁的老人，正在用双手将被暴雨冲到路面上的石块搬到路边。

看到我们的车子慢慢驶近，老人退到一边，向我们示意可以通行了，友善的微笑浮现在他黧黑的面孔上，那是常年在高海拔地区户外生活的典型特征。车子前行，我们默默感念着老人的善举，就看到在不远处的山脚下，端坐着一顶白色的蒙古包。那是老人在夏季牧场的家吗？

又绕过了几个山包，眼前突然出现了一条宽阔的河流。不，应该说是河道，因为此时的河床并没有水。不过，从干涸的河道宽度来看，洪水期这里的水量还是不小的。这条河有名字吗？依稀想起有人说过，它叫红柳峡河，是一条季节性河流。

光秃秃的山，干巴巴的河。荒凉。一个词浮现在脑海中，久久不能散去。

突然，就有什么抓住了干涩的眼球，那是一团绿色，一团高大的、孤独的绿色，矗立在河道中央。再靠近点，可以看到那是一棵胡杨树。远远望去，胡杨树的顶端已经有些干枯，可是更加茂盛的枝叶从四周蓬勃而出，生机盎然。忽然，就觉得这棵树生长得有些悲壮，在如此荒蛮的地方，它是怎么从一颗不知何处漂来的弱小种子，长成这样伟岸的模样。

"那不是一棵树，是两棵树！"女儿眼尖，突然大声说。的确，随着车子方位的移动，这时，可以清晰地看到那是两棵根部紧靠在一起，枝叶纵横交错的树，是一对兄弟树，还是一对夫妻树？

"根，紧握在地下；叶，相触在云里。"坐在后排的妻子说。

"仿佛永远分离，却又终身相依。"女儿补充了两句。

我知道她们一定是触景生情，想起了舒婷《致橡树》中的名句。可是，在我眼里，这两棵胡杨远远胜过诗中那棵橡树和木棉。如果说橡树和木棉是在相互依存、柔情相向，那么这两棵胡杨就是在彼此支撑，以生命与严酷的自然环境相搏。眼睛就忽然有些湿润……

或许，美好总是会有美好相伴。车子顺着河道拐过一个大弯，就在和苍绿的胡杨树遥遥相望的地方，我们再一次被惊艳了。

在那里，在路边，数团灿若朝霞的云彩突然就扑入我们的眼帘。车子刚一停稳，我们迫不及待地下了车，走近那团落在地上的红云。原来是几簇一两米高的灌木，每一个枝头都挂满了晶莹剔透的浆果，似枸杞一般鲜红，却比枸杞更加圆润，因为果实过于稠密，看起来就是红彤彤的一团。

酸胖！一个词就从童年的记忆中蹦出。那是结在一种名为白刺的荒漠植物上的浆果。在那个缺吃少穿的年代，这小小浆果也是小伙伴们口中难得的美食。就在我这样想的时候，五岁的外孙哈哈已经揪下了两颗浆果塞到了嘴里，可是马上又呸呸地吐了出来，看来他把这当作前几天我们去摘过的枸杞了。

我好多年没有见过白刺了。过去，每逢冬季农闲时节，农牧民们都会赶着牛车、马车、驴车，甚至人力拉车到沙漠、戈壁上去"打柴"，也就是用斧头、锄头这些工具去砍伐耐烧的野生灌木，如红柳、梭梭、白刺等，而这些植物深埋在地下的根，屈曲盘旋，结实耐烧，尤其受"打柴人"的青睐。砍柴除根，年复一年，曾经覆盖荒漠的这些灌木逐渐消亡，甚至在很多地区消失殆尽。风沙肆虐，是天灾，更是人祸。

我也是很久很久没有见过生长得如此茂盛，果实这么红艳、稠密的酸胖了，心中不免为时光变迁而感叹，也为生命的丰盈而感动。我摘下一串浆果，放到嘴中，慢慢咀嚼着童年的味道，内心深处也为此次在野山中与酸胖的相遇而有些雀跃。哈哈又在不远处的山包下发现了一群沙鸡，拉着妈妈兴冲冲地去追沙鸡玩，天清地宁，大山巍峨，生命灵动，万物有情，真希望岁月就静止在那一刻……

盘桓良久，不忍离去。

可石包城，还在路的前方，我们得继续前行。拐过这个大弯之后不久，我们离开河道，出了大山，向东北方向驶去。

好似电影镜头在倒放，这里和两个小时前进山时的那段景色很是相像——左边依然是无尽的荒漠，右面还是绵绵祁连山，不同的是入山前，山迎我们而来，越来越大，现在是山在后视镜中，渐行渐远，慢慢变小。

"骆驼！野骆驼！"哈哈突然喊起来。我们的心都为之一震。果然，在车子左前方的路边，出现了三峰骆驼。它们边啃着低矮的灌木野草，边沿着公路悠闲地前行。可是，随着距离渐近，我们看到在三峰骆驼的屁股上都有大大的红色三角符号，显然这是牧民家养的骆驼才有的标记。

事实也很快证明我们的推测是对的。一阵马达声响，一辆大红的摩托车拖着一条尘埃长龙从牧道上插了过来，车上是一个身材壮硕的蒙古族汉子。在汉子的驱赶下，骆驼慢跑起来，不过与戈壁砂石相比，它们的蹄掌似乎更享受柏油路面的平坦。汉子为了叫骆驼给我们的汽车让路，把它们一次又一次赶下公路，可它们一次又一次踏上公路，就在我们的车前不远不近地慢跑着。

我稍微加快车速，在和摩托车平行的时候，我降下车窗玻璃对赶骆驼的汉子说："兄弟，不要着急赶它们了。慢慢走吧。"

汉子有些吃惊于我与他说的话，不过他点点头，明显降低了车速。

坐在后排的哈哈不失时机地补了一句："谢谢伯伯。"

汉子笑了，大概他家里也有差不多年龄的孩子吧。

这时，一组大片般的画面展开了：十二只宽厚的双瓣型蹄掌在黑色的柏油路面上起起落落，不紧不慢，发出轻微的"噗噗噗噗"声，长长的脖颈应和着步伐的节奏优雅地前后微微晃动，驼背上直立的双峰左右轻摇……骆驼之后三五米远的地方，一辆琥珀金色的汽车和一辆大红的摩托车并驾齐驱，缓缓而行，骑车的汉子时不时和车上的小男孩对视一眼，彼此给对方一个微笑；在这一组骆驼和车辆行进的前方延伸线上，一座山峰兀立于众峰之上，洁白的冰雪给她披上了神奇的盖头，呈现出一副神秘圣洁的样子，那就是透明梦柯冰川。雪白的冰川、荒凉的戈壁、悠悠慢跑的骆驼、色彩鲜亮的车辆、长龙般黑色的公路。来一个空中俯瞰的长镜头，一定美妙极了。

都说老马识途，骆驼也是一样。在一处岔道口，三峰骆驼先后拐下了公路，沿着荒原上的小路向大漠深处而去。那个汉子停住摩托车，挥挥手，笑着说："巴雅尔太"（蒙古语：再见）。

巴雅尔太，陌路相逢的朋友！

告别了赶驼汉子，我们转向正北方向。二三十公里后，一处绿洲在天边显现，原以为是戈壁上常见的海市蜃楼，走得更近一些就看到了那是一处实实在在的绿色家园——发源于透明梦柯冰川的榆林河水浇灌的盆地。

在这个小小盆地的南缘，就是那端坐于云端的历史城郭——石包城。一座历经千年战火硝烟的古老城堡，一座见证人间世事沧桑的石头城堡，一座兀立荒漠雄视四方的精神城堡，此刻它矗立在山岗上，似乎是在静候着我们的到来。

前一刻，我的心房还被这一路的邂逅激荡着：雪峰，冰雹，骆驼，热心的巴特尔，清理路面的老人，善解人意的赶驼人，坚韧的胡杨，灿烂的浆果，阔大的河床，陡峭的山峰；此刻，我的心房已被一种神圣的虔诚所充盈，犹如朝圣者历经千难万险，终于到达了心中的圣地。

此刻正午已过，阳光从城堡的左后方射来，将光与影投射在城堡的不同方位，好似给城堡披上了一件金黄与灰暗相间的大氅。辉煌、神秘。

心有仰慕，近而却步。我们将车停放在百米开外，轻轻关上车门，一步一步向它走去。

哦，石包城，我们来了。

平山湖大峡谷游记

杨立国

　　早就听说张掖平山湖大峡谷足以和地理书上介绍的美国科罗拉多大峡谷相媲美，但总觉离生活的地方路途遥远，未列入每年的出游计划之中。这次趁着端午又是周末，与家人商量，决定到大峡谷一游。

　　王安石在《游褒禅山记》中说："夫夷以近，则游者众；险以远，则至者少。而世之奇伟、瑰怪、非常之观，常在於险远，而人之所罕至焉，故非有志者不能至也。"平山湖大峡谷离张掖市区约 120 里，以现代人的视角来看，虽不是很近，却也非十分遥远。时至今日未至的原因，一则景区近年来才被发现，被称为"一个被遗忘的自然奇迹"，是宣传的魅力无穷还是本就胜境奇绝，非亲历不得而知；二则大峡谷位于甘肃内蒙古两省区交界的祁连山腹地，未开发之前基本属于人迹罕至的地方，故而声名不彰。小时候听父亲说他到平山湖做过工，刚参加工作时知道平山湖是张掖辖区的一个蒙古族乡，而听说这儿有一个鬼斧神工的地质公园景区也是近几年的事。到平山湖大峡谷游览过的人都是赞不绝口、叹为观止，大有不虚一行的感慨，遂激发了一探究竟的决心，做一个"有志之人"。

端午前一天早晨六点多，我们一行七人驾两辆车从临泽出发，迎着初升的太阳，沐浴着习习的凉风，向东沿 312 国道行至甘州区乌江镇谢家湾村段，转弯沿着一条新修的双向四车道公路一路向北，一片新插了稻秧泛着银光的水田展现在眼前。张掖被称为"塞上江南"。有诗云："不望祁连山头雪，错把张掖当江南。"张掖出产的大米曾经是皇宫的贡品，普通老百姓辛苦一年却难得一尝。正所谓"遍身罗绮者，不是养蚕人"。而今张掖乌江大米已经"飞入寻常百姓家"，走上了千家万户的餐桌。车子驶出绿洲，穿过全长 600 多米的平易河隧道，视野豁然开朗，前面已是巴丹吉林沙漠边缘。公路的左边是起伏的山丘和平展绵延的戈壁，路牌提示有沙漠越野营地；右边远处是蜿蜒起伏的山体，近处是干涸见底的土红色河谷，偶尔有前日雨后遗存的水渍和暴晒后翻起的一片片龟裂泥板。继续前行，一条黄红白色彩相间的山岭横亘在眼前，仿佛彩色巨龙静卧在辽阔的戈壁上，挡住了视线，这就是具有丹霞地质特征的彩龙岭。翻过彩龙岭，视野所及是一道道沟壑纵横的赭红色区域。裸露的原始地貌，与远处苍茫的祁连雪山形成鲜明的对比，给人以苍凉雄浑之感。平山湖大峡谷整体为合黎山系的龙首山地段，隔走廊平原与祁连山相望，是走廊平原与内蒙古高原的过渡地带。河西走廊像一个细腰的美女，张掖便是她盈握之处。平山湖大峡谷就隐藏在美女的胸腹位置，真可谓"胸中大有丘壑"！

不到八点，我们就到了大峡谷景区，坐上观光大巴，一路向核心区域进发。天气晴好，虽是早晨，但一股股热浪腾起，有水汽蒸腾幻化，景区上空仿佛海市蜃楼，千沟万壑顿时活泛了起来，虚虚实实，亦真亦幻。随着车子的前进移情换景，我们仿佛置身于亿万年前的时空。赭红色的层层叠叠的山丘、突兀挺拔的石柱、纵横交错的深沟，尽显大自然精巧的铺排。下了大巴车，登上第一个观景台，环视四周，气象万千。东望祁连山顶白雪皑皑，与蓝天交相辉映；山腰松柏隐约，形成一道天然绿色屏障；西北面戈壁苍茫，荒漠广袤，视野开阔；近处石丘高低起伏，石柱耸立，沟壑深邃，十分壮美。

从观景台沿着陡立的台阶往下，一座巨大的城堡式石丘当面矗立，层次清晰，纹理细密，似乎是人工一层层夯筑堆积而成。转过石阶拾级而上，路过将军石，一位身材魁梧的将军巍然屹立，身披金甲，手按剑柄，目光炯炯，雄视天下，指挥着千林万峰般的士兵浩浩荡荡奔赴前线，仿佛使人置身于霍去病征战河西开疆拓土所向披靡的古战场。金戈铁马，气吞万里如虎的大汉雄风激荡着世代国人"犯我强汉者，虽远必诛"的卫国豪情和英雄气概。继续拾级前行，就看到了景区最具代表性景观之一的情人峰。站在高高的观景台西望，一对情侣面对面牵手而立，低眉细叙，万千言语，怎抵得一朝别离；执手相看泪眼，竟无语凝噎。挥手自此去，更哪堪落日斜阳，潇潇暮雨！一段感人心扉的故事，一幅儿女情长的画卷。据说这是全国景区里最惟妙惟肖的情人景观，也是大自然创造的一大奇迹。观景台一边靠着岩体，凌空的三面用水泥柱和铁链围起来。铁链上挂满了同心锁和红丝带，无数的情侣到这里面对着情人峰许下诺言、见证爱情，期望用一把锁将这份情永久地锁在一起。一对满头银发的老夫妻选择最佳拍摄位置，摆好相拥相吻的姿势，请摄影的朋友拍了一张情侣照。看着他们一路互相搀扶开心的样子，我想这才是情人峰该表达的意义。原路返回，向下一个目标进发。中途看到一个景点——"神龟问寿"，一只神龟伏在仙人脚下，细心聆听仙人讲经说法，态度极为虔诚。类似这样的造型随处可见，可以是一头豹子、一只羚羊、一匹马、一峰骆驼……也可以是一个塔楼、一院禅房、一处亭台、一座宫殿……在佛国仙境中任意逍遥，随处安放。

十时左右，行至峡谷入口，天气已经很热了。站在谷顶向下一看，峡谷深不见底。沿着仅容一人通过的台阶下行，台阶时而陡立，时而平缓；峡谷时而开阔，时而狭窄。峡谷越来越深，曲曲折折，顺着峡谷向上看，只见蓝天一线，高悬谷顶，像是有人挥舞着一条蓝色的带子。时而有阳光照进，时而岩体蔽日，晦明变化间，顿感凉风习习，十分清爽。继续前行，不知又下了多少级台阶，才下到了谷底。谷底宽处约数丈，窄处也可容四五人并行。谷底两边和崖壁上生长着很多叫不上名字的草本和藤本植物以及零星的杨树柳树，焕发出勃勃生机。有风吹过峡谷，轻柔细腻，像是婴儿的手拂过脸面，十分熨帖，疲劳和汗水即刻消减了许多。行进间发现，路边岩壁凹进去的地方有许多用完整的石片堆起来的小小的玛尼堆，十分精致，力学原理在其中得到了充分体现。一棵高大的山杨树挺立在谷底中央，这就是所说的祈愿树。树上挂满了经幡和祈愿丝带。树的前方有一片砖铺的平台，平台的南边是一排巨大的转经筒。在峡谷深处有这样一处场所，可让生活在这里的信众充分表达对大自然的敬畏之情。

行不多时，就到了有名的"一线天"。这似乎是峡谷裂开的一道缝隙，宽只有尺许，只容一人通过。崖壁两边设置铁板和铁链，供人踩脚攀援。紧贴着崖壁踩着铁板攀着铁链一步一步艰难往上攀爬约五十米，到了一个相对宽阔一点的地方，说是宽阔，也不过两米左右。眼前一段悬梯竖直向上，称为"天梯"。这样的天梯有两段，每段60米左右。天梯一侧有钢管作为扶手，周围用半圆形塑钢罩住防止人跌落，但人往上爬时仍觉得战战兢兢，不敢往下看。好不容易出了一线天，上到了一个较为开阔的平台，发现还有800多米的台阶需要攀爬。此时双腿发软，膝盖疼痛，就地坐下休息了一阵，怕再坐下去不容易起来，遂一鼓作气向山顶爬去。

站在山顶回望，但见色彩斑斓的纹理在起伏的山峦间肆意渲染，高低错落的石峰在光阴流转中尽情展现，河西走廊的柔情与蒙古高原的雄风在纵横交错中激烈碰撞，大自然的鬼斧神工在亿万年中持续打磨。

时至中午，加之脚力不济，还有灵芝谷等几处景点没有看到，留有遗憾，期待下次再来！

八步沙白榆树自述

朱莹霞

一

我是一棵树，一棵白榆树。

世上榆树千千万，我为什么要跳出来咋呼呢？只是因为，我是 1978 年栽植在八步沙的一棵树。

1978 年的八步沙，可谓是黄沙遍地、寸草不生。常听人说"一夜北风沙骑墙，早上起来驴上房"，我觉得一点不假。

我的命是六个老汉从风沙嘴里硬抠出来的。1978 年清明午后，我和众多榆树苗在郭老汉的毛驴车上摇摇晃晃地进了沙窝。他们给我选的窝，是郭老汉用脊背量出来的——他说这处沙窝子背风，能藏住湿气。

　　栽我那日，贺老汉跪在滚烫的沙地上，用豁口的铁锹挖了半米深的坑。郭老汉从驴车上卸下柏木水桶，桶底沉着三指厚的黄泥，他说这是攒了半月的饮驴水。那水淋下来时带着一股子驴粪味，熏得我嫩根直发迷糊。

　　那夜狂风乱窜，飞沙迷人眼。四个黑影在半夜时分跌跌撞撞地扑向我们这些新入户的成员。程老汉的背弯得比芨芨草还低。他们跪在快速游走的沙丘上，用衣服遮，用身体挡，硬是给我围了一个温暖安全的港湾。郭老汉特意坐在西北角透风处，用手撑开看不出颜色的棉大衣，将扑向我的风沙挡在了一米之外。

　　第二天，我看到一同栽植的树苗零零落落倒了一大片，有的根茎向上，有的只看见一小寸枝尖露在黄沙外，大多数树苗都不见了踪影……

　　头三年活得很艰难。春天的风裹着砂石抽我耳光，夏天的太阳把叶子烤出焦边。沙粒钻进树皮的每道裂缝，像是要把我磨成粉末。但每天清晨，郭老汉总会背着帆布水囊出现，佝偻着腰给我喂水。有次大风刮断我的侧枝，他拿旧布条给我包扎伤口，布条上还沾着给孙子擦鼻涕的痕迹。

　　西北地区春季多风，为了护住我的嫩芽，六老汉就轮番守夜，举着草帘子给我挡风。有次贺老汉困迷糊了，手背被蚊虫叮咬出红疙瘩，他醒来却乐了："哈哈，我又护住了七片叶，够榆树苗造碗饭的养分啦。"

　　最揪心的是浇水。木桶内的水在毛驴车上摇晃到沙窝里，就只剩小半桶，车板缝里漏下的水珠子还没沾地，就被旱风舔了个干净。有回遇着旱年，六个老汉省下洗脸水，小心翼翼举着瓦罐来给我润根。我根须上至今还有一股浓重的汗酸味。

　　铁锹撞击砂石的声响总在黎明前响起，六个佝偻的身影在月光下晃动，他们的指甲缝里嵌满洗不净的沙粒，梭梭、柠条却在荒漠里一根根扎稳根、稳住脚。石老汉的羊皮袄总丢在我根须处，汗渍渗进树皮时，他说："榆木疙瘩，你可得替我们看住这些苗子啊。"

那年，我的根须刚够到三米深的湿土层。

二

我认得每双布满裂口的手掌纹路，那些横七竖八的沟壑里，藏着八步沙四十载春秋的艰辛。

郭老汉总在立夏前夜，背着帆布水囊来浇救命水，咸涩的液体里混着汗碱与旱烟灰。

1983年惊蛰那日，程老汉用豁口铁锹在我向风处再一次压上了麦草沙障，他佝偻的脊背替我扛住八面来风。西北坡刚栽的梭梭苗被掀翻时，罗老汉把自己那件露出棉絮的棉袄撕成布条，裹住我皴裂的树皮。

贺老汉的养护藏在暗处。他趁夜把死去的沙蜥埋进我的根系，腐殖质渗进沙层的簌簌声，总伴着远处的风号。1991年闹虫灾时，石老汉连续几天在我周围查看。他跪在我身边，小心翼翼地抠虫卵，指甲缝里嵌满我脱落的韧皮。那年，我的年轮格外扭曲，像他风湿病发作时粗大的指节。

最温柔的要数张老汉。他总在深秋用骆驼刺刷子为我清理树洞，把麻雀偷藏的草籽换成甘草片防虫。发现我被沙鼠啃伤的树根时，这粗砺的西北汉子竟掏出孙女的红头绳，一圈一圈给我包扎。开春解封时，那条褪色的红头绳依然缠在根须上，系着去年冬天最后的粒雪。

六双手的养护各有其道。他们的养护带着荒漠特有的粗砺，但他们又粗中有细，像调理垂危病患的老中医，在望闻问切间，琢磨着荒漠植物的脾性。

如今抚摸我腰围的老人只剩张老汉一人了。他虽不能常来看我，但浑浊的眼球仍能辨出叶脉里突生的虫卵。

郭万刚掌心的茧子比老辈薄些，却总带着股新鲜树浆味。他开春头件事是给我刮腐皮，那把豁了口的平头锹还是郭老汉用过的，刃口在树疤上蹭出的响动，和我记忆里 1985 年除虫时的节奏分毫不差。

郭玺的养护带着机械与汗水的混响。他总在凌晨出现，洒水车的明亮大灯一次次刺破晨雾。他最特别的技术是采用"细水滴灌、地膜覆盖"，提高了植树种草的成活率。

三

我的年轮里，也住着八步沙的活物志。

1978 年刚扎根那会儿，只有沙蜥肯来作伴。它们肚皮贴地游过沙丘，断尾求生时溅的血珠子，能把沙粒黏成褐珍珠。

20 世纪 90 年代，程老汉的草方格成了蚂蚁王国，工蚁们把草秆掏空作粮仓。有天石老汉翻草格灭虫，惊动了蚁后搬家，队伍举着白卵连夜横穿沙梁，正巧给新栽的柠条苗施了趟天然肥。

灰斑鸠是 2001 年开春来的。它们偏挑郭万刚拉滴灌管的日子落地。它们歪头瞅着反光的塑料管，当是古浪河的新支流，一嘴啄下去，"吮"一声，碰得斑鸠晕了头。看得我不由得笑出了声。

第一批黄羊归来那年，我数着年轮里的铁锹印，每圈都嵌着不同手掌的温度：老辈人龟裂的指节，中年人结茧的虎口，少年人磨破的掌心。郭老汉的孙子给我系上生态监测仪时，树冠已能罩住半个篮球场。他手机里存着爷爷跪在沙地栽苗的老照片，和我记忆中那个扶着铁锹咳嗽的背影渐渐重叠。

沙鼠仍是头号冤家。它们能嗅到深埋的滴灌带，门牙啃出的豁口让郭玺跺脚。去年秋分，我故意让树脂流到树根，黏住只偷啃的鼠辈。没成想引来沙狐，那畜生在树下蹲了半月，倒把方圆鼠窝清了个干净。

最喜鹊鸦争地盘，大树丫杈瞬间成了香饽饽。它们在枝繁叶茂的枝杈间垒窝，衔来的草茎里混着枸杞的根须。

年复一年，我的根系在沙层下织网。腐烂的枯叶变成黑棉被，苔藓悄悄爬上西边的沙梁。2015 年清明，几只沙鼠在我脚边刨洞时，竟翻出了潮湿的土粒——地下水位真的回升了。

四

最初十年，我的根须是沙海里的独行舟。春旱时地温能烙熟鸡蛋，沙粒撞在树皮上"啪啪"作响。六老汉栽的那把"压住沙子防风掏"的干草，活不过十天，被风扯碎的麦秸总挂在我枝头哭。腊月里难得落场雪，不等渗进沙层就凝成盐碱壳，月光照上去像撒了层玻璃渣。

20 世纪 90 年代末，地脉开始变软。西北角那株红柳引来第一窝沙雀，雀粪落处，沙棘苗终于站住了脚。最喜 1999 年惊蛰那场雨，铜钱大的雨点把沙丘砸出酒窝，我的根一夜蹿出三寸，缠住张老汉掉在沙里的半块馍——那馍渣发了酵，醉得方圆五里的花棒提前半月开了花。

后来，沙漠里多了几个年轻的身影，其形影动作像极了六老汉。他们用麦草压成的草方格，拖住了流动的沙，留住了乱飞的草籽。沙尘暴越来越少，风里裹挟着从祁连山而来的清新。

最近十年，八步沙的晨露能在柠条叶上呆到日上三竿，地衣像绿蛛网一样爬满昔日的流沙岗。去年冬至反常回暖，我树荫下的花棒种子误判时节，顶着冻土冒头，被郭万刚用羊皮袄裹成襁褓。

冬天，洁白的雪花一片片落下来，落在沙漠里，落在枯草上，也落在我爆裂的枝干上。我的头发由灰白完全变成了雪白，黄沙枯草也变成了雪白，我们都成了冬天的一部分。然而，我们并没有停下生长的脚步，我们在冬的雪白中蕴藏着生命的绿意。

如今，虽然看起来我大半的根系裸露在外，但我藏在大地之下的根脉已织成了密密麻麻的网络，每一株根系都与十万亩柠条与花棒有着紧密的联系。

夏天，微风拂来，邻居红柳总是吆喝上子孙，摇着粉红的枝朵向我问好；矮小的大蓟率领着家族成员，列队向我致敬。

节假日期间，总有老老少少、男男女女沿着我身旁的木栈道，来参观我。他们的目光里，有心疼，有敬佩，也有不可置信。他们用娇嫩的手掌抚摸我枝干上的裂纹。他们不说话，但我知道，他们一定读懂了我裂纹里藏着的故事：关于一辆毛驴车，关于六个老汉、六把豁口的铁锹，关于滴在根须间的汗滴，关于沙枣花突然香透古浪河的诸多秘密。

五

这些年，眼见着沙窝子大变样。

绿色像墨汁在黄纸上晕染，原先跑风的流沙地，现在踩上去扑簌簌响——那是枯草烂叶积的腐殖层。榆树、沙枣树长起来后，阴凉地钻出灰条草，这是二十年前没有的稀罕物。野鸽子多了，粪蛋里带着草籽，落地就发芽。野兔有了固定的跑道，蜥蜴褪去了保护色，沙地上开始出现蜗牛爬过的印痕。最热闹的是雨天，雨滴刚砸进沙地，锁阳和肉苁蓉就顶着湿帽子往外冒。去年秋天，我在晨雾里数到过十一种鸟，包括三只本该在湿地出现的白鹭。

如今，郭玺开着洒水车巡林。他常在树荫下吃午饭，那背影像极了当年的郭老汉。

最近我出现了衰老的迹象，西南侧的枝条有些干枯，树脂分泌也不如往年旺盛。但我不担心，脚下那些自播的沙枣苗已经长到一人高，它们的嫩叶在风里沙沙作响，正练习背诵阳光的诗篇。

暮色降临时，我常望着绵延的绿海出神。目之所及，已看不到裸露的黄沙。今年新栽的梭梭苗，正列队走向沙漠更深处。我的榆钱叶又散开了，这次该托风捎些榆钱味去石老汉坟前——他睡在南坡的柠条丛里，已经有三十三个春天了。

天马湖

董贵元

　　妻子打电话说，她们要到四坝海子去游玩。一听这个新地名，我万分惊诧。我不敢相信肃州区有海子，而且离城不远。我电话里急切地问，在哪儿？近了我也去看看。她说，不远，就在城东面，步行半小时就到了。我打了退堂鼓。一则忙，晚上不想出去；二则我怀疑，肃州区能有什么海子吗？有，也是旅游名词的"魅力"吧！

　　半小时后，约摸着妻子到了，我想打个视频电话一看究竟，没想到我还没拿起手机，妻子竟先打来了。你看，真美！游的人多得很。视频里，游人熙熙攘攘，吵闹的声音几乎让我听不清妻子在说什么。我专心看"海子"，皎洁的月光下，无边的水波荡漾开去。因是夜晚，视频里毕竟有限，看了几分钟，怕影响妻子游览，我想，还是亲自游览一睹真容吧！肃州区有了真的"海子"。

　　我第一次去四坝海子是在一个夏天的下午。按照百度地图的引导，真的不到半小时就到了。在遥遥望见四坝海子高大的建筑时，须经过一段乡村油路。虽然路上有车辆游人往来不断，但还是颇得清静、舒心。路的两边，是高大茂盛的垂柳。如发的枝条随风轻轻摇摆，真有浴后少女清秀的美。树下面是很宽的沟渠，虽被青草、芦苇遮掩着，但能看见有清澈的水潺潺流过，声音如钢琴曲一般悦耳。

　　进入四坝海子有正大门，但四周都是敞开的，我便从西侧停车场的一条小道走了进去，正好，那条道离最美的建筑最近，三五分钟就到跟前了。有走廊曲折迂回，这分明是一座仿古建筑，而且有八九分像庙宇。在一个檐角下面，挂着一个风铃。被风摇着、荡着，响亮、清脆的声音迅速将人带入了庙宇寺刹的情境之中。仰望风铃、檐角、蓝天、白云，我约莫站了五六分钟。这儿能让人浮想联翩，心净高远，也让人伤时感事。

　　这栋仿古建筑按每间 100 平方米来算，大约有 1000 平方米。中间的房间较大，像是展厅、宴会大厅之类。整个建筑呈 U 形，若东面再有相接的房间，便是四合院的模样了。正对建筑的东面是一个大广场。真占了酒泉地大物博之利。铺的全是清一色的天然石板，平整、美观，也为一大亮点，为四坝海子增色不少。广场上，有卖小吃的，秀滑轮的，直播的。热闹、轻松的气氛一下将人带入时代的幸福中。

　　出了广场，向南拾级而上，站在宽阔的彩色油路上，四坝海子尽收眼底。那天晴空万里，微风徐来，层层涟漪向岸边无限涌去，整个水面和蓝天相映照，真是好看极了。海子的中央，有一个"岛"。"岛"上耸立着一座高塔，也是仿古建筑。要到"岛"上去，再东游海子，须得经过中间的"石路"。所谓"石路"，就是在水中放了好多大石头，像梅花桩一样，有两三米宽的样子，两边又像铁索桥一样拉了长链。这种"石路",很新奇,但人都不怕,尤其是小孩儿的最爱。我的故乡在通渭县,自小就走惯了这种"石路",一见,有种思乡的亲切感,这么宽这么长的"石路",在海子中,我更愿意"老当益壮"。

一下一下跳着来到了中央,因为给别人让路,我停了下来。站在那儿看水面,更觉清澈、浩渺。仔细看水底,竟有鱼。大的一尺来长,寸长的不计其数,皆是草鱼和鲤鱼。虽如此,于我已是欣喜万分了。我们酒泉缺水,鱼更是稀罕物。有了水和鱼,就添了江南的秀丽和盛景。水没有了鱼,就像少了眼睛、诗意和灵魂。在西汉胜迹、酒泉植物园,我也醉过湖水,赏过鱼,甚至还有锦鲤、鱼鹅相伴,但都不如这儿更有野性,"自然天成",怡然自得。

观赏了一阵,便急至塔下。塔有三层,同样是寺庙建筑风格,里面空空。观瞻、仰望着它,顷刻就置身于庙宇,寻找心灵的依托和精神的皈依。由此看天空,更觉湛蓝、深邃、神秘。看海子,明悟"上善若水"真的是很高的思想境界。

塔四周的坡地,不足十米的株距长满了松树,约莫移栽了五六年了。除了树,几乎全是花,其中以向日葵居多。有的一株上面长了十几个葵花头,热闹非凡。这让我想起了梵高的油画《向日葵》,觉得人生就应该像向日葵这样绚丽非凡。

观赏了一阵,因想着向东还有大片的风景没游,便恋恋不舍下了塔台,穿过花地,顺着新铺的彩色油路,逶迤向东而去。东面显然是清幽之地,但饱含艺术韵味。一路要经过两座石桥,一座亭子。路的两边,美如长发少女的垂柳随处可见。站在桥上看风景更有情致。若有小雨霏霏,再有一位撑着油纸伞的姑娘,则如置身江南了。亭子另有曲径,周围有鲜花和芦苇相伴,有一种浓厚的田园气息。这儿宜小憩,思载千古;宜执子之手,互诉衷肠。更宜读书,可惜这样的人太少了。

一路游人甚少，有跑步锻炼的人。在一湾静水处，我碰见了一对放生的母女。母亲从桶子里取出鱼，女儿将其放生，嘴里念念有词。我站在不远处悄悄看了一阵，也为她们祈祷。心想：自然因此而和谐；有一位优秀的母亲，必有一位出色的孩子，她们必将得到上天的护佑。

最后走累了，我在一棵大柳树下的椅子上小憩了一阵。我的身后，是一大片茂密的芦苇荡，好像有船、鸭子来过。我的眼前，是红褐色的木质桥。设计者真是别出心裁，为了能让游客在此更好地观赏风光，有意把桥多拐了几个直角弯。桥上游人不多。有拍照留念的，有驻足观赏的。我很想去，但因以前常常走这样的廊桥，只看了一阵就抄近路回家了。

第二次去四坝海子已时隔半载，是今年的冬末。那天闲着没事，忽然就想去四坝海子。去之前就知道，这半年那儿修路，便骑了单车，另寻他路。走了好远，经过了乡村好长一段颠簸的石子路，终于到大门口了。抬头一望，门楼上却赫然写着"天马湖"三个大字。不是四坝海子么，怎么成了"天马湖"？我一时愣在那儿，想这到底是怎么回事。

进了大门，径直穿过广场，我又到仿古建筑跟前看了一阵，和夏天来时基本一样，只是门上多挂了一个牌子。冬天了，院子里的园圃尽显萧条。想着热闹处，我便直奔海子滑冰场。在经过一个岔路口时，一个路牌又吸引了我的眼球。虽然不大、不高，但上面的字却非常惹眼——"天马湖""雁鸣阁"。怎么又是"天马湖"？就这一个海子呀！我猜测，这"天马湖"可能就是四坝海子。那"雁鸣阁"又在何处？确定了只有仿古塔，再没有别的建筑可称为"阁"之后，我猜测，"雁鸣阁"可能就是那座仿古塔。

今年是暖冬，冰层极薄，有些地方甚至不结冰，来滑冰的人并不多。我站在远处看了一阵，觉得没啥意思，便去了仿古塔。塔台上只有一对男女。男的在直播唱歌，歌声挺不错，女的是热心观众。这并没有吸引我。绕着塔，我边走边看，神思悠悠。在北面，居然看到了三个字，就是大大的"雁鸣阁"。这明明是塔，为什么要叫"阁"呢？和雁鸣又有什么关系？我一时不得其解。

站在塔下再望别处，除了冰面、石桥、亭子、木质曲桥，因为没有了绿树、鲜花的相伴，尽显冷清。天气也不大好，云朵遮住了太阳，仿佛黄昏将至，我起身返回。在广场，十几个新做的彩色大牌子吸引了我。我走过去一看，有介绍四坝海子的，有因势利导，搞期房销售宣传的。在看完了有关四坝海子的介绍后，我终于明白了四坝海子要叫"天马湖"的缘由。原来，这儿曾是汉马贡养地，故名"天马湖"。所谓四坝海子者，是因此地一直名四坝，又有天然大湖，故名四坝海子。能想象出当初命名者对水的渴望和丰富的想象力。至于"雁鸣阁"，肯定是雁迁徙，喜于水，并栖于阁，才得"雁鸣阁"。更深的原因，宜另作探究。

回来的路上，我想：酒泉地大物博，历史底蕴深厚。但世人都知道敦煌莫高窟、鸣沙山月牙泉、酒泉卫星发射基地，对其他的名胜古迹、旅游胜地却知之甚少。"天马湖"也自带历史光环，也宜被外界人所熟知，而不是我们常叫的"四坝海子"。

卷

二

诗歌

SHIGE

祁连山诗抄（组诗）

叶 舟

再远

再远，有一座银矿。

再远，一窝鼹鼠，藏下冬季的萝卜。

再远，寺里正在修钟，莲花病愈。

再远，羊群下山，走向了肉铺。

再远，坡地上晾晒了一匣子经书。

再远，二闺女骑着拂尘，远嫁大柳。

再远，上弦月走后，茯茶也凉了。

再远，头顶上一直空着，犹如佛窟。

然后就到了敦煌，翻身下马，

点一盏油灯，喊醒墙上的每一位菩萨。

祁连山谶言

比东面的朝霞，少一炉香火。

比西来的大象，多了一节骨骼。

比夜晚，少一只鹰。

比今生，多了一件袈裟。

比此岸，少一件乞钵。

比大唐，多了一介李白。

比天空，少一坨酥油。

比敦煌，多了一堂肃穆。

比你，少一份痛彻。

比我，多了一幕热烈。

怀想

那时候　月亮还朴素　像一块

古老的银子　不吭不响　静待黄昏

那时候的野兽　还有牙齿　微小的

暴力　只用于守住疆土　丰衣足食

那时候　天空麇集了凤凰和鲲鹏

让书生们泪流不止　写光了世上的纸

那时候的大地　只长一种香草

名曰君子　有的人入史　有的凋零

那时候　铁马秋风　河西一带的

炊烟饱满　仿如一匹广阔的丝绸

那时候的汉家宫阙　少年刘彻

白衣胜雪　刚刚打开了一卷羊皮地图

那时候　黄河安澜　却也白发三千

一匹伺伏的鲸鱼　用脊梁拱起了祁连

那时候还有关公与秦琼　亦有忠义

和然诺　事了拂衣去　一般不露痕迹

那时候　没有磨石　刀子一直闪光

拳头上可站人　胳膊上能跑马

那时候的路不长　足够走完一生

谁摸见了地平线　谁就在春天称王

天梯山石窟

我知道　这一切并非没有原因

带着草木上山

露水的早晨　一角湖水中

麇集着豹群　鹰部落　大象　佛陀

与油灯

这么久了　丝绸之路上

土匪剪径

坏消息不断

一个僧侣暂无音讯

我真的知道　这一切并非

没有原因

中午时　我在山顶晒经

一阵狂风

令天空失色　字迹隐匿

即便石窟内供养着今生今世

一幅壁画

也难以诉说庄严　和秘密

傍晚　我在山下驻足

等一个人前来

朝贡　点香

可银河灿烂　繁星奔走

一种怀腹的伤感　开始

半夜鸡叫

马不停蹄

——这一切　并非没有原因

突然决定

靠在山脚下，突然决定，

大哭一场。你看，春天跳下了马车，

寺庙亮了，鸣禽和枞树，

像一门古老的哲学。大哭一场，

最好蘸上泪水，将冬天用过的灯台

逐一洗净。鲜花在坡上，

麋鹿和枝条，被露水扶起，

在雪线收缩的一带，

凤凰破土，妇女哺乳。

祁连山，一座思想的天山，

一根伟大的脊梁，用了绿洲和石窟，

菩萨与毛笔，卷土重来，

写下今日的说辞。靠在山石上，

突然决定大哭一场，

你看春天来了，春天就要有

春天的样子，布施下悲痛、酥油、隐忍和鞭子，

在这无限的北方。其实也并不孤单，

孤单才是一堆真正的爝火，

晒干《汉书》和酒碗。哭作一团的，

另有班超、霍去病和张骞诸人，

而那个身披袈裟，牵着

一匹白马的僧人，刚刚离开了当年的长安，

大概在九月才能相见。

八月，在汗腾格里邂逅一句唐诗

或许，那一根孤烟，

其实是老鹰撂下的暗影。有人拾起它，

开始研墨，写下大唐的《心经》。

也或许，那不是一块墨锭，

因为天空澄净。牧羊者走出了沙漠，

一不小心，喊破了头顶上的玻璃。

雪豹经过了寺院

雪豹经过了寺院，脱下一件衣裳，

用神秘的花纹，求证贝叶经。

雪豹经过了寺院，看见玄奘

或鸠摩罗什，在古历四月八日，开始沐浴。

雪豹经过了寺院，冰川犹在，

春天里的货郎，捎来了凉州一带的消息。

雪豹经过了寺院，一些酥油化了，

一些灯台熄灭，终归是有惊无险。

雪豹经过了寺院，往往揭起了门帘，

跟我打一声招呼，去而不返。

雪豹经过了寺院，壁画上的大象与狮子

突然慌乱，因为孤独这一碗药，恩重如山。

最响亮的月亮

月亮下头，鸠摩罗什

和我，刚刚从雕版上揭下了

一叶湿纸，端详再三，

开始晾晒经文。月亮没有醉意，

不打瞌睡，照过凉州，

也照过甘州、肃州和敦煌，

像我这样的匠人一般，

谨小慎微，恪守本分。

月亮下头，一匹白马

走进了寺院，不赠僧衣，

也不曾献上莲花，却是一个

襁褓中的弃儿，哭声嘹亮。

大概在秋上，有人匿名

送来了一坨酥油，另有一缸

蜂蜜，这种恰当的因缘，

突然之间开始了融化。

月亮下头，一切并非

那么安详，窟子里的大象、狮子

和麋鹿，从壁画上走下来，

纷纷剃度，回到了人间。

在南门外，一个人

掏出了度牒过关，倘若上面

空白无字，口音

也可以证明他是家乡的子弟。

此刻

嘘，骑在山脊上的

那一团乌云，卸下了雷电，

开始用墨水抄经。

嘘，三棵枞树带着锯子，

正在剖解内心，突然发现了

树皮下雪豹的纹理。

嘘，山顶上积攒的，

要么是前世的盐，或者是

今生的雪，彼此相生相喜。

嘘，我翻身下马，

恰好寺门紧闭，般若休憩，

这说明一切还有待时日。

我对祁连山并不见外

山中，藏着这个人世上所有的根苗：

铁，灯台，因缘，袈裟，蘑菇，豹子与佛法，

儒典，后人，以及一场泪水。

我来到的第一天，和最后一日，

其实什么也不曾看见。

我对此并不见外，因为佛龛空了，

往后的日子，挑水劈柴，才是一门殷勤的课业。

二月二，龙抬头

头颅突然间轻松了，祁连山亦作如是观。

接着，冰川消融，

万木蓊郁，

春天跑下了山坡。在不远的沟里，

有人在浣洗袈裟，有的人

在张望货郎，

更多的牛羊，则走向了生育。

龙在哪里？其实

没有谁，胆敢这么发问——

惟有壮烈的山脊静默着，一如从前。

绿洲缠绵

昏黑的乌鸦，就像我们

在七百年前，捧住的一只只旧饭钵，

蹲在先人的膝下，守住稼穑。

偶尔，一匹白马带着月亮，

秘密南下。张掖睡佛，酒泉哑巴，

敦煌的匠人，纷纷收起了泪水。

和平来了。——这广阔的水脉，

犹如一张偏方，按住了地埂

与节气，也修复了镬头、连枷和内心。

伐冰

那三块冰，用夏天的斧子

伐自山顶，并不是交给疏勒河，

以及深广的戈壁。因为人世上的秋天近了——

木鱼冷却，

弦索枯寂，

一切已无从谈起。

于是，那三块冰：寺庙，雪莲和灯，

必须依次赠与

天空，

心病

与守夜人。

惟有祁连山静默如佛，翻开了

下一年的阴历。

在马蹄寺点灯

事实上，不必点灯。

尤其在黑松林一带，

山口之地，冰川的下方，

藏经阁的屋顶。

或者游牧的部落，或者

打鸣的公鸡。春天

往往有一场在世的薄雾，

夏季是唱诵，九月的

凉州大马，

于此处换下了蹄铁，

开始在雪中磨洗。这一切

真的不必点灯。

窝阔台的蒙古大军，刚刚

越过了山脊。

谁点着了炬火，谁就

泄露了天朝的机密。

黄昏怎么概括

黄昏怎么概括，尤其在冬季?

失踪的儿马，昨晚夕

叩门回家。

马厩空着，那些痛苦的草料

挂满霜花，

剔除了哲学与盐粒，犹如

来日的长路，

充满了谶语。

彼时，天空泌下了一滴蜂蜜：

表面像夕光，

内部

却是一只法器。

后半夜

后半夜，有人在跟雪豹称兄道弟，

夤夜下山，

去邀请一个大雪纷飞的冬天。后半夜，

马厩里的干草突然告罄，

但香音神撒下的花瓣，足够

支撑这个季节。

后半夜，一块山石莫名地炸裂，

但内部的酥油灯

完好无缺，犹如

一只新娘子的绣花鞋。后半夜，

在山脚下的部落，

谁在咳嗽，谁开始了早课，

也许只有雀鸟和门槛心知肚明。

后半夜其实是一座窟子，

一切都不可言说。那时候，

佛陀酝酿了一马勺天光，火候未到，

还有点半生不熟。

张掖消息

张掖的麦草，往往需要晾晒、打捆，长途运来，

成为山中诸寺的御寒之物。

但是，问题无所不在：涨价是一个因素，

天气阴沉，太阳这一座高炉也是麻烦不断。

这其实没什么了不起。入冬后，

大雪封山，在寺里挂单的那一段日子，

我经常跟着师父，捡拾斑鸠、旱獭、羽毛和松针，

浣洗一新，准备好来年的柴火。

来年，在史书中这样记载：太古以来，

甘凉大道上，万泉涌地，如星丽天。

去慰问泉水

山中的泉水，并不比雨水密集，

尤其在这个季节。

但是这些泉眼，乃是

上苍打在大地上的银钉，朴直而烁闪，

含着秘密的熔岩，

盯望长天，锁住岁月。

在雪豹的领地，在寺院与法号的吹鸣中，

在慰问的半途，

这些热烈的泉水，另有

一个别称：白哈达。

围坐泉边，我们跟粮食和菩萨一起，

诉说心事，

小心翼翼地浣洗过去的清贫

与泪水。

——这一刻，多么珍贵。

在张义镇

卸下铠甲，刀枪入库，

在湖水里洗净手脚。

那些金属的杀气，

其实并不被天梯山悦纳。

群山如佛，如缄默的供案，如往昔。

但是开窟造像，则是

另一门纪律。

在张义镇的户籍上，总计

有三户居民：

一位坐佛早于敦煌，

另外的一对喜鹊夫妇，犹如

阿难与迦叶

侍立耳畔，日夜诵念般若经。

不可言说。在这一片幽深的谷地，

春天也才刚刚苏醒。

有一度

有一度，并不是雷电纵火，

而是枞树热烈的心，

在公开表达。有一度，

山羊带着帐篷和子女，

踅出寺院，胡子一大把了，

竟也未能证悟。

有一度，榛莽丛林之间的麋鹿，

犄角上挂着马灯，

在寻访黑夜的下落，这样的事情

往往徒劳无功。有一度，

货郎在清晨进山，兜售自己的苦恼，

但是被一群旱獭拦住，

类似于陈桥兵变。

有一度，那是我的学徒岁月，

我在印经院里帮工，

不小心划破了手，

一袭红袈裟，突然披在了

佛经的肩头。

祁连山笔记

牛庆国

祁连山中的一次漫游

从天堂寺出来　树高大得像佛

但走着走着　树就不见了

当然草还在

由浅绿　到浅黄　再到浅白

我们一起到达冬天的山顶

那时　四顾苍茫

镔铁的光芒里　翅膀的声音　布满天空

那时　草和石头　灵魂出窍

惨白的太阳下　有人和诗歌歃血为盟

但在山的另一面　草木灿烂

在山腰处开着篝火晚会

不知道这是去年的秋天　还是今年的

奇形怪状的石头　一起扭过头来

看我在这天高地远处　怎样跛狼一样行走

我担心自己一旦做错了什么

它们就会朝我一路狂奔而来

惊叹于祁连山中的块垒　如此嶙峋

我就轻轻地摸了摸自己的胸口

那时　春天在山脚下喊我

山脚下是黄河

草原上听风

在抓喜秀龙草原

我看到的还是去年的草

今年的草正在赶往草原的路上

一头白牦牛　毛色再暗一点

就和草一个颜色了

但我还是能看出来它是白牦牛

几年前第一次见它时

它像我的一个兄弟

今年还是

跟着白牦牛　再往草原的深处走

一条雪水河

就像哈达一样在风中飘动

那么多的白石头

像是在河里开着的花朵

一头白牦牛　又一头白牦牛

一群白牦牛

慢慢地涉过河去

没有一点怕冷的样子

但它们向着祁连山的雪线走了走

却又折了回来

它们怕把自己走成山上的一堆雪

现在它们和我一起望着

前面那座白色的佛塔

经幡哗啦啦地响着

和我们身后的河水遥相呼应

从塔顶上看过去　就是高原的天空

和天空上的流云

但云的流动　没有一点声音

我们就在这里站了站

听了听草原上的风

听风穿过羊的身体

穿过白牦牛的身体

穿过佛塔和一条雪水河

接着就穿过了我们三个人的身体

忽然就听见自己心里

也有一片经幡被风吹动

直到天色暗了下来

我们才悄然离开

风就把夜色像吹倒了一堵牛粪墙一样

吹塌在草原上

镜铁山印象

云带着雪意

但什么时候落雪

云也不知道

山学着云的样子生长

但草是什么时候跑光的

山也不知道

风是什么时候吹起的

吹与不吹　风也不知道

一个人在山里走着

听见几万年的孤独与荒凉

喧嚣着　向他涌来

那其中有没有他要找的一块矿石

他也不知道

河西笔记

1

风过去了　云过去了

风云常来常往

关城的门洞两侧

是排列有序的摊点

每一个守摊人

仿佛都身怀绝技

身后藏着兵器

战鼓擂响　或一声号起

就立马跃上城头

而我　只是经过这里

在城门关闭前

要和太阳一起出关

树影已高大起来

像士兵一样开始巡逻

几只燕子的叫声

射向那么厚的城墙

想想并没有战事

但长城内外　无边的沙子

却一直厉兵秣马

我听见它们的喧嚣

2

焉支山下的大风一吹

就把一群马给吹远了

像祁连山的雪线

一闪一闪地动

那天　焉支山的秋草

忽然一起弯下身子

那个在草原上牧马的姑娘

她是哪朝哪代的公主

那天　有人站在风中

用山丹话喊我

怎么听都像一匹胡马

咴——

咴——

咴咴——

3

一滩的白石头

忽然其中的一块咩地叫了一声

再看　一个黑脸膛的人

披着一片羊皮

像羊　也像石头

他正不紧不慢地抽着一锅旱烟

心里的想法

肯定比羊高出一等

如果羊们都坐下来抽上一锅烟

那就是烽火台上的狼烟了

想当年的烽火　也无非是一个朝代

心里有了事情　就狠狠地抽烟

那时　长城外正在集结的云

像匈奴的马队

眼看着就要冲过来了

但羊还是只顾低头吃草

它们相信在一棵芨芨草下

就可以藏身

4

怎么能把一个人弄得这么黑呢

在凉州的街上　一眼就能认出你来

我说嗨　兄弟

你奔跑过来的时候

阳光在你的脸上叮当

风沙在你的脸上叮当

你的每一根骨头都在叮当

像一件黑色的乐器

但你说最是雪满凉州

一个人站在南城门楼上

就能听见自己身体里的声音

那天我在车站前抱了抱你

就像抱住了一首凉州词

5

是什么风把你吹到了这里

都这么远了　还要吹

我看见风把你的叶子翻过去

亮出银光

又翻过来　亮出金光

就像那么多的女孩子

先伸出手心

然后又伸出手背

手心手背都那么好

金子和银子　我都爱

可每一棵胡杨树都是一座金塔

这么大一片胡杨林

我只要你的几片叶子就够了

剩下的　风将用它的火车

拉到秋天的深处

雪豹（组诗）

古 马

杂木河

雪水从祁连山中流出

一直往北

村庄，一座比一座荒凉

从前磨面的时节

似乎总在下雪

雪很大，衣服鞋子都很单薄

流水帮人

流水之上再不见

松木的磨房

马灯，在小小窗口里晃荡

黄昏亮到五更

杂木河

仿佛我母亲血管中久远的河流

她身患绝症的时候

想要去到山根河的上游

坐一坐看一看

今年夏天

我母亲都故去十二年了

我回到故乡找回杂木河上游

坐了一坐

看了一看

河里的水流很小

干旱

把祁连山的雪线又推到了新的高度

雪线以下，松林青黛

那里是香獐马鹿熊瞎子和蓝马鸡的家

细小的雪水四面八方从石头间生发

从云缝里生发，从我母亲

没有了一切的心里生发

然后，在我头脑中汇聚

浩浩大水流出山口

一直往北

往北

青畴万顷

祁连山中

三月将尽。山岭依然枯黄

坚冰融化

风声、水流之声

扩充峡谷的寂寥

受惊的羊只飞速攀爬阳崖

像一伙躲避乱世的匈奴人

立定于砾石纷纷滑坡的半壁

警惕回望——

一台白色的越野车偶然闯入

在谷底停住

几个人影从车里钻出

到马路边观望、溜达

有人去到背风处小解

一对灰天鹅从水面掠翅飞走

飞往何处栖宿

我们，又将魂归何处

清明私语

今年的雨水多么好呵络络秧

齐膝的白刺灰条长满了墓地

坟头早就被平了

过路的人

谁会知道有人在这里长眠

草棵间的蚂蚁像黑釉粗瓷恍惚的灵魂

搬运着秋天温暖的阳光

蝴蝶翩翩

在附近苜蓿地里飞来飞去

就像簇新的衣裳　教人欢喜

长眠的人还会欢喜吗

灰条朴素

母亲　我轻轻一握

可是握住了你微温的手臂

山势淡远

祁连山　一句难以言表的话

青青地横亘在天地

疏勒河

昨夜有一颗小星

雪的孪生姊妹

陪伴他翻山越岭

她都说了些什么话呀

动荡的波涛折射出点点银花

醉梦一般

在野兽嚎叫的旷野

或是被一棵怪松的枝柯挂住

或是真累了

在哪一块老鹰蹲过的岩石上歇脚打盹

雄性的疏勒河

何时把那一颗映照他心房的小星走丢了呢

穿过黑夜的针眼

急促的河水

变得开阔

空荡荡

了无牵挂

旭日站在河岸上

笑盈盈地说：瞧，他比我圆通

释然，自在，比我还要前途远大

西营温泉

从冷龙岭下来的雪水

和干渠旁成排的白杨

从一大早就各说各话各弹各的调子

十月红黄

偷来虎皮的斑斓

这里曾是吐蕃故地

弯弓骑射天狼的勇士

名字早被风声埋葬了

你说起和亲的弘化公主

在偏于寒凉的西陲

在此饮乳酪啖腥膻的山乡僻壤

终于找到了

可以治愈乡思和皮肤干燥症的药泉

——就在萧萧白杨和冷冷雪水的话音外

热汤从乱石间滚滚涌出

如白莲盛开，如仙乐阵阵从天而降

哦哦果真是弘化公主的白莲

让个个试水的儿童变成花蕊

他们无忧无虑的笑就是今天和未来的黄金

哦哦哦哦果真是阵阵仙乐从地心升腾

让我们心耳洞明仿佛洗掉了三世积垢

——我们真的飘飘然似曼妙的飞天了

在西营，刚一触水我们就与阳光一同

深深地酥醉了

冰沟河取景

——赠凉州诸友

鹰的家族

在晴晕的高空表演飞行的方阵

从松林覆盖的岩壁边缘

数十双翅膀突然同时出现

排云直上

谁能察觉大山的山体有一阵轻微的地震

鹰唳清，草木黄

微风在起伏的山野传递着一个骚动的讯息

走兽窟穴昨夜霜

马莲滩头锈石寒

在那些训练掌握了平衡术的稳健滑翔的翅膀下

很快，一切都复归平静

溪流潺湲

一切如常

一只停止吃草的白牦牛

背倚苍山

与我远远对视

它有着和鹰的家族相同的苍茫辽阔的背景

我有什么

黑河湿地

罟钓避让在春天产卵的鲫鱼

蜻蜓飞临稻田

纱翅透明如酒，如款款小令

使雪山倾倒

在这白天鹅打个转身就不愿离开的地方

鹿的踪影如舟楫在无边青芦中出没

那敏捷如流火的族群

温柔似鹿茸的曙霞和傍晚的炊烟

它们几时收到了这一方沃土的邀约

也从深山险处迁徙而来

和市镇边缘的移民新村比邻而居

呦呦而歌

我想折一枝芦管

为白波雪意寄情深远的黑河伴奏

过了春夏

秋声吹老了芦花

芦花多酸楚

酸楚又欢喜

这短暂的一世

终将迎来大雪纷飞的日子

终将和冷龙守护的雪山白头偕老

宁昌河谷的谈话

五月。山外杏花才开

山中草木犹黄

山头积雪岭上白云

但有远近不分亲疏

河谷里涧水淙淙

穿行于乱石之中冰板之下

野桥数处在暖阳里等待什么

请跟我来吧，铁穆尔

带着你的乌兰和爱犬

从夏日塔拉草原赶来

来到这松林驻守的河谷

与我们共度美好的一天

散放的高山细毛羊

染着花花绿绿的颜色

如同带着尧熬尔人的姓氏

远离牧户的棚舍

在山野里啃食黄金的草芽

一只受惊的母羊紧跑几步

在野桥旁侧，一边护着吃奶的羔子

一边朝我们回眸

而那惯于在悬崖峭壁俯瞰和沉思的岩羊

未曾出现，只有从雪山陡岭失足的黑熊

在你惋惜的话语里闪过

大雪的日子总是艰难的日子

大雪染白了多少人的须发

大雪掩藏了多少憨憨的骨肉

你说，你已经拉了几卡车的松木

劈成烧柴，码放在夏日塔拉草原的家中

草原也如同此地，也如同九条岭上

七月八月花始盛开

你家中壁炉从秋天一直要烧到立夏

夏天，星星在草原深处集会亲如兄弟

夏天的夜里，壁炉里的火也要烧旺

朋友去了，有酥油奶茶

宰牛煮羊，九月十月，连蘑菇都肥了

你小小的爱犬，时而跑在我们前面

时而在你怀抱里，眨动着水墨的眼睛

听我们说说话话，往河谷深处走去

褐色的松果已经风干

落在松下，又轻又空如大千一梦

其中的籽实或被一阵风带走

或沉入泥土

仿佛语言

阳光的种子

岩羊

乱石和草色之间

青背白臀，黎明的动感

来自岩羊

岩羊选择食物

如同诗人选择名词和动词

思维敏锐，从一个词

跳跃到另一个词

中间是野花寂寂的缓坡

或杀机四伏的绝境

是曲折和艰难怀疑与否定

是饥荒与满足

是舍和得

绝处逢生

岩羊立定于一块怪石的锥尖

跃上群山的旭日

仿佛刚刚踱出栏圈的骆驼昂首阔视

仿佛一滴热血

正在和它交流

渊底

水声清远

穿过幽暗

雪豹

雪豹独来独往

在巴尔斯雪山雪线之上

远比唐古特雪莲耐寒的影子

稀罕，神秘

它隐身于陡岭峭壁

偶尔从云中探出脑袋

目光凛冽

仿佛莫邪现世

险要处

野羊步步警惕

狐鼬对月起舞

当它纵身一跃

春秋已被改写

南山种树赋

——赠友

北漠种草，蜻蜓飞飞

南山种松，青海粼粼

十万云杉

引来云雀招来花鹿

朝云暮雨

除了这生生不息的绿色

谁不凄怆？谁能背倚祁连

在山坡之上

长久地眺望凉州

塔立信舌，月斜钟楼

画藏乡亲百万

云雀的啼鸣

一直在云间

变幻着凉州词

南山青葱，年年岁岁

花鹿矫健的身影

逐烟追鸟

越过山冈上

和云杉合唱的山楂树

把火红的果实

酸酸甜甜

留在十月的枝头

留给你们

留给后人

我独自出行

王 熠

那一天，我独自出行

在沉眠的祁连里

寻找冰川中祖先遗落的经卷

和牦牛一起

驮起高原的黄昏

酥油灯舔舐经幡的夜晚

我听到古羌笛喑哑的呢喃

迁移的岩羊路过

我同月光一起坠落

直到有一天

我看到牧人消失的马蹄

触摸鹰隼穿越雪线时的季风

听到大地之子内心不甘的狂澜

我知道

那是古海离开时散落的永恒

是被沙砾反复摩挲的秘语

是我灵魂深处的呐喊

是祁连的声声回响

祁连山赋

张政民

一

巍巍祁连，横绝八荒。

雪冠凌霄汉，云裳垂乾极。

玄冰铸龙脊，玉髓注坤舆。

黑河梳黛髻，石羊佩瑶玦，疏勒西行叩玉关，

三川如剑似浑茫。

万壑同吟钧天乐，双阙洞开造化门。

左掬弱水沃瀚海，右揽绿云织锦章。

——此乃昆仑擎天臂，亦为禹甸哺乳源；

实乃阴阳交泰之枢机，更系人天共契之屏障。

二

孕灵泉，滋生命，

亿载演化见沧桑。

虬松劲立穹苍下，铁甲虬枝破玄霜。

千峰裁翠和天幕，万籁寒涛生大江。

根汲黄泉润赤壤，叶筛玄雾浣天光。

苔衣藏鹿篆春秋，松塔缀星绿洲上。

冰川开玉匮，绿洲贯珠链，

更持弱水三千刃，直劈居延照金芒。

三

锁狂沙，镇黄魆，

丹青妙手锁苍黄。

雪豹巡山移魅影，香麝贪斟雪涧浆。

岩羊踏月敲霜磬，黑鹳裁波绣云章。

胡杨戍燧擎金炬，芥草裂岩吐碧芒。

谁言寒极无颜色？马兰紫焰灼穹苍。

封山养青骨，退牧还翠裳，

万物得其所，始信乾坤有大常。

四

牧星河，耕云海，

水草丰茂五谷昌。

穹庐星坠接银潢，奶酒斟空北斗觞。

马蹄踏碎祁连玉，牧笛吹融戈壁霜。

驼铃唤醒敦煌月，丝绸铺就星河梁。

阡陌纵横织锦绣，麦浪翻作黄金洋。

民勤通地脉，族睦谱天章，

最是人间烟火色，醉将河西认酒乡。

五

歌其勋，铭其德，

寸楮难尽万物长。

龙脊贯通华夏脉，天门洞开紫微光。

冰川吐哺三千界，更润居延十万疆。

秦皇置郡开疆土，汉武凿空拓康庄。

唐风元雨滋丝路，张掖气象震苍茫。

若无擎天柱，安得陇亩香？

当叹神工施妙手，更教洪荒入辞章。

六

驮春秋，载兴亡，

祁连铁骨立苍黄。

古道驼铃传秘史，边城羌笛诉沧桑。

春风已度玉门阙，生态文明长城长。

冰心不共流年改，我持绿码启三阳。

青山即是千秋诺，银峰架起亚欧梁。

——此乃祁连脉动应天命，山魂淬炼耀玄黄！

看今朝，一山开两翼，

左掖鲲鹏抟丝路；右舒鳞甲护沧溟。

寰球同此沐曦光。

望祁连（组诗）

包 苞

山丹夜观人邻兄炒拨拉

好雨带来惊喜

烹饪者带来火焰

草原肥美

佐料诡谲

拨拉——拨拉——拨拉——

战马衔火复活

羊只戴花归来

岁月长歌

不敌百姓好吃喝

焉支吟

马背滚落的一座山
歌声，把它托举

刀尖上藏着的一座山
积雪，埋着它的头

六畜无知，啃它遍地青草
不问敌友

风有故乡，爬上坡
唤醒十万青青云杉
作战马嘶鸣

这是八月的焉支山
碧空如史
徒飞漫天云絮

只有弱河水
养它两岸嫁娘
吟颂风中的故乡

故乡、故乡

远了战火，肥了

牛羊

珊丹

天不下雨

青草不活

祁连无雪

十七座水库干涸

想活命的

都走了

大佛无处可去

独抱一场无名大火

山丹军马

它们都是军马的后代

但现在，只是马

供人骑乘

或用于出售血清

牵它们的

是骑手的后代

它们骨骼高大

眼神忧戚

铁青色的祁连山

也比它们

跑得快

平山湖大峡谷

平山湖不是一座湖

是戈壁深处一个蒙古族聚居的乡镇

全镇只有两个村：红泉村和紫泥泉村

我诧异于火焰般的地方

却有一个波光粼粼的名字

不是湖的平山湖

有的是时间冲刷出的赭红色大峡谷

有人骑着骆驼进去

一朵一朵的云，就从峡谷深处泛上来

云朵干净、饱满

低低地悬着。一朵两朵的云

阳光照过去，像照着一个两个

波光粼粼的村落

望祁连

铁青色的祁连山

陷在时间中

顶上积雪消了

顶上积雪复又积聚

世人眼中的一路狂奔

或许，只是深陷一种绝望

一动不动

绝望有时是深蓝色的

一望无际

有时，是一朵深陷其中的法螺云

多年后，被再次遇见

焉支

马在山脚吃草

花在坡上静静开放

花在想一个妇女

马在想它的骑手

十万云杉如戈如戟

一朵云，在山头探了探

就不见了

像一个身影

躲进了历史的深处

半城塔影

我在努力还原那些被拆掉的木塔

云影却会制造繁忙的假象

这是一件耗费气力的活

类似竹篮打水

想想那些已经展开的经卷

想想有人还在驿站等我

时间就传来叮叮咣咣的重建之声

这真是一件虚无的工作啊

半城塔影里，时有驼队出入……

过河西走廊

向着落日疾驰的高铁

也仿佛向着一面古老的法器

一声汽笛

袅动的

是一条大河的分支

和那些分不清面孔的人消失在大地深处

护送十万粒沙子回敦煌

汪 渺

一

七年前，我怀里揣着婴儿似的

揣着一个透明的瓶子

瓶里装着敦煌鸣沙山的沙子

粒粒沙，干净得犹如佛经里的文字

坐车三千里，从敦煌回到了天水

一天，突然省悟

自己有些残酷

竟以爱的名义

将十万粒沙子囚禁

鸣沙山，团结了数万亿粒沙子

可从不约束任何一粒

沙子可以借着小风的腿，走

可以借着大风的翅膀，飞

二

想鸣沙山了

想月牙泉了

想敦煌了

想自由了

我听见了十万粒沙子的心声

动车，从天水启动

再过九小时，就到敦煌

看着怀抱里的一瓶沙子

感觉是护送孩子去远方

七年前，因为爱

我才将十万粒沙子装进瓶子

带回天水

现在，因为更懂得爱

才想将沙子送回真正的家

让沙子过上沙子的生活

让沙子沐浴敦煌的阳光

除过我，陪同沙子的

还有一瓶天水的水

三

望见鸣沙山的瞬间

血管中涌起滚滚热浪

好像我前世就是一粒沙子

回到了自己的家

人不能将自己的欲望

强行加给一粒粒沙子

沙子有不发芽的自由

即使被滴滴圣水润泽

沙子也拒绝发芽

只想活成小小的自己

在寸草不生的鸣沙山

沙子一点也感觉不到荒凉

谁，如果感到荒凉

请赶快离开

于沙的世界

想变成草的，请赶紧走

想变成沙的，请留下来

四

从瓶口里流出的沙子

流入鸣沙山时

发出细微的沙沙声

好像多年不见的亲人在窃窃私语

我在带来的沙子身边躺下来

望着蓝汪汪的天空、洁白的云朵

温暖的阳光洒在我身上

风吹起的沙子，轻轻抚摸着我的脸庞

几行泪水涌出，洒向沙子

好像沙子也在流泪

我也不过是渺小的一粒沙

可为何拥有比沙子还多的泪水

有些泪水，为什么离开天水

来到敦煌才能流出来

五

我用手指，在鸣沙山上

一笔一画写下了几个人的名字

有的是我的恩人

有的是我心爱的人

有的是逝去的亲人

你们可感受到了温暖

你们的名字躺在鸣沙山上

盖着一层灿烂的阳光

一串名字

被风

慢慢带走

连个字腿也没留下

不甘心的我

又写下了一个人的名字

怕它随风而去

伸出手，想牢牢攥住它

可攥住的仅是一把沙子

并且攥得越紧沙子流得越快

最后，手心里剩下的几粒沙

如同几粒凝固的泪珠

这一切
鸣沙山下的月牙泉全看在眼里

六

下山时，脚一走动
前面就涌出一条小小的流沙河
带着我，向月牙泉一步一步走去

敦煌有一双微笑的月牙眼
一只白的，一只绿的
白的，微笑在夜空，叫月牙儿
绿的，微笑在鸣沙山，叫月牙泉

即使月牙泉清清的水
能治好我眼睛的干涩
我也不想带走一滴

我拧开瓶盖，将带来的水
　滴　滴洒向月牙泉
月牙泉笑出感激的泪花

月牙泉，我还想带十万滴天水的水

再来看你

鸣沙山，我还会来看那十万粒沙子

还要在你身上，写下心爱的人的名字

祁连山诗歌二首

吴玉萍

圆形烙印

鬃毛般的云絮垂向祁连山脊

落日是烫在肩胛的圆形烙印

被驯化的黄昏正在返祖

我的泪水突然获得重量

坠落在山丹马场的刹那

整片草原开始向上生长

芨芨翻涌着银白鳞片

草浪灌满喉咙

咸涩的潮涌漫过沟壑

血脉中有细碎的蹄声传来

地平线开始融化

地平线开始融化时

我听见骨缝里的草芽破土

整个马场开始迁徙

我的瞳孔裂开一道峡谷

那些马群正从血泊深处归来

踏着三足铁釜的锈迹

我看见千年前的自己勒马长嘶

当落日坠入四坝滩的陶罐

黄昏吞下最后一声嘶鸣

破碎的月光溅满毡房

我终于读懂泪水中漂浮的

是千百年前那些被风吹散的骸骨

我摊开掌心

接住整个草原的暮色

掌纹里蜿蜒着

匈奴的胡笳　突厥的蹄铁　月氏的银器

我的泪水不是悲伤的结晶

是受惊的马群

是八万顷草浪在血脉中的倒影

是二十四史里锈蚀的青铜箭簇

此刻正被熔铸成液态的星空

直到黎明

地平线重新凝固成马鞍

地平线重新凝固成马鞍时

我交出所有骨骼

作为游牧的凭证

楔入山褶

我在某个黄昏楔入祁连山褶皱

夕阳正在铺叙光影的织锦

深邃的蓝灰　温暖的橙红　柔和的粉紫

明暗流转　色彩交织间

山的皱纹愈发细腻

《路过山风》的旋律突然切开皱纹

赭红胎记随副歌挤压、抬升与沉降

大地深处的脉搏

瞬间完成一次亿万年的地质变迁

潮涌入我的瞳孔

古生代化石在鼓点中轻轻摇摆

雪线融成吉他上颤动的银丝

琴弦将暮色缝进岩隙

泛音滴落

怪石睁开琥珀色的瞳孔

在每一处嶙峋埋下一粒

倔强的绿

等待　破晓

风掠过岩隙的呜咽被谱成伴奏

我的呼吸与地质断层共振

直到降调劈开四亿年沉积的沉默

整座山在副歌中舒展成波动的浪

当最后一个音符坠入八宝河

琴弦揉碎了所有岩层的年轮

山风里飘荡着泛音的齑粉

整座山脉举起月光斟满我的思绪

此刻我把自己蜷缩成一块页岩

让坚硬外壳的裂隙复照青苔

整座山脉开始在我泪腺里

轻轻地　轻轻地震颤

祁连回响（组诗）

谢荣胜

我用雪山擦洗过的银器给世界敬酒

三杯酒

我用雪山擦洗过的银器——月亮酒碗

高举头顶

一杯敬上苍，一杯敬大地，一杯敬先人

敬天地里的神灵、星空、山脉、树木、河流、牛羊、飞

禽、草原

敬人世里我爱的人和爱我的人

然后我再一饮而尽

饮下一枚落日之欢乐和幸福

饮下一堆篝火之痛苦和甜蜜

饮下一杯雪，一杯田野，一杯徐来清风

尽享辽阔山河和人间

和我的燃烧

我要用雪山擦洗过的银器给世界敬酒

采药人用雪山和草原写下一生诗歌标题

采摘草药老人，露水中踩出一条白亮之路

出没群山、隐入山林、云深之处

一缕药香捆在腰间

他的眼睛里住着一双老鹰

仔细挖掘青山、松林、河流、草甸、植物、花朵

之叶之骨之根之花之果实

山岗磨细了青春和光阴

雪山般等待中，有时会拐入岔路，走失自己

和雪一样，用沉默和沉积寻找另一个出口

这个雪山染白之老人

这座青山中移动之雪山

一生在祁连山腹地穿梭

一生搬运这草药香、月光白、水之亮

一背篓的羊，羊圈，夏营地，冬窝子、沉重生活

传染了大山胸怀之老人

回到炊烟里的家

就会把一切轻轻放下

用雪山和草原给自己编织一座美丽花环和晚餐

远眺素珠莲峰

牧人之雪，每一天从清晨牧场赶往暮色营地

白云和雪山把黑牦牛慢慢洗白

丝绸经卷里潜伏着一粒粒白牦牛汉字

我很好奇，素珠链峰雪山那边是什么

究竟会隐藏多少秘密

不断靠近，但从没到达过雪山之巅

更不要说雪山后边，雪山以远

是青海，是松林，还是蔚蓝

小时候，在陇西，那秦岭怀抱中无数丘陵

一页页大书，层层叠叠，生出白云、青草、梅雨季节

掩埋一位少年的孤独和无限向往

我总是渴望走出大山

看看绵延山丘后面会有什么，我丈量过

但从未走到丘陵后面

我骑马，徒步，坐甲壳虫

都让一场场雨水，闪电，沟壑，沼泽，灌木，时间

挡在出发的地方

此时，我和祁连山黛青倒影

和树林、寺院、群山几乎没有什么区别

其实我的生存半径不足一里

每日只能听到雪山古松低语

凉州春日

春风三千里，我只爱一缕绿色

丝绸五万卷，我只要一碗河西月光

此刻，我让祁连山洗得，失去了颜色

不是一匹骆驼、不是一匹白牦牛、不是天上羊群

我只想采撷一缕新鲜雨水抹在脸上

我只想把两粒露珠作为我抚摸世界的眼睛

她把冬天长发束起来

别一枚对折月亮发髻

插两枝迎春

洒青草香水

抹阳光胭脂

涂桃花口红

把春天打扮成邻家女孩

清爽、湿润、简捷、干练

她有青春身份证和花的名片

可以经过丝绸之路、通向雪山

到达我心上之河西走廊

我要给她让道

我要给大地，河流，田野深深鞠躬

哈溪之夜仰望星空

一枚枚银币

准确镶嵌在闪烁微弱之光位置

那个去祁连山深处挖土豆的人

他多想摸摸雪山和大地丰收颜色

旷野里

秋风擦亮了他和一枚枚土豆

黑夜淹没了一盏盏酥油灯

河流把自己带向暗处

一座座寺院钟声，点亮今夜星空

明天醒来时

酥油灯会回到生活大殿

河流和钟声托起弯弯炊烟

挖土豆的人

星星串成手链

露珠挂在胸前

生活给予的

生活终将收回

祁连山落日

昨晚我丢失了一只祁连山清澈落日羊羔

清晨，露珠牵着它不会原样归来

一万枚星宿锤炼过

他饱含了更多薄凉和夜光

背对大自然，我们假设了许多人间路径

其实隐藏背后经历和真相

其实真的没有那么复杂，也不会如此简单

在草原上

有花的站牌和蜜蜂指引

和流云喝过酒的人

树木、河流、牛羊都会飞起来

空旷和宽阔人生还会有什么沉闷日子

祁连山：细水河

祁连山会收回一切吗

还是几年前的细水河吗

还是一根月光针线，穿过雪山，草甸、山谷

缝合细碎不同的生活

还是那么手脚冰凉，还如少女眼睛蓝色清澈

只是波光石头上老年斑又扩了一圈

我问过的路还蜿蜒在那里，只是腰弯了又弯

土塔村之老人又有几位头顶白雪告别世界

可能此生不会再有重逢日子

几位老人绕着玛尼堆，一圈圈寻找来世之方向

青石垒砌梯田

土豆花羞涩躲闪突然闯入者到来

大水草滩、马莲台、祁连林场、蝴蝶泉

未见沧桑，只见苍茫

白色、青色、黄色、绿色

依旧从雪山顶到松林到油菜花到草原到青稞地

铺陈而来

旱獭饮水

锦鸡渡河

牦牛和马

一遍遍亲吻爱上之青春草原

金银露梅、狼毒花、马莲

已悄悄从七月大水草原撤退

受惊的风

雪豹一样从原始森林冲出来

黄昏给我们带来几千只蝴蝶

一切一切真的都要被祁连山和时间带走

大通河流水带走不同命运之人

转经筒不会空转，时间之转经筒也是

大通河流水带走一拨不同命运之人

那个坐在草原上和自己和解之人

他在雪山、河流镜子里看到

自己之明亮、伤情、沉默、叹息、一生挣扎

天堂有些人想经过，一夜之后

天堂寺的客人

住宿在钟声和星星酥油灯上

天堂和天堂寺，相隔着不止是一座寺院

是甘肃、是青海、是雪峰、是松林、是草原

是盲窗、是唐卡、是金露梅

是无尽蓝

钟声之清晨，转经筒之黄昏

磕着长头的青海人说要去天堂

其实他要去天堂寺

他们之间只隔着一条大通河阳光栅栏

每向前一个长头

他们就把自己人生和命运紧紧拧在一起

在生活的转经筒中看见星空

祁连山中偶遇孤独异乡人

一只小蜜蜂，搭乘黄昏货车

缓慢行走在祁连山腹地

这个匈奴人

他背着的利箭准备射向星空和自己

有爱却要沉默，有恨还要平静

钉在膝盖上的思乡关节炎

在一朵狼毒花上

会不会给一生隐藏

穿上青苔

八声甘州之张掖湿地写意

芦苇抱着微风和六只闪光天鹅

一箱箱鸟鸣储藏灌木丛中

露水里，一群蜜蜂

清晨向幸福生活掘进

凉亭丝竹呈现：平沙落雁、高山流水、胡笳十八拍

不停模仿祁连雪山云影、胡杨林、鹰王之湖泊

让几只点水蜻蜓搅动

闪耀张掖金光

在金张掖我饮下雪山养育的星辰和大海

滨河，临水，酒海

玫瑰花香，九粮液香

小女孩之香

是她弹着琵琶眼里光亮

黑河，黑水，两天河西之行，太阳送我的黑

但黑夜不会来临，不会

酒太阳烧红的人，找不到黑

两姐妹，我只爱一个，太阳晒黑的

最黑的一个美人

今夜，我坐在美酒的篝火上

下面是高粱、小麦、沙米、大米、糯米、黄米、黑米、

绿豆、豌豆九条粮食的引线

祁连雪水这条冰凉丝绸

此刻在我眼睛里化成七彩丹霞

缠在手腕上

我和这个世界的相处

是九条河流之上

星辰和酒海共同养育的西部

登天祝石门山记

山敞开胸怀

白云和雪山是我登顶的希望

我只能不断用手和脚往上爬

灌木和马莲有时也扶我一把

羊群走过的路

让青草缝入山坡

旱獭制造的草甸关节炎

是一堆堆往事

赶下山坡云朵

要回到夏营地

留下山顶积雪

把寂静还给山林

留下黄昏将至之星辰

把清凉交给世界

山河，不会放弃任何人

无论你登临还是退却

在柳条河村

双洞桥

是村庄带着的一副眼镜

泉水流淌

看见羊群、青山、青稞地、路人

黄昏，一只小松鼠，

提着一筐麦穗

在来往人群中

有没有等待的人出现

柳条河汽车站

白杨木廊檐

已经腐朽，垮塌

一天一趟班车

三五个人去了远方

一两个人回到故乡

祁连山的云

赵兴高

1

那是一群离开了自己身体的马

驰骋在山巅

却望不到曾经的烽烟

2

有一座雪山

有一坡青草

有一个牧马人的后裔

用芨芨草编织着山丹马

我迟疑着，该不该借用他手中的马

去追赶已然远去的战争

3

当我迈向你时

却看见你的大手

抹去了盘旋在空中的鹰

抹去了雪峰

抹去了牧羊的卓玛

泉水般的歌声

踩着草尖漫过来的云啊

会不会把我也抹去

4

坐在空中

你用雨的嗓音念诵着

草儿青青，草儿青青

于是，雨的种子

长出草的根

牧马人是见证者

啃食过夜草的马

踏碎过霜晨的月

踏碎过残夜的星

它们不懂得死亡

它们的眼里只有刀光

和剑影

5

我认定，你来自遥远的时代

若不然，怎会有着狼烟的表情

此刻，我看见

你绕过山峰走了

你踩着山尖走了

云啊，能不能为我打开月亮的窗

我想看看，那匹踏着飞燕的天马

是如何喷着响鼻

从两千多年前的时光里

向我奔驰而来

我还想看看

驼背上的昭君

马背上的文成

只是，公主啊

我不该偷看历史吗

为什么有两颗流星的光

刺痛了我的眼睛

6

你为什么要躲藏

你也怕光吗

太阳出来时

我找不见你

只有一小片　一小片影子

远远地　注视着这座大山

那枚曾用兽骨磨成的针呢

或者，把大雁想象成一枚针吧

我想把飘散的云

重新缝合在一起

把撕碎的历史

重新缝合在一起

7

门源的油菜花开了

民乐的油菜花也开了

这嫩黄的颜色

适宜恋爱

我想看看，你绾起发髻

走下山的样子

想看看，你走进花田

戴着彩虹的大耳环

舒卷着女性

丰满曲线的样子

8

如果雪山转过身来

是匈奴的单于

还是吐蕃的王

如果月亮揭掉云的面纱

是阏氏、王妃

还是我的卓玛

我看见

山，揽云入怀

云，伸出柔软的臂弯

我还看见，调皮的云

从身后罩住了雪山的眼

我什么也看不见了

云的手啊　　也罩住了我的眼

武威五赋

刘山

武威赋

古之凉州地，今则武威城。河西要塞，五凉纵横；丝路重镇，六朝古城。处谷水之堂奥，枕陇山以藩屏；扼中原之关隘，守兵家以必争。东依白银借势，西靠金昌乘风，南倚祁连，风光无限；北延沙洲，景色各异。曾经古道连广漠，而今璀璨露峥嵘。

史至汉代，武帝开疆，设凉为郡，定国安邦。金戈铁马，威震四方。驱匈奴于漠北，开丝路以流芳。河西都会，薄伐猃狁，恢我朔边。戎车七征，冲棚闲闲，合围单于，北登阗颜。骠骑西征，猋勇无前。长驱六举，雷霆震天。饮马瀚海兮封狼居胥以边关，西规大河兮扬鞭列郡于祁连。

观夫丝路风情，天梯古雪依山关；河西景致，振衣千仞览青川。凉州会盟，藏地重返。客居十载，真经流传。雷台飞马横天下，西夏碑铭非一般。罗什塔，不违典章盛名远；白塔院，彪炳千古竟空前。忠烈节孝，天衢云路。月殿折桂，楷模万年。武威文庙，陇右学宫之冠；凉州府学，三陇传承以巅。闻夫凉州历史，文蕴丰厚，仪礼汉简，美酒辞觞。丝路明珠银武威，物阜民殷庆安康；五凉古都开东晋，桑麻翳野兆盛唐。中外使者，往来匆忙。马蹄踏碎，边城星光。闾阎相望二千里，阡陌连绵媲三江。

若夫文明长贯，白马驮西域之奥秘；慈航普度，天竺传佛音以妙谛。藏回蒙满溯先祖，民族熔炉称世遗；五凉前后纵横处，六朝昌盛创业绩。鸠杖光转，石窟影稀；鼎钟齐鸣，梵寺林立。观其铜牦牛、六博俑传神，"白马作"独支，铜辀车夺巧，木缘塔珍奇；赏其雀飞马，王杖补遗缺，汉简书礼仪，一蹄踏飞燕，气象吞天地。技艺灵怪兮机关巧置；慧心妙手兮卓绝双璧。

至若五凉文化，源远流长。上承建安，下启隋唐。别具一格，史不绝章。微异其名，姑臧城王。观其，市南宫北易格局，古来园林源苏杭；忆其，拥兵割据十六邦，修文偃武始前凉。牧耕并重兮礼优士儒，民族融合兮犹添辉煌；丝路贸易兮路通天竺，客商络绎兮往来走廊。舞乐流广西凉曲，弦歌融合胡琴腔。箜篌琵琶箫笛鼓，盛名卓著韵味长。莫道武威是边城，古圣先贤汇四方。不见古来盛名下，先于李益有阴铿。弱冠出口五言诗，垂髫挥毫风雅章。平仄诗魂超李杜，启蒙格律开盛唐。开元之下绝七言，中唐边关歌悠扬。呜呼！唐时变文，宋代说经。铺陈道白，吟唱铿锵。上净天宇兮下扫凡尘；凉州古曲兮歌舞呈祥。是以走太极、列八卦、摆奇阵，开合有方；向以闹新春、喧鼓箫、影参差，兰麝飘香。

全若武威特产，丰富多彩。各具特色，独领风骚。葡萄美酒，犹如琼浆玉液，十里香飘；古浪香瓜，恰似蓬莱仙果，酥脆馨瑶。凉州熏醋，最能佐餐入味，酸醇媲醪；民勤羊肉，真正味鲜肉嫩，堪为佳肴。于是乎，山川蕴特奇，走廊黍香飞。瓜菜果枣饮远誉，畜禽药草扬京畿。名列前茅金冠果，史志称道猪头梨。万寿山下人参果，不见当年行者迷。高原之舟白牦牛，比肩驿马任驰驱。难得良药金不换，三十四味万寿堂。三九锁阳兮黄芪人参，十方九草兮枸杞麻黄。大月饼兮登央视，葡萄酒兮传万邦。形似毂轮千层饼，高担酿皮冠八方。唇齿相依三套车，致使客旅不思乡。诸多特产，相得益彰。闻名遐迩，灿烂辉煌。

大矣哉！古有秦关雁塞，今话亚欧路桥。革故鼎新，开放以肇。用人才以效五凉，不拘一格汇英豪；凝人心而聚士气，正本清源逐浪涛。启民修工兴农业，护水治沙隐患消。招商立项步步妙，工业强市节节高。生态立市之转型，科学发展似春潮。工业生态齐并进，城乡互动竞妖娆。构和谐之新象，善民生而多招；建新区之改貌，筑鸿篇而任劳。于是乎，乘河西之东风，御汉唐遗韵以九霄；现亘古之文明，谱当世画卷以多娇。

嗟乎！适逢升平盛世，繁荣兴旺。顺改革之潮流；谱康阜之新章；展武威之精神；书开发之盛况；扬丝路之文化；圆复兴之理想；创康庄之大道；显开放之气象。人生虽短，来日方长。翘首以待，旖旎风光。万众一心，势不可挡。展望武威之未来，则更灿烂辉煌矣！

凉州赋

河西风光，一派雄奇。陇原次第，草木丹黄。边陲寒凉，凉州治义。西汉刺史，三国建置。逐鹿中原，鼎足相依。蜀曰凉州今依旧，魏称雍凉已成昔。五凉京华，历隋唐而兴西蕃，迭代更替；河西都会，襟诸国而带行旅，商贾云集。惟我凉州，虽处西陲，实为枢机。斯东望内蒙古，西控五郡，掌丝路锁钥以商机；南依祁连，北枕大漠，扼一线要塞于河西。奇峰环列，八莲势开。两登绝顶，梵宫琼台。莲峰叠嶂，钟乐天来。

若夫文物古迹，超绝不凡：凉造新泉，钱币初铸，存世之少，今乃罕见；雷台汉墓，马踏飞燕，天下第一，四海盛赞；凉州大马，横行天下，电掣风驰，名扬宇寰；感应塔碑，天下一绝，汉文小篆，殚纪古远；阔端弃位，虚名发诏，凉州会盟，藏地归疆。至若，彪炳千秋白塔寺，见证历史代代传；旱滩磨嘴古墓群，《礼仪》汉简非一般。是以千里祁连，谱写新篇矣！

观夫瀚海之中有园林，大漠孤舟袅余烟。雄奇壮丽拾况味，小桥流水秀江南。天梯古雪，脚下碧波澄澜；石窟鼻祖，身间薄云轻旋。鸠摩罗什，久居凉州，潜心佛学，起译经典。千尺浮屠，文笔三峦。武威文庙祭孔子，陇右学宫出圣贤。文昌桂籍，匾牌一绝，遗存丰富，翰墨流传。地敞而境幽，近市而少喧。七里十万家，一步一洞天。

尔其文佛诸般起凉州，凉州文风笼边关；休屠太子昭帝侯，曹魏名臣贾氏谦。五言格律阴何体，首屈一指难比肩；李益七言绝中绝，群英争辉耀寒边。刚贞忠烈，段氏成公；元都帅将，宋濂立传；镇边虎将，声威震天；陇上圣地，世多良贤；珩美修志，首编《五凉》；俊采星驰，英才汪洋。于是乎街头巷尾，酒肆茶坊。一曲唱尽忠孝节义，单弦演绎景星凤凰。琵琶且拢弹新音，高调传云透激昂。殡鼓舞，且击且唱，娱神城乡；攻鼓子，粗犷豪放，威武阳刚。耍滚灯，诙谐益趣，圆润悠扬；麻狮舞，西域入唐，思念西凉。

至若特产名物，当世无双；春晓熏醋，酸醇绵长。凉州糟肉，色妍味香。人参果，软儿梨，土特产品誉四方；三套车，酿皮子，凉州小吃耐品尝。自古畜牧天下饶，瓜果蔬菜四季芳。舌尖并蓄南北味，历史悠久传八方。边城琼浆朱粉楼，总引骚客行头忘。葡萄美酒凉州词，传扬千年今犹唱。是以昂然而云：南有茅台，北有皇台。凉州莫高，皇台神往。于是乎因情赋采，韵味悠长。辞旧迎新，腊八起忙。社火小戏，锣鼓铿锵。大门街门房门，门门楹联堂皇；红帘黄帘绿帘，帘帘祈祝福康。

最是黄河灯会，仙踪遗迹。三姑摆布黄河阵，九曲乾坤堪称奇；山门结彩立门户，五丈高杆取太极。城池九宫八卦，灯杆连环古仪，观者卦位循进，方尽忽妙忽迷。灯城巍峨，月影横霓。连环叠灭，流连忘饥。忆昔玄宗观灯，惊曰：凉州灯火，媲美长安！然风俗志言：凉州元宵，四市竖坊，盛张灯炬，且架高山，蒙纱画佛像，名鳌山灯者，历历堪谈。镇海、姑洗两塔，亦层层灯燃。一时进爆竹，吹笙管，火树银花，争奇斗艳。笙歌欢腾，彻夜不眠。万民云集游乐，佳节良辰狂欢。此景此情，自唐时已然也。

至矣哉！观我凉州，通衢长街，鳞次鸿商。美厦琼楼，更添风光。其宜游宜居，山水园林，堪称热土福乡；又兴业置厂，筑牢基础，谱写河西新章。呜呼！求奋进，谋发展，势起如朝阳；携山川，挽日月，前路尽辉煌。是以挟历史之底蕴，创美好之雍凉；创时代之伟绩，绽耀眼之光芒矣。

民勤赋

风淳民勤，丝路重邑。居祁连雪麓，临沙漠戈壁。处河西走廊之要冲，拥大漠孤烟之瑰奇。东毗左旗腾格里，西援甘州控河西；南依武威望祁连，北通大漠戍边际。春秋秦西戎，三国据关西。山川形胜，成自古兵家必争之要地；岁月沧桑，留多少胡沙汉塞之遗迹。绽一方胜地之璀璨，承千年古韵之厚积。嗟乎！岭上风轻，南饮祁连雪峰之汲汲；天高云淡，北枕内蒙大漠之离离。

大美民勤，沙海明珠。金涛似画，田畴如图。潴野泽畔，胡杨起伏；苏武山前，茭草叶舒。节旄铭志，草木护苏。汉中郎，牧羊补履方少苦；持节杖，啮雪吞旃志若初。红媛山内，隐豹形殊。多少传说成过往，放眼依旧皆丹朱。苏子岩上积忠义，野鸽子墩传信书。葡萄园，璎珞廊。马乳玉霜金银铛，似露若玉入口芳。雅音醉眼，佳酿千觞。山水赋瑞，关河添祥。且夫千佛宝顶圣容寺，古刹清幽满翠烟。宝坊开泗水，香露笼秦川；晨光夕照镇国塔，细颈圆瓶十三天。八角呈古韵，法轮兆平安；三雷镇上瑞安堡，塞上故宫势非凡，凤凰单展翅，一品当朝观。沙井文化，地负海涵。三千余年烬燧影，青铜陶艺拓新篇。苏山书院，士庶捐贤。重教兴学重礼仪，文化丰盈天地间；柳湖遗址，最早发现。青铜陶艺保存好，见证岁月洪荒前；沙漠水库，中华奇观。北哺孤舟显五灵，滋润万顷沃良田。至若石羊河，聚龙亭。山川相依，气势宏伟，举目气象万千；天光漠色，碧波万顷，皆在俯仰之间。丝路驿站，文公定案。总理题词振信心，苏武精神代代传；青土湖畔，胡杨千年。沙风长吹警钟响，渔耕有序天地宽。长城永存高洁志，民勤不屈华章添。于是浮雕长廊，谱写绿洲新篇；风俗百图，演绎民生乐欢。揭岁月之封尘，集古今之大观，展世代之风华，庆家国之富安。想当年，红崖山下红旗舞，五万大军不畏难；看今朝，沙漠绿洲次第展，天光水色似洞天。呜呼！英雄人民应永垂不朽，辉煌事业当一往无前。

惟夫一方水土，一方文昌。守望根源，生态发扬。钩沉遍地野史；笔走荒古遗章。虽地处西陲，然崇文重教，名震四方；即偏居一隅，以人文荟萃，才俊无双。是则人居长城外，文共岁月长。如斯此境，堪为文化之儒乡哉。谢氏一门三知县，卢家父子两翰林；民主战士聂守仁，爱国将领叶建军；贤良接踵入蟾宫，文运之盛甲三秦；水利专家左凤章，一泓碧水映丹心；改良畜种兴农业，振兴教育重人文；治沙英雄石述柱，万亩林场绿成荫。人民勤劳，九州皆闻。美誉百世，俗朴风淳。志坚行苦，尚学求真。英才辈出，碧血丹心。至若民俗文化，精彩缤纷。高跷翩跹，社火闹春。彩扇飞舞，锣鼓高频。轻妆软扮，百态怡神。杂曲彩戏，遏听远闻。急管繁弦，曲调随心。火树灯山，推陈出新。作诗填词，超凡脱尘。剪纸镂空见乞巧，指尖艺术尽传神。

观夫瀚海绿洲，高原福乡。物产丰盛，塞上膏壤。沙漠樱桃白茨果，铁心甘草盛名扬；龙眼大板黑瓜子，黄河白兰小茴香。羊肉沙米、米面肉汤，清淡明净，稠厚绵长。旱地绵羊，炖骨熬膏；滋补肾阴，温中养阳。品瓜民勤，景若苏杭。筋骨声色，甘甜清香。西瓜泡馍，麻鱼暖肠，蒸煮焖焐，杂然味藏。呜呼！璀璨绿洲，羊肥马壮。青土湖畔，国富民康。

至矣哉！民勤儿女，坚毅刚强。凭上下一心，防风固沙，挽绿洲以扩粮仓；以智慧传承，兴贸促商，燃文旅而绽光芒。看今朝，改革开放，宏图大展，续谱华章；望未来，产业调整，砥砺奋进，生态富乡。项目夯实，物流通畅。一纵二横，公路成网，塞上古城，万千风光。噫吁嚱！重现水美草丰，富甲一方；再立旷世新功，重铸辉煌！永焕璀璨，兴盛恒昌矣。

古浪赋

祁连北麓，有邑古浪。汉名苍松，日富月昌。位居乌鞘岭，地处河西廊。通驿路以达三辅，据峡门而控五凉。扼大漠之咽喉，锁朔风于西疆，仰瀚海之雄浑，聆松涛于峦冈。东临景泰，眺平川之稻粱；西接武威，见沙陲之灏茫；南依天祝，望峻岭之巍峨；北近凉州，揽大漠之风光。中兴隆盛，风华绝代。山川秀丽，胜景无双。犹河西走廊之璀璨骊珠；散丝绸古路之情韵韶光。呜呼！毓秀钟灵之地，文星辉煌；崇文尚武之乡，代代流芳。

古浪峡：势控河西门户，银锁金关；历来兵家必争，扼当据险。五凉群雄逐鹿，得金关而拥陕甘；霍将挥师出峡，逐匈奴以至天山。张骞出使西域；元抚谪贬戍边；岑参军前作赋；高适马上成篇；季高播绿陇原；鹤沙诗颂山川。于是乎以长峡引吭而过，处处领略"锁钥"之峻岭险关；古道放歌而行，时时感叹"雁塞"之巧绝尘寰！

石门峡：一河两岸，骏马驰骋。石峡涛声若雷响，黄羊川下战迹明；悬崖石壁飞檐翘，独领天下巍峨生；百年名刹香林寺，香火鼎盛势恢弘；神泉潺潺笼祥瑞，晨钟声声伴晓风。

寺洼台：冰峡一泓，谓之奇景。举目白云飘渺，苍鹰翔空；谷内气爽风和，群芳争荣；山顶幽林异木，百鸟齐鸣；脚下冰雪封泉，寒烟澄净。横梁窟窿，霞丹石彤。雄伟峻秀，奇观佳境。蓝天丽日，碧水红峰。祥云生彩，梵音传经！昌灵山青玉秀，堪与武当齐名；登高北望沙洲，一览八景怡情。河西雪域明珠，龙泉润泽苍松；乌鞘峻岭昂首，绿洲沃野千顷。嗟乎！胜迹如云兮诗人骚客吟咏；山奇川灵兮贤士雅宾忘形！

甘州石，乃瑞石，如崇台巨岩，屹然突起，蔚为奇观。其色青白，凹凸不凡。聚日月之精华，汇天地之灵源。传摸石求孕以催生；闻入酒佳酿而邀玄。古有诗言："片石巍然峙道边，易名作颂天下传。葡萄酿熟浑无恙，此物真宜近酒泉。"呜呼！奇逸瑰丽，底蕴随岁月之变幻；佳话美谈，人文共千秋而流远。十大景，古今颂。洞天福地，山川形胜。鸳池水色；天梯雪景；河桥夜月；石峡涛声。雷峰兴雨景色奇；漪泉流饮山水情；孤山晚照生紫烟；香林晨钟远噌吰。危岩附险兮一夫当关；东桥西柳兮引人入胜。

若夫江山处雄关，人物列奇功。爽慧沙场建伟业，戎马倥偬任平生；西陲百战策高勋，赐姓守边树忠功；嘉靖中岁石韫璧，和戎文学自此兴；重教义士樊于礼，政声第一有贤名；翰林修编尚气节，名列皇榜勤正声；清代大儒名张澍，腹藏经史多雅风。泼墨星河焕；落笔风雨惊。《古浪青年》处荒僻，披荆斩棘贯长虹。宗五清正刚直，忠孝流芳；王经文韬武略，身殒名扬。西路军，言悲怆！西渡黄河，直挺走廊。孤军作战，血洒西疆。英魂丰碑，红色永殇。

壮哉古浪！社火欢天喜地；灯阵奇幻非常；宝卷念唱自如；老调慷慨激昂；方言敦厚质朴；刺绣巧绘群芳；剪纸独具一绝；特产享誉四方；山珍清爽可口；小吃余味悠长。人参果，软儿梨，爽甜多汁，味美清香；小杂粮，羔羊肉，诗仙神往，可口娱肠。泗水红提，果肉脆爽，口感上乘，风味独特，品质极佳，堪为果中之王；金冠苹果，皮薄无斑，肉质细密，汁液丰满，酸甜爽口，颇为陇原争光。

美哉古浪！承古韵以新颜焕，绽千姿而万象更。科技创新，教育兴邦，启新时代之航程；城乡共建，文旅相融，使旅游业以兴盛。奋楫逐浪，砥砺前行。宏图新规，风起水生。承前启后，图治励精。事业辉煌，如日方升。望古浪来日，传奇赓续，千秋昌盛矣！

呜呼！书生醉写赋文，惟祈颂扬抒胸臆，争奈秃笔不生花。手掬乡土，心热如汤，赋以咏言：朗朗古浪，芳泽无加！

天祝赋

吉地天祝，藏名华锐。得天独厚，山川秀美，若江汉之明珠，熠熠生辉；人才济济，冠绝时辈，似禹鼎之汤盘，难得可贵。佳境宝地，卓尔盛昌。斯乃青蒙交汇，丝路浩茫。东起景泰，尽显河西走廊之风光；南依永登，更见居延雄山之沧桑。西控互助，揽古道之旖旎；北临古浪，望巍然以屏障。峻岭巍峨，深壑纵横，异形妙景，独擅一方。气吞万象，聚天地之灵光；辉耀六合，纳乾坤之精芒。此境尔乃战国西戎牧地，汉初匈奴势扬。元狩尽收河西，长河开元归疆。是以荣辱兴衰，交替显殊。

瞻其地理风貌，群峰峥嵘。挟据乌鞘，势险形胜。居两地之峰，处三高之岭。马牙雪山，峻岭险峰。终年积雪，山势峻嶒。腰以云作带，首为玉镶棱。万丈晶莹堪称奇，龙鳞日积若瑰琼。千年积雪银装裹，四季百态各不同。姐妹湖池风韵，天籁似琴动听；岸畔倒影寒光，疏松如画烟凝。碧水明亮，恍若仙姝御风；雪山净尘，疑似蓬莱仙境；立此胜地，怎忍高声！

天祝三峡，称著河西。十万之顷，走廊唯一。两水相汇，群山耸峙。阴山绿荫如织，林涛阵阵；阳山危岩绝壁，峻峭绝奇。双峰夹立，山高云低。长林丰草，遮天蔽日。花簇锦攒，松吟鸟啼。琼崖玉树，景随时移。满山红桦，傲霜横霓。灿若朝霞，色如丹荔。至若悠悠大同河，流缓天地间，荡漾碧波里。巍巍天堂寺，名刹历千古，梵音彻云梁。宝殿巍峨，金辉破雾，焕佛光于八方；经幡掩映，法相庄严，承慧脉于遐荒。晨钟穿云，惊散千秋霜露；暮鼓掠日，见证万壑沧桑。天祝十四恢弘，八朝沉浮无常，阅尽人间万象，是以千古流芳。长歌华章璀璨，更见盛世繁昌。

膏壤沃野，钟灵毓秀。地灵人杰，汇英聚贤。高原春秋溯古远，灿烂文化起羌年。庚寅立自治，周公题御名，实民族县治之先。白色英雄之部，"华热"溯流求源。一代国师出旦马，章嘉圣柏活佛现。民族融合入藏域，建寺弘法经秘传。佑宁活佛降朵什，著述丰富皆芝兰。为民请命张全才，兴学重教终梦圆。藏族八路董振明，英勇抗敌敢争先。高僧大德，怀悲悯以祷民安，传佛灯而明迷幻，草履芒鞋，踏破云山不畏险，慧心如月，照彻尘寰见洞天；天祝英杰，执兵戈以灭边虏，御胡尘而忘严寒，铁衣戎马，荡平烽火熄狼烟，丹心似火，一腔热血笑等闲。文人骚客，笔下山川含灵韵；墨香逸史，千秋岁月入诗篇。

惟夫其青铜牦牛惊世界，光明女佛石门显。彩陶纹美非农业，唐卡绢布惊艳鲜。天祝白牦牛，岔口飞马驰如烟；祁连雪牡丹，高山羊毛御严寒。冬虫夏草，红提葡萄，皆是林海珍品无污染；羊肚菌，柳花菜，皆为高原佳肴伴三餐。饮食以乳肉，着衣以裘皮，尽因斯地多高寒。毡帽皮袄，牛羊奶酪，皆以白色，更有英雄白色之美传。是故藏族崇白，乃理想、吉祥、胜利、昌盛之观矣。

伟哉天祝！挟百代形胜，蕴千秋史章。民俗瑰奇，特产阜繁。倚天挥毫，蘸江河之墨，以山川为笺，绘出盛世新装；临水抚琴，凭古今为韵，以岁月为弦，奏出时代华章。丛林莽莽，流水潺潺，碧草丰美，状似江南遗芳。壮丽雪山，苍茫林海，富饶草原，佳景伴天祝安康。

壮哉，金盆高原！美哉，亘古雪山！

祁连的褶皱

凉城虚词

祁连的第一层褶皱

始于驼铃

沙粒奔波了上千年

注视那些风蚀的雪线

被大地竭力举向天空

祁连的第二层褶皱

淬于烽燧

草原的星群穿过羊群瞳孔

收容每一道未被驯服的闪电

祁连的第三层褶皱

是萨满鼓上颤抖的羊肠弦

是砂岩深处发芽的马蹄铁

是青铜酒樽盛满整个西域的雪

是被复诵的秦汉旧梦

直到那一天，人们面朝东方

看到了永不熄灭的星辰

刀戟锈蚀

铁路缝合了大地

雪山的棱角也被月光浸软

祁连摊开掌心

任每一道历史的褶皱结下痂痕

今天，孩子们踏上此处

草籽正用根系丈量荒原的体温

河流拥着草原和湿地在祁连的胸腔里游动

无数细小而倔强的铁

正在将落日

煅淬成新的图腾

在冰沟河

三 丫

白唇鹿和马麝

在冬日的冰沟河雪地上

踩出零星孤单的蹄印

这些珍稀的精灵

定是跟着一场大雪出山觅食

意外来到有人的地方

又悄然离去

我们在冰沟河

也是跟着一场大雪

沿河而上

雪没过白唇鹿的四蹄

没过马麝的足跟

也没过我们的双膝

于冬日雪封的冰沟河

我们更是一场意外

踏雪而行的我们

一边深入冰沟一边警惕

雪山之巅的闪电

雪豹

青青祁连山（组诗）

司玉兴

祁连山

一条河流里睡着月亮和星辰

住着晴朗的鸟鸣

炊烟散了，石头还在

相望的牛羊，啃着留给对方的草

一只鹰，对着群山祈愿

大地把寂静，一瓣一瓣捡起

剩下的，还给秋天

行走天空

给马匹足够粮食和广阔草原

收割秋天

用清澈雨水滋养春天

非要告别

拿泪水抵挡烈风

谦卑的万物，高过祁连山

万物谦卑

我们在教堂里跪着

油菜花

我相信

是月光先打翻自己

而后又给自己涂上色彩

南山南

油菜花拾级而上

一层高过我的脚步

一层高过我的头顶

一只啄木鸟，上下翻飞

我在田埂边，来回走着

重复生活的场景

我们是田野的昨天，还是前天

油菜花弯腰

风在南山眼里停下

油菜花低头

雨水走在南山的路上

把金黄交给大地

山下，有人开始致欢迎词

抓喜秀龙草原

风在额头

风中掌心

风给自己留下一条退路

山坡青青——

黑骏马前行一步，白牦牛尾随其后

马背上坐在母亲

牛背上坐着孩子

神在我们的头顶之上

照看万物

毡房里——

火苗上升

昨夜的露珠不见

卓玛端着奶茶、糌粑和三碗藏酒

每一朵花都有一座抬走它的花轿

牧草弯腰

人间矮了一截

时间绕着经幡转动

我在自己的体内顺时针转了一圈

大通河水

雨水从夜晚的某一时刻开始

我睡去

一杯藏酒也不在现场

清晨，院落里的花朵告诉我

雨水地确落下

一些在它体内

一些被大通河水带走

雨水、河水、酒水，不同方向涌来

流动的线条和符号

它们积蓄力量

在各自位置反复修补情感

沿河而下

原野里的脚印留在岸边

你听，驼铃声、马蹄声、木鱼声、诵经声

在一条路上响起

在另一条路的尽头消失

山坡上

山坡上，有补药——

圆圆的树干长出扇形耳朵

花瓣向外弯曲

根叶在草丛里行走

而后向压力小的一面倒去

汁液就在里面

榆树、云杉、沙枣、山杏，冲出包围

它们生长的地方

没有声响

生命维护和谐秩序

山坡，交出大好时光

树木带上命相认自己的前世

和另外的生命

细水河

这河水，这细细的河水

给每个季节的涡旋

各有它的形体、急缓和深浅

河两岸，花朵披着不同的色彩

炊烟把自己燃黑，在空中疏散

车辆走出幽暗通道

灰尘落下大地的沉重

河水起伏，压低奔跑的声音

手指触到的地方，筋骨相连的地方

火还在延续着……

给人间些许安静

河水，清洗黎明，清洗黄昏

夜在一滩墨里

失去平衡

把举起的星辰放在人们的梦里

白帐篷

山坡上，开满野葱花

一只蚂蚱跳起，再也找不到它的身影

油菜花海里，住着蜜蜂、蝴蝶

住着歌谣和经卷

对面白帐篷里，坐着我熟悉的人

一小块黄酥油在奶茶里慢慢融化

白帐篷留下大地的记号

湿润露珠隐去的——

一半是月光，一半是烟火

我站在谁的分水岭上

没有人通风报信，暮色一再推迟

等满天星辰来营救

抓喜秀龙，被脚步踩过的观景台

也被星辰和额头丈量过

柴火刚刚熄灭，白帐篷上空的雨水

顺着草原的心情落下

雪地帐篷城

天上星辰相对而坐

地下帐篷相对而坐

它们是夜晚的灯盏，也是人间的灯盏

一个帐篷，一颗星座

它把草原的一部分辽阔装进口袋

多少白云起伏，就有多少白雪飞扬

我的血管里，一群顶着风雪奔跑的牛羊

在苍茫黄昏里原路返回

关上圈门，就是一个完整白天

小白老师、小杨老师，一左一右拉着我的手

从一个略有坡度的路上缓缓滑下

眼前雪路宛如一条白色丝绸

我在一顶帐篷之外触到泛黄的童年

冬日帐篷城，一场雪陪着自己

陪着走下马牙雪山的风

陪着吞下落日的抓喜秀龙大草原

乌鞘岭，风一直在吹

拍照女游客，红红的手儿握紧一面国旗

夹杂着异地口音的普通话

被乌鞘岭的风吹过山岭

雪地合影，我们是横幅后面站着的汉字

不用翻译就能交流的方言

被乌鞘岭的风吹留下

父亲买的那顶帽子，被风吹暖

一款新酒——藏韵3052，被风吹醒

我被乌鞘岭的风认真吹了一回

木栈道，新落的雪粒被风吹散

午后阳光搭在一匹白马身上

草原静谧，雪山静谧

烽火台，枯黄的牧草被风吹断

它们的头颅，一到春天就会缓缓抬起

放马走过的风自称为王

留在草原的风成了英雄

虫草抬高海拔，现场饮酒赋诗的乌鞘岭

就这样被历史的风吹着，又被现代的风吹着

乌鞘岭，风吹途经此地
每一颗悬空的心

风是祁连山的耳朵

雪滋养和支撑着祁连山

风在它的怀抱里，起伏不定

找寻归宿

河西走廊，延伸一轮日月的张望

和一棵草木的沉思

光阴荡起的尘埃，捡起历史的人在擦拭

一座山，一片土地活在人间

畅通的河西走廊，走过脚印，留下声音

长城收住脚步，我们站在正面

低矮枯草和翻飞麻雀蹲在背面

融化的雪，随一条河流而下

未化的雪高高在上或挺立山腰

来到人间的雪，它们都有各自的悼词

风是祁连山的耳朵

提醒过我的星辰、风雨、草木、鸟雀

我都铭记于心，谨慎托举它们

而后交给天地管护

祁连记（组诗）

扎西尼玛

雪峰

祁连山雪峰，羊脂玉肌肤

历经风雪无数遍磨砺

把温热的心种在雪线深处

用洁净云朵擦拭眼睛

流出的河水不去打扰村庄

白昼起步于微亮黎明

老鹰脊背托起朝阳

给雪峰尖顶洒镀一层金光

走出家门劳作的人们

都想插上飞往高处的翅膀

牧人一整天跟在羊群后面

觉得自己也是其中一只

草丛里抬起头

看一眼雪峰，就能找到

返回家园的路途

漫长年月里，有一座雪峰

不论寒暑，总是挺直腰板

一直站在我的面前

这是世上的谁活成了山

令我一次次仰望

大松林

闻知一道禁令，伐木的斧头

停息叮当作响的喧闹

人们把明火深埋于腐殖层

松针安心编织翠绿伞盖

泉水在岩层生生不息

金光五线谱，斜挂密林间隙

一群铃铛鸟，亮开嗓子

反复练习一首高八度歌曲

参加鸟曾欢聚的音乐会

唱出了黄铜的美声

连片之苔藓，松树的根部

阳光少年描画的绿脸庞

生长白蘑菇的青春痘

那是年轮扩大的见证呀

旺盛根系越扎越深

愈合的伤口，松脂凝结如玉

封存一段疼痛的啃咬

一队护林员翻越大山

走过小径，看护蔓延的绿浪

一滴汗水扶起一株芽苗

代乾牧场

一只与高岩为伴的苍鹰

抓铁有痕者，穿越飘浮雾霭

翅膀斜扫像无声的巨掌

意欲抚平断崖交错的沟壑

草场涌动绿波，脊梁拱隆

弯月犄角合抱阳光

一个不离不散的群体

是悄然吃草行进的白牦牛

牧人心中移动的仓库

一抹晨光，一头钻进草地

弓腰捡拾昨夜的星辰

曾受过暴雪教育的老阿妈

堆塑宽厚牛粪垛子

习惯于储存生活的光焰

蓝皮卡、红摩托，车轮活跃

运载随意往返的时间

沿途金强河，一支悠长歌谣

诉说山高水长的故事

冰沟河

阿尼岗噶尔，白岩石雪山

高孤者，隐入云朵幕帐

为夜晚眺望的人们

制造风吹不走的珠宝

寒凉峰顶，阳光点燃积雪

涓流，从硬壳脱身而出

丝绸裙裾飘散草木清香

回归红柳垂钓的河道

草地马兰花，静修的仙女

挺立纤细腰肢，用花瓣手掌

捧举露珠，蓝色灯塔一样

照亮每一个生根发芽的日子

一条冰河，童话世界的长廊

琥珀门扉洞开，浪花与圆石

握手，别离已久的棋友

在众鸟和鸣的峡谷

又一次对弈

双龙沟

冰川收藏家， 林木生长地

百花，青草，丝缕涓溪

天地间来往的信使老鹰

把心交给山岳的护林人员

组合成一家，守护龙形大河

鲜活图腾，鳞甲的音符跳跃

俯冲，响彻激情沸腾的轰鸣

韧性的长筋，在体内伸缩

柔软到，成为一种生存法则

顺着峡谷的走向日夜赶路

抓泥窝，砸马台，人熊沟

蛋娃梁，磨脐山，七辆草车

一个名字就是一个神奇的传说

亦是人迹罕至的世外秘境

黄金山谷的往事，就像早已被

填埋的沟槽深井，伤痕愈合平复

天籁，归于大自然安详的心境

明澈之晶光，归于

贴地奔涌、亲近蓝天的波面

云杉、麻柳、柠条的根系

终究捆紧束牢两岸沙滩

雪豹饮水，照见曾经的自己

下游宽敞处，跋涉而来的河流

注入黄羊水库，是那远行的

亲人，回到了家里

磨脐山

地壳创造的制高点

石磨的脐眼

一件古老的器具

簇拥新鲜雪花颗粒

磨细的流水浇灌良田

相传，它的底部

储藏一层碾碎的黄金

抓山鸡，未修炼到火候

拼力一吼，终究没能

抓起巨型的山体

风，从山梁的岩石堆

吹出酷似行进的七辆草车

隐约有轰隆隆响声

运送粮草的人，已成

雕像，仍然紧握令牌

坚硬山岭，想要走向低处

堵塞长河经过的峡口

水边的佛陀，举起

右手大掌

开悟的山石原地入定

金强河

暖风贴地飞行，金强河冰层

酥软部分转换为轻渺水汽

剩余的，就像老鹰伸展翅膀

鼓足晶片羽毛的巨大浮力

流水默念密语，从冰窟窿露身

把一抹红霞揉成闪亮铜钱

拥有出门远游的盘缠

奔赴固有路途，搓圆碰见的石头

弧形大桥牵手粉墙青瓦村庄

牧人吹响的口哨，随抛物线上扬

继尔，落到岸边灌木丛

一对祁连锦鸡，比翼齐飞

掠过了冰面，归入远山洼地

金黄的光轮，驶于谷地原野

温热在河床旋转，冰块融化寒凉

将要诞生绿毯、七彩蝴蝶

虹鳟鱼，一波波牧歌

平缓渡口，河水的心花绽放

白牦牛款款走来

驻足，向着清澈的眼眸俯首

粉红嘴巴，畅饮甘甜爱恋

祁连山的回声

马幸福

一

抱紧云端的连绵雪线

啃噬山脊的姿势像银匠锻打银簪

风挥出刻刀的平仄，在赭红色岩壁上

凿出第九十九座游牧王朝

褪色的牦牛、荒原、寸草与弯弓

在月光里突然扬起前蹄

二

劲风携起雪最柔软的部分

打磨出戍卒的铜箭镞

卡在玄武岩裂隙中闪闪发烫

锈蚀的马蹄铁动了一下，长出青苔的年轮

我听见霍去病的战袍嗖地掠过焉支山

沙粒跃起，正在吞噬所有带刃的往事

烽燧残骸里　时间的灰烬

轻轻托住一片魏晋的云

三

牧羊人把影子钉在山坳

青草接着影子狂长

藏青袍子兜满七月的雪霰

帐篷像散落在草原上的纽扣

老阿妈用牛粪火烘烤羊骨笛

某个音孔里突然涌出

西夏女子的银饰叮当

四

经幡撕开风的喉管

一匹风马扯出长长的嗓音

六字真言顺着冰川纹路流淌

那些未曾说出口的

都成了岩羊角上的螺旋

悬壁上的张望

在海拔四千米处凝结成

透明的石英晶体

五

山体褶皱被春风打开

睡在里面未孵化的雷

听着我们的脚印正变成新的岩层

当月光漫过祁连北麓

所有回声开始生根——

在箭矢嵌进岩画的锈斑里

在牧歌抵达草甸的褶皱里

在雪水漫过古河道时

沙粒与星辰永恒的私语里

每一个毛孔，
都绽放一朵雪花（组诗）

王洁丽

祁连的雪

我们说起祁连的雪

像说起一个老去的亲人

它曾长久地覆盖我们

又长久地被我们遗忘

它倒映在牦牛温顺的眼里

跟随马鹿走过山脊

在雪豹的皮纹里涵养四季

它爱着我们，在爱中远去

我们说起祁连的雪

更希望，像说起一个神

不死不灭

河西走廊的风

风，是河西走廊的仓颉

每一粒沙子

都是它的文字

在车辙沟，风雕琢出

蛤蟆、雄鹿、鹰隼和鲲鹏

它雕出一座山的野心

又给野心里

种了大朵玫瑰和千层牡丹

热闹和喧腾在石头里诞生

干枯中长出生机和繁盛

岩羊在一颗巨石下静默

那是它失散多年的伴侣

风吹过时

骆驼刺集体弯下腰身

它们多像我的祖先

低了一辈子头

却把根扎进，被风洗劫的岩缝

走进祁连

那一日，我走过荒原

走近祁连

我想，以什么敬献

这牧人的腾格里

牛羊的长生天

高山下的花朵，被神水浇灌

每一个毛孔，都绽放着一朵雪花

胡杨林里，每一片叶子

都记录着雪水流过的刻度

在祁连山下

我数着树木的年轮

仰望雪山的海拔

数着增多，也数着减少

数着数着，不由得泪流满面

在戈壁，
寻找风的足迹（组诗）

牛爱红

骆驼草

——关于燃烧，太阳和火

低于沙漠的植物，百年的孤寂

撕破昼夜

那是沙，雨滴，绕在指间的根

荒原里，赤身如铜

我们在太阳的影子里看你

寥落的风尘，已成光之光焰的一部分

荒凉中的一切，攀升，陷落

悠然且突兀

这虚幻的苍穹：风与时间的更高处

我们途经的秋天，所有的坚硬

向低处归拢

戈壁是沙，戈壁是草

一粒，一棵

无语独坐

在胡杨林

落叶，颂词，爱情

来自一棵树的火焰，被秋天拾起

流浪的日子，需要标注一段时光

春天和夏天遗落的事物

透视的虚空，一定有它的出口

我仿佛看到：天空是空的，落叶是空的

风中的沙子，在阳光下哭泣

在戈壁，胡杨的背面，是月光

神看护的地方，风与沙的刀锋

覆盖了苍茫

雁声阵阵，光与影的厮杀——

三千年灯火，埋藏的欢颜

旧梦，碎成灿烂

风重复着，在林间

把影子还给光，一任秋水

望穿来世今生

居延海，灵魂之海

从落日的伤口，看见了深蓝的布匹

看见了海子，迎风行走的另一种曾经

我该怎么爱你——

这流淌在边缘的人间

水鸟飞起，折叠的爱情

在指间奔走，盐与碱，风和太阳

一个人灵魂的颜色在海面恣意

我该怎么爱你，这雪峰的倒影

或远或近，三千年，五千年

流淌的沙砾，碎成一万个太阳

黑河必须献出他们落响的钟声

而我们，必须献出骨头里的一滴水

该对谁低头——在水一方

芦苇凌驾在天空之上

一片远去的时光，口含星辰

这荒漠里升起的月亮，我该怎么爱你

传说已久，对岸，有多远

隐身戈壁的一枚银杏与天空对峙

你是你的远方，来于尘，归于尘

我该怎么爱你，这剩余的时光

我该怎么爱你，这波涛汹涌里的寂静

今夜，在小镇

站在路口的人，分明在画出一条弧线

他在穿越时间，坎坷，漫长的等待

"月亮有多圆"，——月光下行走的人

手握乾坤，献出体内的暖

风从戈壁来，经过我们的世界

冷与静，被神遗忘的孩子

是风的一部分，也是月光的一部分

夜与远方，你与我

——像随风飘零的一片落叶

在石子路上，记忆只有一次

月光下，我们抚摸过的事物

都藏着阳光和雨露

以及虚构的未来和无处不在的

——清欢

大雪来临

——风，近了又远

一片没有落下的叶子，站在

刀锋之上

我怀念一滴露，一盏灯

怀念一片水声里点亮的乡愁

云朵隐去，记忆里的那些日子

覆着雪

那些嫣红落眉的日子过去了

那些血染枫叶的时刻过去了

在落雪中奔走：沉默与忘却

——这荒寂中的对白

万千文字，已将我遗忘

祁连之秋

雪锋隐约，高处的积雪

低处的枯草

在麻雀忽飞的鸣叫声里

分岔的山路，挟着寒风

马蹄种下的断章

像一匹暗色的丝绸，层层翻阅

露珠挑着星光，灯盏一般闪亮

山风走过，一把刀

别在大山深处

天地空寂，3800 米的海拔下

一只鹰的忧郁

从一轮弯月里，获得安居

黄昏临近，草原被寂寞充填

细碎的光晕

用一种消失，与一条河流对语

在山间

沙是山的魂

风也是

沙砾闪烁，闪烁于一块点化的石头

在风大的春天，旧时光的黄沙

教我们认知：梭梭，烽燧

海子的眼眸

我们把一粒沙星辰一样攥在手里

我们用毕生的沉默拉长自己的影子

山是山的臂弯，我们沿着沙脊

目测远行的距离，时光的骨骼

从中间打开，万壑有声

寂静蔓延

所有的荒芜，孤独

陶片与沙砾，或许在打开

或许在一遍一遍与风对白

祁连山

一座山的历史，生出翅膀

一盏叫醒黑夜的灯

亦如一块月

你总在我的想象里，雪峰，雄鹰

一些散装的寒顺着河道

等风翻阅

我们仰望的高度，与历史平行

山风走过，一匹白色的丝绸

背着苍茫，高过天空半丈

时间从这里抽象出去

一把刀一直藏在大山深处，隐秘的刀锋

与太阳的影子，擦肩而过

大都麻河

当石头散落人间，一条河
便会虚构出无尽的忧伤

落日依然照耀这里：细碎的光晕
静静相对，重复

它始终站在事物的中间
等时间，等风，等自己

它缓慢弯曲，在辽阔的寂静里
一千里的时间无声无息

而此刻，我是落入河底的一颗星辰
有光，在石头上燃灼

物语

在山间，除了草木，更多的银露梅
金露梅：长着锋芒，逆风私语

暗藏的事物

有光，有高过人间的流水

——用不同的色彩，叠加神秘

我们走在不同的方向，木质的小径被某种声音晃动

吊桥尽头，——风吹到的地方

一匹马，穿过我们的身体

所看见的：大自然的馈赠

在晨曦和落日之间，在佛塔和万物之间

尘世的伤口，握手言和

阳光透亮，安静的灵魂

从八月经过，我们抵达的地方

不是远方，恰似远方

红寺湖

一段活在村庄的历史，隐隐约约

一个姓氏里的传说，用一捧红土祭奠自己

遇见你，一朵一朵的火

在心头轻颤

每一粒沙砾都是一面镜子

裸在历史的扉页，等风翻阅

隐置于荒芜之上的真实

而此时，我的掌心分明握着一盏灯

轻轻穿过漫无边际的神秘

那厚且沉的神秘，撕我，焚我

在红寺湖

我们必须低过一棵草

低过红色的苍凉所不能看见的真实

河岸

河是岸最大的镜面

扔一块石头

仿佛就能重新抵达，离去的时间

放下尘世，在河岸

脚步轻轻，黄昏的云朵行色匆忙

一种曲调

仿佛你我都是故人

柳叶隐匿，风渐远

炊烟里的霜冷，半明半暗

一幅画中的水草，鱼

只在一河的碎裂处，交出体内的美

影子渐消，某种抵达

正如四月，衔一叶菩提

安放在河底

以一朵莲的名义，供养

观音井

在沙漠，她是魂，是大地的眼

是一盏灯，沿着落日的轨迹

我们驻足，静观，简单表述

或是在时间的风口，寻找一个支点

无数的片段，未曾抵达的缺口

它背着风的方向，忘记呐喊

骆驼，羊群，更多隐匿踪迹的生物

在抬起眼眸的瞬间，等待一滴水的接引

——风落下来，千年的马蹄声

听不见回音，也看不见春天

时光归于尘土，沙漠空出的位置

千百年，守口如瓶

沙漠之驼

三月的阳光刺眼，纠缠

风卷沙尘，时间往来的通道

适于独行

被风吹开的蓝天，孤独，透明

那些单一的声音，——来自远方

和时间交换，打开的伤口

沙漠深处的隐秘，所忽略的漫长

荒芜，碑文里的尘土

在驼铃声里，拆解，缝合

我试图走近。星空之下

那纯净与安宁

我试图走近。只有我

站在不远不近处，等待你驮走的四季

在湖边，芦苇

蒹葭，水草，与我一湖之隔

需要做个交换

需要流动的幻影从一扇翅膀的隐秘

伸向远方

芦絮飞扬，我细小的背影

以至无声

也无法与之抗衡，这春天里

最后的花朵

看天空多蓝，蓝也是长在湖里

湿漉漉的云朵

隔水眺望，折叠在风中的你

燃着三朵火，独醒

一株植物的内心，临水而居

切割开的湖面填满了风

在我离开之前

落下来，或者飞

沙漠，胡杨林

美到极致，便有了隐隐之痛

离冬还有一步之遥

泛黄的记忆

零乱

在沙漠，孤独是散装的寒

在沙漠，孤独是今夜的明月

在沙漠，孤独是不停的回望

回望

三千年，时间堵在路上

落在沙砾上的暗黄

如发旧的书页，等在时光深处

静看残月

三千年，风在吹，雪在落

这神秘中的安祥

一定和时间站在一起，一定独留

三生的泪，在人间

月光落下的地方

虚无中的静，交错透明

路途中

太多易碎的事物，复制，设定

水库的积雪，像镜子

我们对视，一次不需要愧疚的真实

午夜时刻，月亮在我对面

风卷着光，卷着曾经，卷着

你的匿名

我们来过，甚至在更远的地方

埋下了伏笔，以及另一个自己

——风动，夜，漫长，漫长

而我

心止

我要等月光落下，在夜的尽头

爱上你，爱上并不完美的世界